o general em seu labirinto

Obras do autor

O amor nos tempos do cólera
A aventura de Miguel Littín clandestino no Chile
Cem anos de solidão
Cheiro de goiaba
Crônica de uma morte anunciada
Do amor e outros demônios
Doze contos peregrinos
Em agosto nos vemos
Os funerais da Mamãe Grande
O general em seu labirinto
A incrível e triste história da cândida Erêndira e sua avó desalmada
Memória de minhas putas tristes
Ninguém escreve ao coronel
Notícia de um sequestro
Olhos de cão azul
O outono do patriarca
Relato de um náufrago
A revoada (O enterro do diabo)
O veneno da madrugada (A má hora)
Viver para contar

Obra jornalística

Vol. 1 – Textos caribenhos (1948-1952)
Vol. 2 – Textos andinos (1954-1955)
Vol. 3 – Da Europa e da América (1955-1960)
Vol. 4 – Reportagens políticas (1974-1995)
Vol. 5 – Crônicas (1961-1984)
O escândalo do século

Obra infantojuvenil

A luz é como a água
María dos Prazeres
A sesta da terça-feira
Um senhor muito velho com umas asas enormes
O verão feliz da senhorita Forbes
Maria dos Prazeres e outros contos (com Carme Solé Vendrell)

Antologia

A caminho de Macondo

Teatro

Diatribe de amor contra um homem sentado

Com Mario Vargas Llosa

Duas solidões: um diálogo sobre o romance na América Latina

GABRIEL GARCÍA MARQUEZ

o general em seu labirinto

TRADUÇÃO DE
MOACIR WERNECK DE CASTRO

22ª edição

CIP-Brasil. Catalogação na fonte
Sindicato Nacional dos Editores de Livros, RJ.

García Márquez, Gabriel, 1927-2014

G211g
22ª ed.

O general em seu labirinto / Gabriel García
Márquez; tradução de Moacir Werneck de Castro. –
22ª ed. – Rio de Janeiro: Record, 2024.

Tradução de: El general en su laberinto
ISBN 978-85-01-03539-4

1. Romance colombiano. I. Castro, Moacyr
Werneck de, 1915-   II. Título.

97-0479

CDD – 868.993613
CDU – 860(861)-3

Título original espanhol
EL GENERAL EN SU LABERINTO

Copyright © 1989 by Gabriel García Márquez

Texto revisado segundo o Acordo Ortográfico da Língua Portuguesa de 1990.

Direitos exclusivos de publicação em língua portuguesa no Brasil
adquiridos pela
EDITORA RECORD LTDA.
Rua Argentina, 171 – Rio de Janeiro, RJ – 20921-380 – Tel.: (21) 2585-2000,
que se reserva a propriedade literária desta tradução.

Impresso no Brasil

ISBN 978-85-01-03539-4

Seja um leitor preferencial Record.
Cadastre-se no site www.record.com.br
e receba informações sobre nossos lançamentos
e nossas promoções.

Atendimento e venda direta ao leitor:
sac@record.com.br

EDITORA AFILIADA

*Para Álvaro Mutis, que me deu a
ideia de escrever este livro.*

Parece que o demônio dirige as coisas de minha vida.

(Carta a Santander, 4 de agosto de 1823)

José Palacios, seu servidor mais antigo, o encontrou boiando nas águas depurativas da banheira, nu e de olhos abertos, e pensou que tinha se afogado. Sabia que era essa uma de suas muitas maneiras de meditar, mas o estado de êxtase em que jazia à deriva parecia de alguém que já não era deste mundo. Sem ousar aproximar-se, chamou com voz surda, em obediência à ordem de acordá-lo antes das cinco para viajar com as primeiras luzes. Ao emergir do sortilégio, o general viu na penumbra os olhos azuis e diáfanos, o cabelo encarapinhado cor de esquilo, a majestade impávida do seu mordomo de todos os dias, trazendo na mão a xícara com a infusão de papoulas com goma. Agarrou-se sem forças às bordas da banheira e surgiu dentre as águas medicinais com um ímpeto de delfim, imprevisto num corpo tão depauperado.

— Vamos embora — disse. — Voando, que aqui ninguém gosta de nós.

Por tê-lo ouvido dizer aquilo tantas vezes e em ocasiões tão diversas, José Palacios não achou que fosse para valer, embora os animais estivessem preparados nas cocheiras e a comitiva oficial começasse a se reunir. Ajudou-o a se enxugar de qualquer jeito, e lhe pôs o poncho dos páramos sobre o corpo nu, porque a xícara castanholava com o tremor das mãos. Meses antes, ao vestir a calça de camurça que não usava desde as noites babilônicas de Lima, descobrira que ia diminuindo de estatura à medida que perdia peso. Até sua nudez era diferente: tinha o corpo pálido e a cabeça e as mãos queimadas de sol. Completara 46 anos no último mês de julho, mas já sua áspera grenha caribe ficara cinzenta: tinha os ossos desmantelados pela decrepitude prematura, e todo ele se via tão desfeito que não parecia capaz de durar até o próximo julho. No entanto, seus movimentos decididos davam a impressão de pertencer a outra pessoa menos gasta pela vida, e caminhava sem cessar ao redor de nada. Bebeu a tisana em cinco goles ardentes que por pouco lhe empolaram a língua, fugindo a seu próprio rastro de água nas esteiras esfiapadas do assoalho, e foi como beber o filtro da ressurreição. Mas não disse uma palavra enquanto não soaram cinco horas na torre da catedral vizinha.

— Sábado, 8 de maio do ano de 30, dia da Santíssima Virgem medianeira de todas as graças —, anunciou o mordomo. — Está chovendo desde as três da madrugada.

— Desde as três da madrugada do século XVII — disse o general, com a voz ainda perturbada pelo bafo azedo da insônia. E acrescentou, a sério: — Não escutei os galos.

— Aqui não há galos — disse José Palacios.

— Não há nada — disse o general. — É terra de infiéis.

Estavam em Santa Fé de Bogotá, a 2.600 metros acima do nível do mar longínquo, e o enorme quarto de paredes áridas, exposto aos ventos gelados que se filtravam pelas janelas mal-ajustadas, não era o mais propício para a saúde de ninguém. José Palacios pôs no mármore do toucador a cumbuca de espuma e o estojo de veludo vermelho com os instrumentos de barbear, todos de metal dourado. Depositou o castiçal com a vela num suporte junto ao espelho, de modo que o general tivesse bastante luz, e aproximou o braseiro para esquentar-lhe os pés. Deu-lhe em seguida uns óculos de vidros quadrados, com armação de prata fina, que trazia sempre para ele no bolso do jaleco. O general os colocou e barbeou-se, manejando a navalha com igual perícia tanto com a mão esquerda como com a direita, pois era ambidestro natural, e demonstrando um domínio assombroso do mesmo pulso que minutos antes não lhe servira para segurar a xícara. Acabou de fazer a barba às cegas, sem deixar de dar voltas pelo quarto, porque procurava ver-se no espelho o menos possível para não topar com os próprios olhos. Depois arrancou a puxões os cabelos do nariz e das orelhas, poliu os dentes perfeitos com pó de carvão, usando uma escova de seda com cabo de prata, cortou e poliu as unhas das mãos e dos pés, e por último se desfez do poncho e esvaziou sobre si um frasco grande de água-de-colônia, esfregando com ambas as mãos o corpo todo até ficar exausto. Naquela madrugada oficiava a missa diária da limpeza com uma violência mais frenética que a habitual, tratando de purificar o corpo e a alma de 20 anos de guerras inúteis e desenganos de poder.

A última visita da noite anterior fora a de Manuela Sáenz, a aguerrida quitenha que o amava, mas que não o seguiria até a morte. Ficava, como sempre, com a incumbência de manter o general bem informado de tudo o que ocorresse em sua ausência, pois fazia muito tempo que ele não confiava em ninguém mais. Deixava-lhe em custódia algumas relíquias sem outro valor senão o de terem sido suas, bem como alguns de seus livros mais apreciados e dois cofres com arquivos pessoais. No dia anterior, durante a breve despedida formal, lhe dissera: "Eu te amo muito, mas te amarei ainda mais se agora tiveres mais juízo do que nunca." Ela o tomou como uma homenagem a mais, das tantas que dele recebera em oito anos de amores ardentes. Dentre todos os seus conhecidos, era ela a única a acreditar: desta vez ele ia mesmo embora. Mas também era a única a ter pelo menos um motivo real para esperar que voltasse.

Não contavam se ver de novo antes da viagem. Entretanto, a dona da casa quis dar-lhes como presente o último adeus furtivo, e fez entrar Manuela, em traje de montaria, pelo portão dos estábulos, burlando os preconceitos da beata comunidade local. Não porque fossem amantes clandestinos, pois o eram a plena luz e com escândalo público, mas para preservar a qualquer preço o bom nome da casa. Ele foi ainda mais timorato, ordenando a José Palacios que não fechasse a porta da sala contígua, passagem obrigatória da criadagem doméstica, onde os ajudantes de campo encarregados da guarda jogaram cartas até muito depois de terminada a visita.

Manuela leu para ele durante duas horas. Tinha sido jovem até pouco tempo atrás, quando suas carnes começaram a levar a melhor sobre a idade. Fumava um cachimbo de marinheiro, e se perfumava com água de verbena, loção de militares; vestia-se de homem e andava entre soldados, mas sua voz rouca continuava sendo boa para as penumbras do amor. Lia à luz escassa da vela, sentada numa poltrona que ainda tinha o escudo de armas do último vice-rei, e ele a escutava estendido na cama de barriga para cima, com a roupa de andar em casa, coberto com o poncho de vicunha. Só pelo ritmo da respiração se percebia que não estava dormindo. O livro se chamava *Lição de notícias e rumores que correram em Lima no ano da graça de 1826*, do peruano Noé Calzadillas, e ela o lia com uma ênfase teatral muito adequada ao estilo do autor.

Durante a hora seguinte nada mais se ouviu na casa adormecida a não ser a voz dela. Porém depois da última ronda estrugiu de repente uma gargalhada unânime de muitos homens, que assanhou a cachorrada do quarteirão. Ele abriu os olhos, menos inquieto que intrigado, e ela fechou o livro no colo, marcando a página com o polegar.

— São os seus amigos — disse.

— Não tenho amigos — disse ele. — E se acaso me restam alguns, há de ser por pouco tempo.

— Pois estão aí fora, vigiando para que não o matem — disse ela.

Assim foi que o general tomou conhecimento do que a cidade inteira sabia: não um, mas vários atentados estavam sendo tramados contra ele, e seus últimos partidários vigiavam na casa para tratar de frustrá-los. O saguão e os corredores em torno do jardim interno estavam tomados por hussardos e granadeiros, todos venezuelanos, que iam acompanhá-lo até o porto de Cartagena de Índias, onde devia embarcar num veleiro para a Europa. Dois deles haviam estendido esteiras para se deitar atravessados em frente à porta principal do quarto, e os ajudantes de campo iam recomeçar o jogo na sala ao lado quando Manuela acabasse de ler, mas os tempos não estavam para ninguém se sentir seguro de coisa alguma em meio a tanta tropa de origem incerta e variada laia. Sem se alterar com as más notícias, o general ordenou a Manuela, com um gesto de mão, que continuasse lendo.

Sempre encarara a morte como um risco profissional sem remédio. Tinha feito todas as suas guerras na linha de perigo, sem sofrer um arranhão, e movia-se em meio ao fogo contrário com uma serenidade tão insensata que até seus oficiais se conformaram com a explicação fácil de que se julgava invulnerável. Saíra ileso de todos os atentados contra ele urdidos, e em vários salvou a vida por não estar dormindo em sua cama. Andava sem escolta, comia e bebia sem nenhum cuidado com o que lhe ofereciam por onde andasse. Somente Manuela sabia que seu desinteresse não era inconsciência nem fatalismo, mas melancólica certeza de que havia de morrer na cama, pobre e nu, e sem o consolo da gratidão pública.

A única mudança digna de nota que fez nos ritos da insônia, naquela noite de véspera, foi não tomar o banho quente antes de se meter na cama. José Palacios o preparara desde cedo, com água de folhas medicinais para retemperar o corpo e facilitar a expectoração, e o manteve em boa temperatura para quando ele o quisesse tomar. Mas não quis. Engoliu duas pílulas laxativas para a prisão de ventre habitual, e se dispôs a cochilar ao arrulho dos mexericos galantes de Lima. De súbito, sem causa aparente, foi acometido por um acesso de tosse que pareceu estremecer as vigas da casa. Os oficiais que jogavam na sala vizinha ficaram em suspenso. Um deles, o irlandês Belford Hinton Wilson, assomou ao quarto para ver se o necessitavam, e viu o general atravessado na cama, de bruços, como que vomitando as entranhas. Manuela segurava-lhe a cabeça sobre a bacia. José Palacios, o único autorizado a entrar no quarto sem bater, permaneceu junto à cama em estado de alerta até passar a crise. Então o general respirou fundo, os olhos cheios de lágrimas, e apontou para o toucador.

— É por causa dessas flores de panteão — disse.

Como sempre, pois sempre encontrava algum culpado imprevisto de suas desgraças. Manuela, que o conhecia melhor do que ninguém, fez sinal a José Palacios para levar embora o vaso de flores com os nardos murchos da manhã. O general tornou a estender-se na cama, de olhos fechados, e ela reatou a leitura no mesmo tom de antes. Só quando lhe pareceu que ele havia adormecido, pôs o livro na mesa de cabeceira, deu-lhe um beijo na testa abrasada pela febre e sussurrou para José Palacios que a partir das seis da manhã estaria para uma última despedida no sítio de Cuatro Esquinas, onde principiava a estrada real de Honda. Embuçou-se com uma capa de campanha e saiu do quarto na ponta dos pés. Então o general abriu os olhos e falou com voz débil a José Palacios:

— Diga a Wilson que a acompanhe até em casa.

A ordem foi cumprida contra a vontade de Manuela, que, sozinha, se acreditava mais bem-acompanhada do que com um piquete de lanceiros. José Palacios a precedeu à luz de um candeeiro até os estábulos, em redor do jardim interno com um chafariz de pedra, onde começavam a florir os primeiros nardos da madrugada. A chuva fez uma pausa e o vento parou de assobiar entre as árvores, mas não havia uma só estrela no céu gelado. O coronel Belford Wilson ia repetindo a senha da noite para tranquilizar as sentinelas deitadas nas esteiras do corredor. Ao passar diante da janela da sala principal, José Palacios viu o dono da casa servindo café ao grupo de amigos, militares e civis, que se preparavam para velar até o momento da partida.

Quando voltou ao quarto, encontrou o general entregue ao delírio. Ouviu-o dizer frases descosidas que cabiam numa só: "Ninguém entendeu nada." O corpo ardia na fogueira da febre, e soltava umas ventosidades pedregosas e fétidas. O próprio general não saberia dizer no dia seguinte se falava dormindo ou delirava acordado, nem poderia lembrar. Era o que chamava "minhas crises de demência". Que já não alarmavam ninguém, pois havia mais de quatro anos que delas padecia, sem que nenhum médico arriscasse uma explicação científica, e no dia seguinte viam-no ressurgir das cinzas com a razão intacta. José Palacios embrulhou-o num cobertor, deixou o candeeiro aceso no mármore do toucador e saiu do quarto sem fechar a porta, para continuar vigiando na sala ao lado. Sabia que ele se restabeleceria a qualquer hora da manhã e se meteria nas águas plácidas da banheira, procurando restaurar as forças devastadas pelo horror dos pesadelos.

Era o final de um dia fragoroso. Uma guarnição de 789 hussardos se sublevara, a pretexto de reclamar o pagamento de três meses de soldos atrasados. A razão verdadeira foi outra: a maioria era da Venezuela, e muitos tinham feito as guerras de libertação de quatro nações, mas nas últimas semanas vinham sendo alvo de tantos insultos e provocações de rua que tinham motivos para temer pela própria sorte depois que o general deixasse o país. O conflito se resolveu com o pagamento dos viáticos e mil pesos ouro, em vez dos 70 mil que os insurretos pediam. Ao pôr do sol, desfilaram para sua terra de origem, seguidos por uma turbamulta de mulheres de carga, com suas crianças e seus animais domésticos. O estrépito dos bombos e dos cobres marciais não conseguiu calar a gritaria da multidão, que açulava cachorros contra eles e atirava busca-pés para lhes desacertar o passo, como nunca havia feito com uma tropa inimiga. Onze anos antes, ao cabo de três longos séculos de domínio espanhol, o feroz vice-rei dom Juan Sámano fugira por essas mesmas ruas disfarçado de peregrino, mas com seus baús abarrotados de ídolos de ouro e esmeraldas brutas, tucanos sagrados, radiantes caixilhos envidraçados com borboletas de Muzo, e não faltou nas sacadas quem chorasse e lhe atirasse uma flor, desejando-lhe de todo coração mar calmo e feliz viagem.

O general participara em segredo da negociação do conflito, sem arredar pé da casa que lhe havia sido cedida, a do ministro da guerra e marinha, e afinal mandou junto com a tropa rebelde o general José Laurencio Silva, seu sobrinho por afinidade e ajudante de grande confiança, como penhor de que não haveria novos distúrbios até a fronteira venezuelana. Não viu o desfile sob sua sacada, mas ouviu os clarins e os tambores, e o barulho do povo amontoado na rua, cujos gritos não chegou a entender. Deu-lhes tão pouca importância que não parou de rever com os secretários a correspondência atrasada, e ditou uma carta para o Grande Marechal dom Andrés de Santa Cruz, presidente da Bolívia, na qual anunciava sua retirada do poder, sem no entanto mostrar-se muito certo da viagem para o exterior. "Não escreverei mais nenhuma carta no que me resta de vida", disse ao terminá-la. Mais tarde, enquanto suava a febre da sesta, penetraram-lhe no sono os clamores de tumultos distantes, e despertou sobressaltado com um chorrilho de petardos que tanto podiam ser de rebeldes como de pirotécnicos. Mas quando perguntou, responderam que era a festa. Apenas isto: "É a festa, meu general." Sem que ninguém, nem José Palacios, ousasse explicar que festa seria.

Só quando Manuela contou, na visita da noite, é que soube que era gente de seus inimigos políticos, do partido demagogo, como dizia, que andava pela rua a excitar contra ele as corporações de artesãos, com a complacência da força pública. Era sexta-feira, dia de mercado, o que facilitou a desordem na praça principal. Uma chuva mais forte que a costumeira, com relâmpagos e trovões, dispersou os amotinados ao anoitecer. Mas o mal estava feito. Os estudantes do colégio de São Bartolomeu haviam tomado de assalto as dependências da corte suprema de justiça para forçar um julgamento público do general, rasgando a baioneta e atirando pela sacada um retrato seu de tamanho natural, pintado a óleo por um ex-oficial do exército libertador. As turbas embriagadas de *chicha* tinham saqueado as lojas da Calle Real e as cantinas dos subúrbios não fechadas a tempo, e fuzilaram na praça principal um general feito de almofadas de serragem, que não precisava da casaca azul com botões de ouro para todo mundo o reconhecer. Acusavam-no de ser o promotor oculto da desobediência militar, numa tentativa tardia de recuperar o poder que o congresso lhe retirara em votação unânime, depois de 12 anos de exercício ininterrupto. Acusavam-no de querer a presidência vitalícia para deixar em seu lugar um príncipe europeu. Acusavam-no de estar simulando uma viagem ao exterior, quando na realidade ia para a fronteira da Venezuela, de onde planejava regressar para tomar o poder à frente das tropas insurretas. As paredes públicas estavam forradas de *papeluchas*, nome popular dado aos pasquins de injúrias que se imprimiam contra ele, e seus partidários mais notórios permaneceram escondidos em casas alheias até os ânimos se apaziguarem. A imprensa fiel ao general Francisco de Paula Santander, seu principal inimigo, tinha divulgado os rumores de que sua enfermidade incerta, apregoada com tanto estardalhaço, bem como os alardes excessivos sobre sua partida, eram simples ardis políticos para lhe pedirem que ficasse. Nessa noite, enquanto Manuela Sáenz lhe narrava os pormenores do dia tempestuoso, os soldados do presidente interino se dedicavam a apagar na parede do palácio arquiepiscopal uma inscrição a carvão: "Não vai nem morre." O general suspirou:

— Muito mal devem andar as coisas — disse —, e eu pior que as coisas, para tudo isso acontecer a um quarteirão daqui e me fazerem acreditar que era uma festa.

A verdade é que mesmo seus amigos mais íntimos não achavam que fosse deixar nem o poder nem o país. A cidade era pequena e a gente bisbilhoteira demais para desconhecer as duas grandes falhas de sua viagem incerta: não tinha dinheiro para chegar a parte alguma com séquito tão numeroso, e, tendo sido presidente da república, não podia sair do país antes de um ano sem permissão do governo, a qual nem sequer tivera a malícia de solicitar. A ordem de arrumar a bagagem, dada de modo ostensivo, para ser ouvida por todo mundo, não foi entendida como prova terminante nem pelo próprio José Palacios, pois em outras ocasiões chegara ao extremo de desmanchar uma casa para fingir que partia, o que sempre fora uma manobra política certeira. Seus ajudantes militares sentiam que os sintomas do desencanto eram por demais evidentes no último ano. Entretanto, de outras vezes tinha acontecido, e quando menos se esperava o viam despertar com ânimo novo, para retomar o fio da vida com mais ímpeto que nunca. José Palacios, que sempre acompanhara de perto essas mudanças imprevisíveis, o dizia à sua maneira: "O que o meu senhor pensa, só o meu senhor sabe."

Suas renúncias recorrentes se haviam incorporado ao cancioneiro popular, desde a mais antiga, anunciada no próprio discurso com que assumiu a presidência: "Meu primeiro dia de paz será o último do poder." Nos anos seguintes tornou a renunciar tantas vezes, e em circunstâncias tão diversas, que nunca mais se soube quando era de verdade. A renúncia mais ruidosa de todas tinha sido dois anos antes, na noite de 25 de setembro, quando escapou ileso de uma conspiração para assassiná-lo, dentro do próprio quarto de dormir do palácio do governo. A comissão do congresso que o visitou de madrugada, depois de ele ter passado seis horas sem agasalho debaixo de uma ponte, encontrou-o embrulhado numa manta de lã e com os pés numa bacia de água quente, mas não tão prostrado pela febre quanto pela decepção. Anunciou-lhes que a trama não seria investigada, que ninguém seria processado, e que o congresso previsto para o ano-novo se reuniria de imediato para eleger outro presidente da república.

— Depois disso — concluiu — deixarei a Colômbia para sempre.

Contudo, a investigação foi feita, julgaram-se os culpados com um código de ferro, e 14 foram fuzilados em praça pública. O congresso constituinte marcado para 2 de janeiro só se reuniu 16 meses depois, e ninguém tornou a falar em renúncia. Mas não houve por essa época visitante estrangeiro, interlocutor casual ou amigo de passagem a quem ele deixasse de dizer: "Vou para onde gostem de mim."

As notícias públicas de que estava nas últimas também não eram tidas como indício válido de que fosse partir. Ninguém duvidava de seus males. Ao contrário, desde seu regresso das guerras do sul, todos os que o viram passar sob os arcos de flores acharam com assombro que só vinha para morrer. Em vez de Pombo Branco, seu cavalo histórico, montava uma mula pelada com uma esteira servindo de baixeiro, tinha o cabelo encanecido e a testa sulcada de nuvens errantes, a sobrecasaca suja e com uma manga descosturada. A glória lhe fugira do corpo. No melancólico sarau oferecido aquela noite na casa de governo, permaneceu encouraçado dentro de si mesmo, e nunca se soube se foi por perversidade política ou simples descuido que cumprimentou um de seus ministros com o nome de outro.

Não bastavam as aparências de despedida para acreditarem que partia, pois já havia seis anos se propalava que estava morrendo, e no entanto mantinha intacta sua disposição de mando. A primeira notícia chegou por um oficial da marinha britânica que o viu por acaso no deserto de Pativilca, ao norte de Lima, em plena guerra pela libertação do sul. Encontrou-o jogado no chão de uma choça miserável improvisada em quartel-general, envolto num capote de lã impermeável e com um pano amarrado na cabeça, por não suportar o frio dos ossos no inferno do meio-dia, e sem forças sequer para espantar as galinhas que ciscavam a seu redor. Depois de uma conversa difícil, atravessada por lufadas de demência, despediu-se do visitante com um dramatismo dilacerador:

— Vá e conte ao mundo como me viu morrer, cagado pelas galinhas, nesta praia inóspita — disse.

Falou-se que a doença era o *tabardillo*, causado pelos sóis mercuriais do deserto. Falou-se depois que estava agonizando em Guayaquil, e mais tarde em Quito, com uma febre gástrica cujos sinais mais alarmantes eram o desinteresse pelo mundo e uma calma absoluta do espírito. Ninguém apurou que fundamentos científicos teriam essas notícias, pois, sempre contrário à ciência dos médicos, diagnosticava e receitava para si mesmo com base em *La médecine à votre manière,* de Donostierre, um manual francês de remédios caseiros que José Palacios carregava por toda parte, como um oráculo para entender e curar qualquer distúrbio do corpo ou da alma. De qualquer modo, não houve agonia mais frutífera que a dele. Enquanto o acreditavam à morte em Pativilca, atravessou mais uma vez os cumes andinos, venceu em Junín, completou a libertação de toda a América espanhola com a vitória final de Ayacucho, criou a república da Bolívia e ainda foi feliz em Lima como nunca fora nem voltaria a ser com a embriaguez da glória. Assim, os repetidos anúncios de que afinal ia deixar o poder e o país por motivo de doença, e os atos formais que o pareciam confirmar, não passavam de repetições desmoralizadas de um drama por demais visto para merecer crédito.

Poucos dias antes do regresso, no final de um áspero conselho de governo, tomou pelo braço o marechal Antonio José de Sucre. "O senhor fica comigo", disse. Levou-o ao escritório privado, onde só recebia uns poucos eleitos, e quase o obrigou a sentar em sua poltrona pessoal.

— Este lugar já é mais seu que meu — disse.

O Grande Marechal de Ayacucho, seu amigo dileto, conhecia a fundo o estado do país, mas o general lhe fez uma exposição detalhada antes de chegar ao seu objetivo. Dali a poucos dias se reuniria o congresso constituinte para eleger o presidente da república e aprovar uma nova constituição, numa tentativa tardia de salvar o sonho dourado da integridade continental. O Peru, em poder de uma aristocracia regressiva, parecia irrecuperável. O general Andrés de Santa Cruz levava a Bolívia de cabresto por um rumo próprio. A Venezuela, sob o império do general José Antonio Páez, acabava de proclamar sua autonomia. O general Juan José Flores, prefeito geral do sul, unira Guayaquil a Quito para criar a república independente do Equador. A república da Colômbia, primeiro embrião de uma pátria imensa e unânime, estava reduzida ao antigo vice-reino de Nova Granada. Dezesseis milhões de americanos, apenas iniciados na vida livre, ficavam ao arbítrio dos caudilhos locais.

— Em suma — concluiu o general —, tudo o que fizemos com as mãos os outros estão desmanchando com os pés.

— É uma ironia do destino — disse o marechal Sucre. — É como se tivéssemos semeado tão fundo o ideal da independência que agora esses povos estão querendo ficar independentes uns dos outros.

O general reagiu com grande vivacidade.

— Não repita canalhices do inimigo — disse — mesmo que sejam tão certas como essa.

O marechal Sucre se desculpou. Era inteligente, metódico, tímido e supersticioso, e tinha na fisionomia uma doçura que as cicatrizes da varíola não logravam diminuir. O general, que gostava muito dele, dizia que simulava ser modesto sem ser. Fora herói em Pichincha, em Tumusla, em Tarqui, e, com 29 anos apenas, comandara a gloriosa batalha de Ayacucho, que liquidou o último reduto espanhol na América do Sul. Mais que por esses méritos, no entanto, destacava-se por seu bom coração na vitória e por seu talento de estadista. Naquela altura havia renunciado a todos os seus cargos, e andava sem insígnias militares de qualquer espécie, com um capote preto que lhe dava pelos tornozelos, e sempre de gola levantada para melhor se proteger contra as punhaladas de ventos glaciais das montanhas próximas. Seu único compromisso com a nação, e o último, segundo seus desejos, era participar do congresso constituinte como deputado por Quito. Completara 35 anos, tinha uma saúde de ferro e estava louco de amor por dona Mariana Carcelén, marquesa de Solanda, uma bela e irrequieta quitenha quase adolescente, com quem se casara por procuração seis meses antes e da qual tinha uma filha de seis meses.

O general não podia imaginar ninguém mais qualificado para suceder-lhe na presidência da república. Sabia que lhe faltavam ainda cinco anos para a idade regulamentar, por motivo de uma restrição constitucional imposta pelo general Rafael Urdaneta para lhe barrar o caminho. Contudo, o general estava empreendendo gestões sigilosas para emendar a emenda.

— Aceite — disse — e eu ficarei como generalíssimo, dando voltas em redor do governo como um touro em redor de um rebanho de vacas.

Tinha o aspecto debilitado, mas a determinação era convincente. Entretanto, o marechal sabia há algum tempo que nunca seria dele a cadeira em que estava sentado. Pouco antes, quando lhe surgiu pela primeira vez a possibilidade de ser presidente, disse que jamais governaria uma nação cujo sistema e cujo rumo eram cada vez mais imprevisíveis. No seu entender, o primeiro passo para a purificação era afastar os militares do poder, e pretendia propor ao congresso que nenhum general pudesse ser presidente nos próximos quatro anos, talvez com o propósito de barrar o caminho a Urdaneta. Mas os adversários mais fortes dessa emenda seriam os mais fortes: os próprios generais.

— Já estou cansado demais para trabalhar sem bússola — disse Sucre. — Além disso, Sua Excelência sabe tão bem quanto eu que aqui o que falta não é um presidente, mas um domador de insurreições.

Assistiria ao congresso constituinte, claro, e até mesmo aceitaria a honra de presidi-lo, caso lhe fosse oferecida. Nada mais que isso. Quatorze anos de guerras lhe haviam ensinado que não existe vitória maior que a de estar vivo. A presidência da Bolívia, o país vasto e ignoto que tinha fundado e governado com mão sábia, lhe ensinara as veleidades do poder. A inteligência de seu coração lhe ensinara a inutilidade da glória. "De modo que não, Excelência", concluiu. No dia 13 de junho, dia de santo Antônio, havia de estar em Quito com a mulher e a filha, para celebrar com elas não somente aquele onomástico como todos os que o futuro lhe reservasse. A decisão de viver para elas, e somente para elas, nos enlevos do amor, estava tomada desde o Natal recente.

— É tudo quanto peço à vida — disse.

O general estava lívido.

— E eu que pensava que já não era capaz de me espantar com nada — disse. Olhou-o nos olhos: — É sua última palavra?

— É a penúltima — disse Sucre. — A última é minha eterna gratidão pelas bondades de Sua Excelência.

O general deu uma palmada na coxa para despertar a si mesmo de um sonho irresgatável.

— Bem — disse. — O senhor acaba de tomar por mim a decisão final de minha vida.

Naquela noite redigiu sua renúncia sob o efeito desmoralizante de um vomitório receitado por um médico qualquer para lhe aplacar a bile. Em 20 de janeiro instalou o congresso constituinte com um discurso de despedida no qual exaltou o presidente, marechal Sucre, como o mais digno dos generais. O elogio arrancou uma ovação do congresso, mas um deputado que estava ao lado de Urdaneta lhe cochichou no ouvido: "Quer dizer que há um general mais digno que o senhor." A frase do general e o veneno do deputado ficaram como dois pregos ardentes no coração do general Rafael Urdaneta.

Era justo. Embora faltassem a Urdaneta os imensos méritos militares de Sucre, e seu grande poder de sedução, não havia motivo para considerá-lo menos digno. Sua serenidade e sua constância tinham sido elogiadas pelo próprio general, sua fidelidade e sua estima por ele estavam mais que provadas, e era dos poucos homens deste mundo capaz do atrevimento de lhe dizer na cara as verdades que temia conhecer. Consciente de seu lapso, o general tratou de emendá-lo nas provas tipográficas e, em lugar de "o mais digno dos generais", corrigiu do próprio punho: "um dos mais dignos". O remendo não mitigou o rancor.

Dias depois, numa reunião do general com deputados amigos, Urdaneta acusou-o de fingir que ia embora, enquanto manobrava em segredo para se reeleger. Três anos antes, o general José Antonio Páez havia tomado o poder pela força no departamento da Venezuela, numa primeira tentativa de separá-lo da Colômbia. O general foi a Caracas, reconciliou-se com Páez num abraço público, entre cantos de júbilo e repiques de sinos, e fabricou-lhe sob medida um regime de exceção que lhe permitia mandar à vontade. "Aí começou o desastre", disse Urdaneta. Pois aquela complacência não somente acabara de envenenar as relações com os granadinos como os contaminara com o germe da separação. Agora, concluiu Urdaneta, o melhor serviço que o general poderia prestar à pátria era renunciar sem mais delongas ao vício de mandar, e retirar-se do país. O general replicou com igual veemência. Mas Urdaneta era homem íntegro, de verbo fácil e ardoroso, e deixou em todos a impressão de terem assistido ao desmoronar de uma grande e velha amizade.

Reiterando sua renúncia, o general indicou dom Domingo Caycedo para presidente interino enquanto o congresso escolhia o titular. Em primeiro de março deixou o palácio do governo pela porta de serviço, para não topar com os convidados que estavam homenageando seu sucessor com uma taça de champanhe, e foi em carruagem alheia para a quinta de Fucha, um remanso idílico nos arredores da cidade, que o presidente provisório lhe emprestara. A simples certeza de ser apenas um cidadão comum agravou os estragos do vomitório. Sonhando acordado, pediu a José Palacios que preparasse o necessário para começar a escrever suas memórias. José Palacios trouxe tinta e papel de sobra para quarenta anos de recordações, e ele preveniu Fernando, seu sobrinho e secretário, que se preparasse para atendê-lo desde a segunda-feira seguinte, às quatro da madrugada, a hora mais propícia para pensar, com seus rancores em carne viva. Como dissera muitas vezes ao sobrinho, pretendia começar pela recordação mais antiga, um sonho que tivera na fazenda de San Mateo, na Venezuela, pouco depois de fazer 3 anos. Sonhou que uma mula preta com dentadura de ouro tinha se metido pela casa adentro, percorrendo desde a sala de visitas até as despensas, a comer sem pressa tudo que encontrava no caminho, enquanto a família e os escravos sesteavam, até que acabou de comer as cortinas, os tapetes, as lâmpadas, os vasos de flores, a louça e os talheres da sala de jantar, os santos dos altares, os guarda-roupas e as arcas com tudo o que tinham dentro, as panelas da cozinha, as portas e janelas com seus gonzos e aldrabas, e todos os móveis desde o pórtico até os quartos de dormir, e a única coisa que deixou intacta, flutuando no espaço, foi o oval do espelho do toucador de sua mãe.

Mas se sentiu tão bem na casa de Fucha, e o ar era tão tênue sob o céu de nuvens velozes que não voltou a falar nas memórias, aproveitando o amanhecer para caminhar pelas trilhas perfumadas da savana. Os que o visitaram nos dias seguintes tiveram a impressão de que estava refeito. Sobretudo os militares, seus amigos mais fiéis, que o instaram a permanecer na presidência, ainda que por meio de uma quartelada. Ele os desanimava com o argumento de que o poder da força era indigno de sua glória, mas não parecia afastar a esperança de ser confirmado pela decisão legítima do congresso. José Palacios repetia: "O que o meu senhor pensa, só o meu senhor sabe."

Manuela continuava vivendo a poucos passos do palácio de San Carlos, que era a residência dos presidentes, com o ouvido atento às vozes da rua. Aparecia em Fucha duas ou três vezes por semana, ou mais em situação de urgência, carregada de maçapães e doces quentes dos conventos, e barras de chocolate com canela para a merenda das quatro. Raras vezes levava os jornais, porque o general se tornara tão suscetível à crítica que qualquer reparo banal o deixava fora de si. Em troca lhe contava a miuçalha da política, as perfídias de salão, os diz que diz que dos bisbilhoteiros, que ele tinha de escutar com as tripas retorcidas embora lhe fossem adversos, pois era Manuela a única pessoa a quem permitia a verdade. Quando não tinham muito que conversar, passavam em revista a correspondência, ou ela lia para ele, ou jogavam cartas com os ajudantes de campo, mas sempre almoçavam sozinhos.

Tinham-se conhecido em Quito oito anos antes, num baile de gala comemorativo da libertação, quando ela era ainda casada com o doutor James Thorne, um cavalheiro inglês implantado na aristocracia de Lima nos últimos tempos do vice-reinado. Além de ser a última mulher com quem manteve um amor continuado desde a morte de sua esposa, 27 anos antes, era também a confidente, a guardiã de seus arquivos e sua leitora mais emotiva. Estava adida a seu estado-maior com a patente de coronela. Longe iam os tempos em que estivera a ponto de lhe mutilar uma orelha a dentadas, numa briga de ciúmes, mas seus diálogos mais triviais ainda costumavam culminar nas explosões de ódio e nas ternas capitulações dos grandes amores. Manuela não ficava para dormir. Saía a tempo de não ser surpreendida no caminho pela noite, sobretudo naquela estação de poentes fugazes.

Ao contrário do que acontecia na quinta de La Magdalena, em Lima, onde ele precisava inventar pretextos para a manter longe enquanto se divertia com damas de alta linhagem, e outras nem tanto, na quinta de Fucha dava mostras de não poder viver sem ela. Ficava espiando o caminho por onde devia chegar, exasperava José Palacios perguntando as horas a cada instante, pedindo-lhe que mudasse a poltrona de lugar, que avivasse o fogo da lareira, que o apagasse, que o acendesse outra vez, impaciente e mal-humorado, até vê-la aparecer na carruagem por trás das lombadas, e então sua vida se iluminava. Mas demonstrava igual ansiedade quando a visita se prolongava além do previsto. À hora da sesta metiam-se na cama sem fechar a porta, sem se despir e sem dormir, e mais de uma vez incidiram no erro de tentar um último amor, pois ele se negava a admitir que já não tinha corpo suficiente para comprazer a alma.

Sua tenaz insônia se revelou desordenada naqueles dias. Cochilava a qualquer hora, no meio de uma frase enquanto ditava uma carta, ou num jogo de baralho, e ele próprio não sabia direito se eram lufadas de sono ou desmaios passageiros, mas logo ao deitar sentia-se ofuscado por uma crise de lucidez. Ao amanhecer, mal conseguia conciliar um meio-sono lodoso, até tornar a ser acordado pelo vento da paz entre as árvores. Então não resistia à tentação de adiar por mais uma manhã o ditado de suas memórias, para dar um passeio solitário que às vezes se prolongava até a hora do almoço.

Ia sem escolta, sem os dois cães fiéis que às vezes o acompanhavam mesmo nos campos de batalha, sem nenhum dos cavalos épicos que já tinham sido vendidos ao batalhão de hussardos para aumentar os fundos da viagem. Ia até o rio próximo por sobre a colcha de folhas podres das alamedas intermináveis, protegido contra os ventos gelados da savana com o poncho de vicunha, as botas forradas por dentro de lã virgem, e o gorro de seda verde que antes só usava para dormir. Sentava-se longo tempo a meditar diante da pontezinha de tábuas soltas, á sombra dos salgueiros desconsolados, absorto nos rumos da água que certa vez comparou ao destino dos homens, num símile retórico muito próprio de seu mestre da juventude, dom Simón Rodríguez. Um dos membros da escolta o seguia sem se deixar ver, até que ele voltasse ensopado de orvalho e com um fiapo de fôlego que mal dava para chegar à escadaria do pórtico, macilento e aturdido, mas com uns olhos de louco feliz. Sentia-se tão bem nessas caminhadas de evasão que os guardas escondidos o ouviam entre as árvores cantando canções de soldados como nos anos de suas glórias lendárias e derrotas homéricas. Os que o conheciam melhor se indagavam a razão de seu bom ânimo, já que a própria Manuela duvidava que fosse uma vez mais confirmado para a presidência da república por um congresso constituinte que ele mesmo qualificara de admirável.

No dia da eleição, durante o passeio matinal, viu um lebréu sem dono a dar pulinhos no meio das moitas atrás de codornizes. Lançou-lhe um assobio de rufião, e o cachorro parou de repente, procurou-o de orelhas em pé e o descobriu com o poncho quase se arrastando e o gorro de pontífice florentino, largado da mão de Deus entre as nuvens céleres e a planície imensa. Farejou-o a fundo, enquanto ele lhe acariciava o pelame com os nós dos dedos, mas logo se afastou de golpe, fitou-o nos olhos com seus olhos de ouro, emitiu um grunhido de temor e fugiu espantado. Perseguindo-o por uma trilha ignota, o general se viu perdido num subúrbio de ruelas barrentas e casas de pau a pique com telhados vermelhos, em cujos pátios subia o vapor da ordenha. Súbito, ouviu o grito:

— Longanizo!

Não teve tempo de se esquivar a uma bosta de vaca que jogaram de algum estábulo e veio lhe rebentar à altura do peito, chegando a respingar no rosto. Mas foi o grito, mais que a explosão de excremento, que o arrancou do estupor em que se encontrava desde que deixara a casa presidencial. Conhecia aquele apelido que os granadinos lhe tinham posto, o mesmo dado a um louco de rua famoso por seus uniformes de casa de belchior. Até um senador dos que se diziam liberais o chamara assim no congresso, estando ele ausente, e só dois protestaram. Mas nunca o havia sentido em carne viva. Começou a limpar a cara com a borda do poncho, e ainda não terminara quando o guardião que o seguia sem ser visto surgiu do meio das árvores com a espada nua para castigar a afronta. Ele o fulminou com um repente de cólera:

— E o senhor que faz aqui, *carajos*!*

---

*O oficial alemão Carl Richard, voluntário do exército libertador, relatou que Simón Bolívar "não podia pronunciar duas palavras seguidas sem introduzir a expressão predileta dos espanhóis terminada em *ajo*". O francês Peru de Lacroix, em seu *Diário de Bucaramanga,* conta que ele usava muito "a expressão *cxxx*". Fiel a testemunhos fidedignos, García Márquez tempera com palavrões as falas do general, embora ressalve que diante de senhoras ele chegava a ser afetado na linguagem e nas maneiras. Neste livro aparece muitas vezes a palavra *carajos* (no plural), ora como interjeição, ora intercalada para dar maior ênfase à frase. Optei por mantê-la em espanhol, pois seu significado é óbvio, e tem nesse idioma um pitoresco jovial, consagrado pelo amplo uso, que falta ao agressivo correspondente português. (*N. do T.*)

O oficial perfilou-se.

— Cumpro ordens, Excelência.

— Eu não sou excelência sua — replicou.

Despojou-o de cargos e títulos com tanta fúria que o oficial se deu por muito satisfeito de já lhe faltar poder para uma represália mais feroz. Até a José Palacios, que tanto o entendia, custou esforço entender aquele rigor todo.

Foi um mau dia. Passou a manhã dando voltas pela casa na mesma ansiedade com que esperava Manuela, mas não escapou a ninguém que dessa vez não se agoniava por ela, e sim pelas notícias do congresso. Procurava imaginar minuto a minuto os pormenores da sessão. Quando José Palacios lhe respondeu que eram dez horas, disse: "Por muito que os demagogos queiram relinchar, já devem ter começado a votação." Depois, ao fim de uma longa reflexão, se perguntou em voz alta: "Quem pode lá saber o que pensa um homem como Urdaneta?" José Palacios sabia que o general sabia, porque Urdaneta não deixara de apregoar por toda parte os motivos e o tamanho de seu ressentimento. Num momento em que José Palacios tornou a passar, o general indagou, afetando despreocupação: "Por quem você acha que Sucre vai votar?" José Palacios sabia tão bem quanto ele que o marechal Sucre não podia votar, porque viajara naqueles dias para a Venezuela junto com o bispo de Santa Marta, monsenhor José Maria Estévez, numa missão do congresso para negociar os termos da separação. Daí nem ter parado para responder: "O senhor sabe melhor que ninguém." O general sorriu pela primeira vez desde que voltara do passeio abominável.

Apesar de seu apetite errático, quase sempre sentava à mesa antes das onze para comer um ovo quente com um cálice de vinho do porto, ou para beliscar pedacinhos de queijo, mas nesse dia ficou no terraço, vigiando a estrada, enquanto os outros almoçavam, e tão distraído estava que nem José Palacios se atreveu a importuná-lo. Três horas passadas, teve um sobressalto ao perceber o trote das bestas antes que aparecesse entre as colinas a carruagem de Manuela. Correu a recebê-la, abriu a porta para ajudá-la a descer, e desde o momento em que lhe viu a cara conheceu a notícia. Dom Joaquín Mosquera, primogênito de uma casa ilustre de Popayán, tinha sido eleito presidente da república em votação unânime.

Sua reação não foi de raiva nem de desapontamento, mas de assombro, pois ele próprio sugerira ao congresso o nome de dom Joaquín Mosquera na certeza de que não o aceitariam. Mergulhou numa meditação profunda, e não tornou a falar senão à hora da merenda. "Nem um só voto para mim?", perguntou. Nem um só. Todavia, a delegação oficial que o visitou mais tarde, composta por deputados fiéis, explicou que seus partidários tinham se posto de acordo para que a votação fosse unânime, de modo a não fazê-lo aparecer como perdedor numa disputa renhida. Estava tão contrariado que não pareceu apreciar a sutileza daquela manobra galante. Pensava, sim, que teria sido mais digno de sua glória aceitarem a renúncia quando a apresentara pela primeira vez.

— Afinal de contas — suspirou —, os demagogos tornaram a ganhar, e por partida dobrada.

Entretanto, cuidou muito bem que não notassem o estado de comoção em que se encontrava, até se despedir deles no pórtico. Mas os carros ainda não se haviam perdido de vista quando caiu derrubado por um acesso de tosse que manteve a quinta em estado de alarma até o anoitecer. Um dos membros da comitiva oficial disse que o congresso fora tão prudente em sua decisão que tinha salvo a república. Ele não fez nenhum comentário. Mas nessa noite, enquanto Manuela o obrigava a tomar uma tigela de caldo, disse-lhe: "Nenhum congresso jamais salvou uma república." Antes de se recolher, reuniu os ajudantes e o pessoal de serviço para anunciar, com a solenidade habitual de suas renúncias suspeitas:

— Amanhã mesmo vou-me embora daqui.

Não foi embora amanhã mesmo, mas quatro dias depois. No intervalo, recobrou o ânimo perdido, ditou uma proclamação de adeus em que não deixava transparecer as feridas do coração, e retornou à cidade para preparar a viagem. O general Pedro Alcântara Herrán, ministro da guerra e marinha do novo governo, levou-o para sua casa na rua de La Ensenanza, menos para dar-lhe hospedagem do que para o proteger das ameaças de morte cada vez mais temíveis.

Antes de deixar Santa Fé, leiloou o pouco de valor que lhe restava, para melhorar as finanças. Além dos cavalos, vendeu uma baixela de prata dos tempos pródigos de Potosí, que a Casa da Moeda orçou pelo simples valor do metal, sem tomar em consideração nem a preciosidade do artesanato nem os méritos históricos:

2.500 pesos. Feitas as contas finais, levava em dinheiro 17.600 pesos e 600 centavos, uma ordem de pagamento de 8 mil pesos contra o tesouro público de Cartagena, uma pensão vitalícia dada pelo congresso, e pouco mais de seiscentas onças de ouro distribuídas em diferentes baús. Tal o saldo lastimoso de uma fortuna pessoal que, no dia de seu nascimento, era considerada entre as mais prósperas das Américas.

Da bagagem que José Palacios arrumou sem pressa, na própria manhã da viagem, enquanto ele acabava de se vestir, só constavam duas peças de roupa de baixo muito gastas, duas camisas que se revezavam no uso diário, a sobrecasaca de guerra com dupla fileira de botões que se supunha forjados com o ouro de Atahualpa, o gorro de seda para dormir e um barrete vermelho que o marechal Sucre lhe havia trazido da Bolívia. Para calçar não tinha mais que as chinelas caseiras e as botas de verniz que estava usando. Nos baús pessoais de José Palacios, junto com a maleta de remédios e outras poucas coisas de valor, iam *O contrato social*, de Rousseau, e *A arte militar*, do general italiano Raimundo Montecuccoli, duas joias bibliográficas que tinham pertencido a Napoleão Bonaparte, presenteadas por Robert Wilson, pai de seu ajudante de campo. O resto era tão escasso que coube tudo numa mochila de soldado. Quando viu aquilo, já pronto para sair à sala onde a comitiva oficial o aguardava, disse:

— Nunca teríamos acreditado, meu caro José, que tanta glória fosse caber dentro de um sapato.

Nas sete mulas de carga, entretanto, iam outras caixas com medalhas e talheres de ouro, além de múltiplas coisas de certo valor, dez baús de papéis particulares e pelo menos cinco de roupa, e várias caixas com todo tipo de coisas boas e más que ninguém tivera a paciência de passar em revista. Contudo, não era nem sombra da bagagem com que regressara de Lima três anos antes, investido do tríplice poder de presidente da Bolívia e da Colômbia e ditador do Peru, uma fileira de 72 baús e mais de quatrocentas caixas com coisas inumeráveis cujo valor não foi calculado. Nessa ocasião tinha deixado em Quito mais de seiscentos livros que nunca se preocupou em recuperar.

Eram quase seis horas. A chuva milenar tinha feito uma pausa, mas o mundo continuava turvo e frio, e a casa tomada pela tropa começava a exalar um bafio de caserna. Os hussardos e granadeiros se levantaram em tropel quando viram aproximar-se do fundo do corredor o general taciturno, entre seus ajudantes de campo, verde no resplendor da alvorada, com o poncho pardo sobre o ombro e um chapéu de grandes abas que ensombreciam ainda mais as sombras de seu rosto. Tapava a boca com um lenço embebido em água-de-colônia, conforme uma velha superstição andina, para se proteger dos maus ares com a saída brusca ao ar livre. Não trazia nenhuma insígnia de seu posto nem lhe restava o menor indício da imensa autoridade de outros dias, mas o halo mágico do poder o tornava diferente em meio ao ruidoso séquito de oficiais. Dirigiu-se à sala de visitas, caminhando devagar pelo corredor atapetado de esteiras que margeava o jardim interno, indiferente aos soldados da guarda que se perfilavam à sua passagem. Antes de entrar na sala, guardou o lenço no punho da manga, como já só os padres faziam, e deu a um dos ajudantes de campo o chapéu que trazia na cabeça.

Além dos que tinham velado na casa, outros civis e militares continuavam chegando desde o amanhecer. Estavam tomando café em grupos dispersos, e os movimentos sombrios e as vozes amordaçadas davam ao ambiente uma solenidade lúgubre. De repente se destacou por cima dos sussurros a voz aguda de um diplomata:

— Isto parece um enterro.

Mal acabara de falar, percebeu às costas o cheiro de água-de-colônia que saturou a atmosfera da sala. Então se voltou com a xícara de café fumegante, segurada com o polegar e o indicador, inquieto à ideia de que o fantasma que acabava de entrar tivesse ouvido sua impertinência. Mas não: embora a última visita do general à Europa tivesse acontecido 24 anos antes, quando muito jovem, as saudades europeias eram mais incisivas que os rancores. De modo que o diplomata foi o primeiro a quem se dirigiu para cumprimentá-lo, com a cortesia extrema que os ingleses mereciam.

— Espero que não haja muita neblina este outono em Hyde Park — disse-lhe.

O diplomata teve um instante de hesitação, pois nos últimos dias ouvira dizer que o general ia para três lugares distintos, e nenhum era Londres. Mas logo se refez.

— Providenciaremos sol dia e noite para Sua Excelência — disse.

O novo presidente não se encontrava, pois o congresso o elegera em ausência, e precisaria mais de um mês para chegar de Popayán. Em seu nome e lugar estava o general Domingo Caycedo, vice-presidente eleito, do qual se dissera que qualquer cargo da república lhe ficava pequeno, porque tinha o porte e a prestância de um rei. O general o cumprimentou com grande deferência, dizendo em tom de pilhéria:

— O senhor sabe que não tenho licença para sair do país?

A frase foi recebida com uma gargalhada de todos, embora soubessem todos que não era piada. O general Caycedo prometeu mandar a Honda, pelo próximo correio, um passaporte em regra.

A comitiva oficial estava formada pelo arcebispo da cidade e outros homens notáveis e funcionários de alta categoria com suas mulheres. Os civis vestiam calções de montaria e os militares calçavam botas, pois iriam acompanhar por várias léguas o proscrito ilustre. O general beijou o anel do arcebispo e as mãos das senhoras, e apertou sem efusão as dos cavalheiros, mestre absoluto do cerimonial untuoso, mas alheio por completo à índole daquela cidade equívoca, da qual dissera em mais de uma ocasião: "Este não é o meu teatro." Cumprimentou a todos na ordem em que os foi encontrando no percurso da sala, e para cada um teve uma frase aprendida com toda aplicação nos manuais de etiqueta, mas não olhou ninguém nos olhos. Sua voz era metálica e com laivos de febre, e seu sotaque caribe, que tantos anos de viagens e mudanças de guerras não tinham conseguido amansar, fazia-se sentir mais cru ainda, diante da dicção viciosa dos andinos.

Ao terminar os cumprimentos, recebeu do presidente interino um papel assinado por numerosos granadinos notáveis, que lhe expressavam a gratidão do país por tantos anos de serviços prestados. Fingiu lê-lo, ante o silêncio de todos, como mais um tributo ao formalismo local, pois sem óculos não poderia enxergar nem mesmo uma caligrafia maior. Não obstante, quando simulou haver terminado, dirigiu à comitiva umas breves palavras de agradecimento, tão pertinentes para a ocasião que ninguém poderia supor não tivesse ele lido o documento. Afinal percorreu com a vista o salão e perguntou, sem esconder certa ansiedade:

— Urdaneta não veio?

O presidente interino informou que o general Rafael Urdaneta tinha ido atrás das tropas rebeladas para apoiar a missão preventiva do general José Laurencio Silva. Alguém se fez ouvir então, dominando as outras vozes:

— Sucre também não veio.

Ele não podia deixar passar a carga de intenção que trazia aquela notícia não solicitada. Seus olhos, até então esquivos e apagados, brilharam com um fulgor febril, e replicou sem saber a quem:

— Não se informou a hora da viagem ao Grande Marechal de Ayacucho para não importuná-lo.

Ao que parece, ignorava então que o marechal Sucre tinha regressado dois dias antes de sua malograda missão à Venezuela, pois tivera proibida a entrada em sua própria terra. Ninguém lhe informara que o general ia partir, talvez por não ocorrer a ninguém que não tivesse sido o primeiro a saber. José Palacios o soube num mau momento, e logo esqueceu nos tumultos das últimas horas. Não descartou, claro, a má ideia de que o marechal Sucre estivesse ressentido por não o terem avisado.

Na sala de jantar ao lado, a mesa estava servida com um esplêndido desjejum nativo: pamonhas, morcelas de arroz, ovos mexidos em caçarolas, uma rica variedade de pães doces sobre panos de renda, e as tigelas de um chocolate fervente e denso como uma cola perfumada. Os donos da casa tinham atrasado o desjejum para o caso de ele aceitar presidi-lo, embora soubessem que de manhã tomava apenas a infusão de papoulas com goma. De qualquer forma, a dona da casa o convidou a ocupar a poltrona que lhe haviam reservado na cabeceira, mas ele declinou da honra e dirigiu a todos um sorriso formal.

— Meu caminho é longo — disse. — Bom apetite.

Empinou-se para se despedir do presidente interino, e este correspondeu com um abraço enorme, que permitiu a todos comprovar como era mirrado o corpo do general, e como se via desamparado e inerme na hora da despedida. Depois tornou a apertar as mãos de todos e a beijar as das senhoras. Alguém tentou retê-lo até que parasse de chover, embora soubesse tão bem quanto ele que continuaria chovendo durante o que faltava do século. Além disso, era tão visível seu desejo de partir o mais depressa possível que tentar retardá-lo lhe pareceu impertinência. O dono da casa o levou até as cocheiras sob o chuvisco invisível do jardim. Procurou ajudá-lo, conduzindo-o pelo braço com a ponta dos dedos, como se fosse de vidro, e surpreendeu-se com a tensão de energia que lhe circulava debaixo da pele, como uma torrente secreta sem qualquer relação com a indigência do corpo. Delegados do governo, da diplomacia e das forças militares, com barro até os tornozelos e as capas ensopadas pela chuva, o esperavam para acompanhá-lo na primeira jornada. Ninguém sabia ao certo, porém, quem o acompanhava por amizade, quem para protegê-lo e quem para ter confirmação de que ia embora mesmo.

A besta que lhe estava reservada era a melhor de uma tropa de cem que um comerciante espanhol tinha dado ao governo em troca da destruição de sua ficha de ladrão de gado. O general já estava com a bota no estribo, que o cavalariço segurava, quando o ministro da guerra e marinha chamou: "Excelência." Permaneceu imóvel, pé no estribo, agarrando a sela com as mãos.

— Fique — disse o ministro. — Faça um último sacrifício para salvar a pátria.

— Não, Herrán — respondeu. — Já não tenho pátria pela qual me sacrificar.

Era o fim. O general Simón José Antonio de la Santísima Trinidad Bolívar y Palacios ia embora para sempre. Tinha arrebatado ao domínio espanhol um império cinco vezes mais vasto que as Europas, tinha comandado 20 anos de guerras para mantê-lo livre e unido, e o tinha governado com pulso firme até a semana anterior, mas na hora da partida não levava sequer o consolo de acreditarem nele. O único que teve bastante lucidez para saber que na realidade ia embora, e para onde ia, foi o diplomata inglês, que escreveu num relatório oficial a seu governo: "O tempo que lhe resta mal dá para chegar ao túmulo."

A primeira jornada foi a mais ingrata, e assim teria sido mesmo para alguém não tão doente quanto ele, pois se sentia amargurado com a hostilidade insidiosa que percebera nas ruas de Santa Fé na manhã da partida. Apenas começava a clarear em meio ao chuvisco, e só encontrou no caminho algumas vacas extraviadas, mas o rancor de seus inimigos pairava no ar. Apesar da precaução do governo, que mandara conduzi-lo pelas ruas de menor movimento, o general chegou a ver alguns dos insultos pintados nos muros dos conventos.

José Palacios cavalgava a seu lado, vestido como sempre, até no fragor das batalhas, com a sobrecasaca sacramental, o prendedor de topázio na gravata de seda, as luvas de cabritilha e o jaleco de brocado com as duas correntes cruzadas de seus relógios gêmeos. As guarnições do arreio eram de prata de Potosí, e as esporas, de ouro, o que o fez ser confundido com o presidente em mais de duas aldeias dos Andes. Não obstante, a diligência com que atendia os mínimos desejos de seu senhor tornava impensável qualquer confusão. Tão bem o conhecia e tanto o amava que padecia na própria carne aquele adeus de fugitivo, numa cidade que costumava transformar em festas pátrias o mero anúncio de sua chegada. Apenas três anos antes, quando regressou das estéreis guerras do sul sob o peso da maior quantidade de glória que qualquer americano vivo ou morto jamais havia merecido, foi alvo de uma recepção espontânea que marcou época. Eram ainda os tempos em que as pessoas se agarravam ao freio do seu cavalo e o faziam parar na rua para se queixar dos serviços públicos ou dos tributos fiscais, ou para lhe pedir mercês, ou apenas para sentir de perto o resplendor de sua grandeza. Dava tanta atenção a esses reclamos de rua como aos assuntos mais graves de governo, com um conhecimento surpreendente dos problemas domésticos, do estado dos negócios ou dos riscos da saúde de cada um, e a quem quer que lhe falasse ficava a impressão de haver partilhado por um instante as delícias do poder.

Ninguém teria acreditado ser ele o mesmo de então, nem que fosse a mesma aquela cidade taciturna que abandonava para sempre com cautelas de foragido. Em nenhum lugar se sentira tão forasteiro como nessas ruelas ermas com casas iguais de telhados pardos e jardins internos com flores cheirosas, onde se cozinhava a fogo lento uma comunidade aldeã, cujas maneiras alambicadas e cujo dialeto ladino mais serviam para ocultar do que para dizer. E, contudo, embora lhe parecesse uma burla da imaginação, era essa a mesma cidade de brumas e sopros gelados que escolhera antes de conhecê-la para edificar sua glória, que amara mais que qualquer outra, e idealizara como centro e razão de sua vida e capital da metade do mundo.

Na hora das contas finais, parecia o mais surpreendido pelo próprio descrédito. O governo postara guardas invisíveis até nos lugares de menor perigo, e isso impediu que saíssem no seu encalço as maltas coléricas que o haviam executado em efígie na noite anterior, mas em todo o trajeto se ouviu um mesmo grito distante: "Longaniiiizo!" A única alma que se compadeceu dele foi uma mulher da rua que disse ao vê-lo passar:

— Vai com Deus, fantasma.

Ninguém demonstrou ter ouvido. O general afundou numa cisma sombria e continuou cavalgando, alheio ao mundo, até que saíram para a savana esplêndida. No sítio de Cuatro Esquinas, onde começava o caminho calçado de pedras, Manuela Sáenz esperava a passagem da comitiva, sozinha e a cavalo, e acenou com a mão para o general, num último adeus. Ele respondeu de igual modo, e prosseguiu a marcha. Nunca mais se viram.

O chuvisco cessou pouco depois, o céu tornou-se de um azul radioso, e dois vulcões nevados permaneceram imóveis no horizonte pelo resto da viagem. Mas dessa vez ele não deu mostras de sua paixão pela natureza, nem reparou nas aldeias que atravessavam a trote batido, nem nos adeuses que lhes davam ao passar sem reconhecê-los. No entanto, o que mais insólito ainda pareceu a seus acompanhantes foi que não tivesse nem um olhar de ternura para as cavalhadas magníficas dos muitos criadores da savana, que, segundo dissera tantas vezes, era a visão que mais amava no mundo.

No povoado de Facatativá, onde dormiram a primeira noite, o general se despediu dos acompanhantes espontâneos e prosseguiu viagem com seu séquito. Eram cinco, além de José Palacios: o general José Maria Carreño, com o braço direito decepado por causa de um ferimento de guerra; seu ajudante de campo irlandês, o coronel Belford Hinton Wilson, filho de sir Robert Wilson, um general veterano de quase todas as guerras da Europa; Fernando, seu sobrinho, ajudante de campo e secretário com o posto de tenente, filho de seu irmão mais velho, morto num naufrágio durante a primeira república; seu parente e ajudante de campo, o capitão Andrés Ibarra, com o braço direito estropiado por um corte de sabre que sofrera dois anos antes, no assalto de 25 de setembro, e o coronel José de la Cruz Paredes, provado em numerosas campanhas da independência. A guarda de honra se compunha de cem hussardos e granadeiros escolhidos entre os melhores do contingente venezuelano.

José Palacios dedicava um cuidado especial a dois cachorros que haviam sido tomados como presa de guerra no Alto Peru. Eram bonitos e valentes, e tinham sido vigilantes noturnos do palácio do governo de Santa Fé, até que dois companheiros seus foram mortos a facadas na noite do atentado. Nas intermináveis viagens de Lima a Quito, de Quito a Santa Fé, de Santa Fé a Caracas e outra vez de volta a Quito e Guayaquil, os dois cães tinham tomado conta da carga caminhando ao passo das mulas. Na última viagem de Santa Fé a Cartagena fizeram o mesmo, apesar de que dessa vez a carga não era tanta e estava custodiada pela tropa.

O general tinha amanhecido de mau humor em Facatativá, mas foi melhorando à medida que desciam da planura por uma trilha de colinas ondulantes, e o clima se abrandava e a luz se fazia menos tersa. Em várias ocasiões o convidaram a descansar, preocupados com seu estado de saúde, mas ele preferiu prosseguir sem almoçar até a terra quente. Dizia que o passo do cavalo era propício a pensar, e viajava dias e noites mudando várias vezes de montaria para não rebentá-la. Tinha as pernas encurvadas dos cavaleiros velhos e o modo de andar dos que dormem de esporas, e criara entre as nádegas um calo escabroso como uma tira de couro de barbeiro, que lhe valeu o honroso apelido de Cu de Ferro. Desde o começo das guerras de independência tinha cavalgado 18 mil léguas: mais de duas vezes a volta ao mundo. Ninguém jamais desmentiu a lenda de que dormia a cavalo.

Meio-dia passado, quando já começavam a sentir o bafo quente que subia dos vales, concederam-se uma pausa para descansar no pátio de uma missão. A superiora em pessoa os atendeu, e um grupo de noviças índias ofereceu-lhes maçapães recém-saídos do forno e um mingau de milho granuloso e a ponto de fermentar. Ao ver o avanço de militares suados e vestidos sem nenhum apuro, a superiora deve ter pensado que o coronel Wilson era o oficial de maior patente, talvez por ser bem-posto e louro e ter o uniforme mais bem-guarnecido. Daí passou a só se ocupar dele, com uma deferência muito feminina que provocou comentários maliciosos.

A José Palacios o equívoco serviu para fazer o amo descansar à sombra das sumaúmas do claustro, embrulhado numa manta de lã para suar a febre. Ali permaneceu sem comer nem dormir, ouvindo entre névoas as canções de amor do repertório nativo que as noviças cantavam acompanhadas na harpa por uma freira mais velha. Afinal uma delas percorreu o claustro com um chapéu, pedindo esmolas para a missão. A monja da harpa lhe disse ao passar: "Não peças ao doente." Mas a noviça não fez caso. O general, sem sequer olhá-la, disse com um sorriso amargo: "Eu é que preciso de esmolas, minha filha." Wilson deu de seu bolso pessoal, com uma prodigalidade que mereceu a caçoada cordial do chefe: "Está vendo só quanto custa a glória, coronel." O mesmo Wilson manifestou mais tarde sua surpresa pelo fato de ninguém na missão nem no resto do caminho ter reconhecido o homem mais famoso das novas repúblicas. Também para este foi sem dúvida uma lição estranha.

— Já não sou mais eu — disse.

Passaram a segunda noite numa antiga fábrica de fumo convertida em albergue de viajantes, perto do povoado de Guaduas, onde o esperavam com um ato de desagravo que ele não quis suportar. A casa era imensa e tenebrosa, e o próprio lugar causava uma singular angústia, pela vegetação brutal e o rio de águas negras e escarpadas que se desbarrancavam até os bananais das terras quentes com um estrondo de demolição. O general o conhecia, e da primeira vez que passou por ali tinha dito: "Se eu tivesse que fazer a alguém uma emboscada pérfida, escolheria este sítio." Tinha-o evitado em outras ocasiões, só porque lhe fazia lembrar Berruecos, um desfiladeiro sinistro no caminho de Quito que mesmo os viajantes mais temerários preferiam evitar. Certa feita havia acampado duas léguas antes, contra a opinião de todos, porque não se achava capaz de aguentar tanta tristeza. Mas dessa vez, apesar do cansaço e da febre, aquilo lhe pareceu de qualquer modo mais tolerável que o banquete de pêsames com que os pobres amigos de Guaduas o estavam esperando.

Ao vê-lo chegar em condições tão deploráveis, o dono da hospedaria sugeriu que se chamasse um índio de um lugar próximo, capaz de curar apenas cheirando uma camisa suada pelo doente, a qualquer distância e mesmo que nunca o tivesse visto. Ele zombou da credulidade, proibindo que alguém dos seus tentasse qualquer espécie de consulta ao índio milagreiro. Se não acreditava nos médicos, dos quais dizia serem traficantes da dor alheia, menos ainda iria confiar sua sorte a um curandeiro do mato. Afinal, com mais uma afirmação de desdém pela ciência médica, desprezou o bom quarto que lhe prepararam por ser o mais próprio para seu estado, e mandou pendurar a rede na ampla galeria descoberta que dava para o vale, onde iria passar a noite exposto aos riscos do sereno.

Durante o dia todo não tomou nada a não ser a infusão da manhã, mas se sentou à mesa por cortesia para com seus oficiais. Embora se adaptasse melhor que ninguém aos rigores da vida em campanha, e fosse quase um asceta em matéria de comer e beber, conhecia e apreciava as artes da adega e da cozinha como um europeu requintado, e desde sua primeira viagem aprendera com os franceses o costume de falar de comida enquanto comia. Naquela noite só bebeu meio copo de vinho tinto e provou por curiosidade o guisado de veado, para certificar-se do que o dono dizia e os oficiais confirmaram: que a carne fosforescente tinha um sabor de jasmim. Não disse mais de duas frases durante o jantar, nem as disse com mais ânimo que as poucas pronunciadas no curso da viagem, mas todos apreciaram seu esforço para adoçar com uma colherinha de boas maneiras o vinagre de suas desgraças públicas e de sua saúde péssima. Não voltou a dizer uma palavra sobre política, nem evocou nenhum dos incidentes de sábado, ele que não conseguia superar as sequelas do aborrecimento nem muitos anos depois da ofensa.

Antes de acabarem de comer pediu licença para levantar-se, vestiu a camisola e o gorro de dormir tiritando de febre, e se derreou na rede. A noite era fresca e uma enorme lua alaranjada começava a erguer-se entre os morros, mas lhe faltava vontade de contemplá-la. Os soldados da escolta, a poucos passos da galeria, prorromperam a cantar em coro canções populares de moda. Por uma antiga ordem dele, acampavam sempre perto de seu quarto, como as legiões de Júlio César, para que lhes conhecesse os pensamentos e estados de alma pelas conversas noturnas. Suas caminhadas de insone o levaram muitas vezes aos dormitórios de campanha, e não raro tinha visto o sol nascer cantando junto com os soldados canções de quartel, com estrofes de elogio ou de troça improvisadas ao calor da festa. Mas naquela noite não pôde suportar a cantoria e ordenou que a fizessem calar. O ruído incessante do rio entre as rochas, ampliado pela febre, se incorporou ao delírio.

— Porra! — gritou. — Se ao menos pudéssemos parar com isso um minuto!

Mas não: já não podia parar o curso dos rios. José Palacios tentou acalmá-lo com um dos muitos paliativos que levava na maleta, mas ele recusou. Essa foi a primeira vez que o ouviu dizer sua frase recorrente: "Acabo de renunciar ao poder por causa de um vomitivo malreceitado, e não estou disposto a renunciar também à vida." Anos antes havia dito o mesmo, quando outro médico o curou de uma febre terçã com uma beberagem arsenical que quase o mata de disenteria. Desde então, os únicos remédios que aceitou foram as pílulas purgativas que ingeria sem resistência várias vezes por semana, para sua prisão de ventre obstinada, e uma lavagem de cássia para os atrasos mais críticos.

Pouco depois da meia-noite, esgotado pelo delírio alheio, José Palacios se estirou nos tijolos calvos do piso e pegou no sono. Ao acordar, o general não estava na rede e deixara no chão a camisa de dormir ensopada de suor. Não era raro. Tinha por hábito se levantar da cama e perambular nu até o amanhecer para entreter a insônia quando não havia ninguém mais em casa. Mas nessa noite existiam mais razões para temer por sua sorte, pois acabava de viver um mau dia, e o tempo fresco e úmido não era o melhor para passear ao ar livre. José Palacios o procurou com um cobertor na casa iluminada pelo luar verde, e encontrou-o encostado num poial do corredor, como uma estátua sobre um túmulo funerário. O general voltou-se com um olhar lúcido em que não havia vestígio de febre.

— É outra vez como na noite de San Juan de Payara — disse. — Sem a rainha Maria Luisa, infelizmente.

José Palacios conhecia de sobra aquela evocação. Referia-se a uma noite de janeiro de 1820, numa localidade venezuelana perdida nas planícies do Apure, aonde chegara com uma tropa de dois mil homens. Dezoito províncias já estavam libertadas do domínio espanhol. Com os antigos territórios do vice-reino de Nova Granada, a capitania geral da Venezuela e a presidência de Quito, ele havia criado a república da Colômbia, da qual era na ocasião o primeiro presidente e general em chefe do exército. Sua expectativa final era estender a guerra para o sul, tornando realidade o sonho fantástico de criar a nação maior do mundo, um só país livre e único do México até o Cabo Horn.

Todavia, a situação militar naquela noite não era a mais propícia ao sonho. Uma peste súbita que fulminava os animais em plena marcha deixara no Llano um rastilho pestilento de 14 léguas de cavalos mortos. Muitos oficiais desmoralizados se consolavam com a rapina e se compraziam na desobediência, alguns até zombando da ameaça feita por ele de fuzilar os culpados. Dois mil soldados maltrapilhos e descalços, sem armas, sem comida, sem agasalho para desafiar os páramos, cansados de guerra e muitos deles doentes, tinham começado a desertar em debandada. À falta de uma solução racional, mandara premiar com 10 pesos as patrulhas que prendessem e entregassem um companheiro desertor, e fuzilá-lo sem apurar razões.

A vida já lhe dera motivos suficientes para saber que nenhuma derrota era a última. Apenas dois anos antes, perdido com suas tropas muito perto dali, nas selvas do Orinoco, tivera que determinar que comessem os cavalos, de medo que os soldados se comessem uns aos outros. Nessa época, segundo o testemunho de um oficial da Legião Britânica, tinha um ar extravagante de guerrilheiro improvisado. Trazia um capacete de dragão russo, alpargatas de arrieiro, um casaco azul com alamares vermelhos e botões dourados, uma bandeirola negra de corsário içada numa lança *llanera,* com a caveira e as tíbias cruzadas sobre uma divisa em letras de sangue: "Liberdade ou morte."

Na noite de San Juan de Payara sua indumentária era menos bizarra, mas a situação não era melhor. E não somente refletia o estado de suas tropas no momento, como o drama todo do exército libertador, que muitas vezes ressurgia engrandecido das piores derrotas e, sem embargo, estava a pique de sucumbir ao peso de tantas vitórias. O general Pablo Morillo, ao contrário, contando com toda sorte de recursos para submeter os patriotas e restabelecer a ordem colonial, ainda dominava amplos setores do ocidente da Venezuela e se fortalecera nas regiões montanhosas.

Ante esse estado do mundo, o general pastoreava a insônia caminhando nu pelos quartos desertos do velho casarão de fazenda transfigurado pelo esplendor do luar. Muitos dos cavalos mortos na noite anterior tinham sido incinerados longe da casa, mas o cheiro de podre continuava insuportável. As tropas não tinham voltado a cantar depois das jornadas mortais da última semana e ele próprio não se sentia capaz de impedir que as sentinelas dormissem de fome. De repente, no final de uma galeria aberta às vastas planícies azuis, viu a rainha Maria Luisa sentada a um canto. Uma bela mulata na flor da idade, com perfil de ídolo, embrulhada até os pés num grande xale com flores bordadas e fumando um charuto de um palmo. Se assustou ao vê-lo, e estendeu para ele a cruz formada com o indicador e o polegar.

— De parte de Deus ou do diabo — disse —, que queres?

— Você — disse ele.

Sorriu, e ela haveria de recordar o fulgor de seus dentes à luz da lua. Abraçou-a com toda a força, mantendo-a impedida de se mover enquanto lhe dava beijos ternos na testa, nos olhos, nas faces, no pescoço, até conseguir amansá-la. Então arrancou-lhe o xale, e perdeu a respiração. Também ela estava nua, pois a avó que dormia no mesmo quarto lhe tirava a roupa para que não fosse fumar, sem saber que de madrugada ela fugia enrolada no xale. O general a levou nos braços até a rede, sem lhe dar trégua com seus beijos balsâmicos, e ela não se entregou por desejo nem por amor, mas por medo. Era virgem. Só quando recobrou o domínio do coração é que disse:

— Sou escrava, senhor.

— Já não és mais — disse ele. — O amor te tornou livre.

De manhã comprou-a ao dono da fazenda por 100 pesos de suas arcas depauperadas, e a alforriou sem condições. Antes de partir, não resistiu à tentação de lhe propor um dilema público. Estava no pátio de trás da casa, com um grupo de oficiais montados de qualquer maneira em bestas de carga, únicas sobreviventes da mortandade. Outro corpo de tropa estava reunido para se despedir deles, sob o comando do general de divisão José Antonio Páez, que chegara na noite anterior.

O general se despediu com uma alocução breve, na qual suavizou o dramatismo da situação, e se dispunha a partir quando viu a rainha Maria Luisa em seu estado recente de mulher livre e bem servida. Acabara de tomar banho, bela e radiosa sob o céu do Llano, toda de branco engomado com as anáguas de renda e a blusa exígua das escravas. Ele perguntou com bom humor:

— Ficas ou vens conosco?

Ela respondeu com um riso encantador:

— Fico, senhor.

A resposta foi celebrada com uma gargalhada unânime. Então o dono da casa, um espanhol convertido desde a primeira hora à causa da independência, e além disso velho conhecido seu, lhe atirou rindo a bolsinha de couro com os 100 pesos. Ele a apanhou no ar.

— Guarde-os para a causa, Excelência — disse o homem. — De qualquer modo, a moça fica livre.

O general José Antonio Páez, cuja expressão de fauno combinava bem com sua camisa de remendos coloridos, soltou uma gargalhada jovial.

— Está vendo, general? — disse. — Nisso é que dá nos metermos a libertadores.

Ele gostou da tirada, e se despediu de todos com um amplo círculo da mão. Por último deu à rainha Maria Luisa um adeus de bom perdedor, e nunca mais soube dela. Até onde José Palacios lembrava, não transcorria ano de luas cheias sem que ele dissesse que voltara a viver uma noite igual àquela, mas sem a aparição prodigiosa da rainha Maria Luisa, infelizmente. E sempre foi uma noite de derrota.

Eram cinco da manhã quando José Palacios lhe levou a primeira tisana. Ele estava descansando de olhos abertos, mas tratou de se levantar com tal ímpeto que quase caiu de bruços, e teve um forte acesso de tosse. Permaneceu sentado na rede, segurando a cabeça com as duas mãos enquanto tossia, até a crise passar. Então principiou a tomar a infusão fumegante, e melhorou logo ao primeiro gole.

— A noite inteira sonhei com Cassandro — falou.

Era o nome pelo qual chamava em confidencia o general granadino Francisco de Paula Santander, seu grande amigo de outro tempo e seu maior contraditor de todos os tempos, chefe do estado-maior desde o começo da guerra e presidente em exercício da Colômbia durante as duras campanhas da libertação de Quito e do Peru e da fundação da Bolívia. Mais pelas urgências históricas do que por vocação, era um militar competente e bravo, com um estranho gosto pela crueldade, mas suas virtudes civis e sua excelente formação acadêmica é que lhe sustentaram a glória. Foi sem dúvida o segundo homem da independência e o primeiro no ordenamento jurídico da república, à qual impôs para sempre a marca de seu espírito formalista e conservador.

Numa das muitas vezes em que o general cogitou de renunciar, tinha dito a Santander que deixava tranquilo a presidência, porque "a deixo ao senhor, que é outro eu, talvez melhor que eu". Quer pela razão ou pela força dos fatos, jamais depositara tanta confiança em ninguém. Foi a quem distinguiu com o título de Homem das Leis. Não obstante, esse que tudo havia merecido dele estava há dois anos desterrado em Paris por cumplicidade nunca provada numa conspiração para matá-lo.

Acontecera assim. Na quarta-feira, 25 de setembro de 1828, à meia-noite, 12 civis e 26 militares forçaram o portão do palácio, em Santa Fé, degolaram dois dos cães do presidente, feriram várias sentinelas, fizeram um grave ferimento de sabre num braço do capitão Andrés Ibarra, mataram com um tiro o coronel escocês William Fergusson, membro da Legião Britânica e ajudante de campo do presidente, do qual este havia dito que era valente como um César, e subiram até o quarto de dormir presidencial dando vivas à liberdade e morras ao tirano.

Os sediciosos iriam justificar o atentado alegando os poderes extraordinários de claro espírito ditatorial que o general tinha assumido três meses antes, para contrabalançar a vitória dos santanderistas na Convenção de Ocafia. A vice-presidência da república, que Santander exercera durante sete anos, foi suprimida. Santander o comunicou a um amigo com esta frase típica de seu estilo pessoal: "Tive o prazer de ficar soterrado debaixo das ruínas da constituição de 1821." Contava então 36 anos. Fora nomeado ministro plenipotenciário em Washington, mas adiou várias vezes a viagem, talvez esperando o triunfo da conjura.

O general e Manuela Sáenz apenas começavam uma noite de reconciliação. Tinham passado o fim de semana no povoado de Soacha, a duas léguas e meia dali, e voltaram na segunda-feira em coches separados, depois de uma briga de amor mais violenta que as habituais, porque ele se fazia surdo aos avisos sobre uma trama para matá-lo, da qual todo mundo falava e a que só ele não dava crédito. Ela resistira em sua casa aos recados insistentes que o general lhe mandava do palácio de San Carlos, na calçada fronteira, até às nove da noite, quando, depois de três apelos mais prementes, calçou umas galochas sobre os sapatos, cobriu a cabeça com um lenço e atravessou a rua alagada pela chuva. Encontrou-o flutuando de costas nas águas perfumadas da banheira, sem a assistência de José Palacios, e só não acreditou que estivesse morto porque muitas vezes o tinha visto a meditar naquele estado de graça. Ele a reconheceu pelos passos e falou sem abrir os olhos:

— Vai haver uma insurreição.

Ela não dissimulou a raiva debaixo da ironia:

— Parabéns — disse. — Pode haver até dez, tamanha a atenção que você dá aos avisos.

— Só acredito em pressentimentos — disse ele.

Permitia-se esse jogo porque o chefe de seu estado-maior, que já tinha passado aos conspiradores a senha da noite para poderem iludir a guarda do palácio, lhe dera a palavra de honra de que a trama havia fracassado. Por isso saiu fagueiro do banho.

— Não se preocupe — disse —, parece que esses grandes maricas já esfriaram a periquita.

Estavam dando começo na cama aos folguedos do amor, ele nu e ela meio despida, quando ouviram os primeiros gritos, os primeiros tiros e o estrondo dos canhões contra algum quartel leal. Manuela o ajudou a vestir-se a toda pressa, pôs-lhe as galochas que trouxera calçadas, pois o general mandara engraxar seu único par de botas, e o ajudou a escapar pela sacada com um sabre e uma pistola, mas sem nenhuma proteção contra a chuva eterna. Mal chegara à rua, apontou a pistola engatilhada para uma sombra que se aproximava: "Quem vem lá!" Era o seu copeiro que voltava para casa, abatido com a notícia de que tinham matado o amo. Resolvido a acompanhá-lo no que desse e viesse, escondeu-se com ele entre as sarças da ponte do Carmen, no arroio de San Agustín, até as tropas leais sufocarem a sedição.

Com uma astúcia e uma valentia já demonstradas em outras emergências históricas, Manuela Sáenz recebeu os atacantes que forçavam a porta do quarto. Perguntaram-lhe pelo presidente, e ela disse que estava no salão do conselho. Perguntaram-lhe por que estava aberta a porta da sacada numa noite tão fria, e ela disse que a abrira para ver o que eram os ruídos que vinham da rua. Perguntaram-lhe por que a cama estava morna, e ela disse que se deitara sem se despir à espera do presidente. Enquanto ganhava tempo com a parcimônia das respostas, fumava a grandes baforadas um charuto de carroceiro dos mais ordinários, para encobrir o rastro fresco de água-de-colônia que ainda permanecia no quarto.

Um tribunal presidido pelo general Rafael Urdaneta concluiu que o general Santander era o gênio oculto da conspiração, e o condenou à morte. Seus inimigos iriam dizer que essa sentença era mais que merecida, não tanto pela culpa de Santander no atentado, como pelo cinismo de ser o primeiro a aparecer na praça principal para dar um abraço de congratulações no presidente. Este chegou a cavalo debaixo de chuva, sem camisa e com a sobrecasaca rasgada e empapada, em meio às ovações da tropa e do povo simples que acorria em massa dos subúrbios pedindo morte aos assassinos. "Todos os cúmplices serão castigados, uns mais, outros menos", disse o general em carta ao marechal Sucre. "Santander é o principal, mas o de mais sorte, porque minha generosidade o defende." Com efeito, no uso de suas atribuições absolutas, comutou-lhe a pena de morte pela de desterro em Paris. Em compensação, foi fuzilado sem provas suficientes o almirante José Prudencio Padilla, que estava preso em Santa Fé por uma rebelião fracassada em Cartagena de Índias.

José Palacios ainda não sabia quando eram reais e quando imaginários os sonhos de seu senhor com o general Santander. Certa vez, em Guayaquil, contou que o tinha visto em sonho com um livro aberto sobre a pança rotunda, mas em vez de ler arrancava as páginas e comia uma por uma, deleitando-se em mastigá-las com um ruído de cabra. Outra vez em Cúcuta, sonhou com ele todo coberto de baratas. Outra vez acordou aos gritos na quinta campestre de Monserrate, em Santa Fé, porque sonhou que o general Santander, quando almoçava a sós com ele, havia arrancado os globos dos olhos que o atrapalhavam no comer, pondo-os em cima da mesa. De modo que naquela madrugada perto de Guaduas, ao dizer o general que tinha sonhado uma vez mais com Santander, José Palacios nem sequer indagou o enredo do sonho, mas tratou de consolá-lo com a realidade.

— Entre ele e nós está todo o mar pelo meio — disse.

Mas o general o deteve de pronto com um olhar intenso.

— Já agora, não — disse. — Tenho certeza de que o cagão do Joaquín Mosquera o deixará voltar.

Essa ideia o atormentava desde seu último regresso ao país, quando o abandono definitivo do poder se colocou para ele como uma questão de honra. "Prefiro o desterro ou a morte à desonra de deixar minha glória em mãos do colégio de São Bartolomeu", dissera a José Palacios. Entretanto, o antídoto trazia em si o seu próprio veneno, pois, à medida que se aproximava a decisão final, aumentava sua convicção de que, apenas partisse, chamariam do exílio o general Santander, expoente mais graduado daquele covil de leguleios.

— Esse sim que é um intrujão — disse.

A febre havia cessado, e se sentia com tanto ânimo que pediu pena e papel a José Palacios, pôs os óculos e escreveu do próprio punho uma carta de seis linhas a Manuela Sáenz. Aquilo havia de parecer estranho mesmo a alguém tão afeito aos seus atos impulsivos como José Palacios, e só podia ser interpretado como um pressentimento ou um golpe de inspiração insopitável. Pois não apenas contradizia sua resolução da sexta-feira anterior de não escrever nem mais uma carta o resto da vida, como contrariava o costume de acordar os secretários a qualquer hora para despachar a correspondência atrasada, ou para ditar uma proclamação, ou para colocar em ordem as ideias soltas que lhe ocorriam nas especulações da insônia. Mais estranho ainda devia parecer levando-se em conta que a carta não tinha urgência evidente, e só acrescentava ao seu conselho da véspera uma frase um tanto críptica: "Cuidado com o que fazes, pois caso contrário nos perdes a ambos perdendo-te tu." Escreveu-a à sua maneira desabusada, como se não o pensasse, e depois continuou a se balançar na rede, absorto, com a carta na mão.

— O grande poder reside na força irresistível do amor — suspirou de repente. — Quem foi que disse isso?

— Ninguém — disse José Palacios.

Não sabia ler nem escrever, e resistira a aprender com o argumento simples de que não existe sabedoria maior que a dos burros. Mas em compensação era capaz de lembrar qualquer frase ouvida ao acaso, e daquela não lembrava.

— Então fui eu quem disse — replicou o general —, mas digamos que é do marechal Sucre.

Ninguém mais oportuno que Fernando para essas épocas de crise. Foi o mais prestimoso e paciente dos muitos secretários do general, embora não o mais brilhante, e o que suportou com mais estoicismo a arbitrariedade dos horários ou a exasperação das insônias. Acordava-o a qualquer hora para o mandar ler um livro sem interesse, ou para tomar nota de improvisações que no dia seguinte amanheciam no lixo. O general não teve filhos em suas incontáveis noites de amor (embora dissesse ter provas de que não era estéril), e com a morte do irmão tomou conta de Fernando. Tinha-o mandado com carta de recomendação à Academia Militar de Georgetown, onde o general Lafayette lhe expressou os sentimentos de admiração e respeito que seu tio lhe inspirava. Esteve depois no colégio Jefferson, em Charlotteville, e na Universidade de Virgínia. Não foi o sucessor com que o general talvez sonhasse, pois achava maçantes as sapiências acadêmicas, trocando-as com prazer pela vida ao ar livre e pelas artes sedentárias da jardinagem. O general o chamou a Santa Fé apenas terminados seus estudos, e logo descobriu nele virtudes de secretário, não somente por sua linda caligrafia e seu domínio do inglês falado e escrito, como porque era incomparável no inventar recursos de folhetim que mantinham vivo o interesse do leitor, e quando lia em voz alta improvisava de passagem episódios audaciosos para condimentar os trechos soporíferos. Como todos os que estiveram a serviço do general, Fernando conheceu sua hora de desgraça quando atribuiu a Cícero uma frase de Demóstenes que o tio citou depois num discurso. O general foi muito mais severo com ele do que com os outros, por ser quem era, mas perdoou-o antes de terminar a penitência.

O general Joaquín Posada Gutiérrez, governador da província, tinha se antecipado em dois dias à comitiva, para anunciar-lhe a chegada nos lugares onde fosse pernoitar, e para prevenir as autoridades sobre o grave estado de saúde do general. Mas os que o viram aparecer em Guaduas na tarde de segunda-feira deram como certo o rumor obstinado de que as más notícias trazidas pelo governador, e sua própria viagem, não passavam de artimanha política.

Mais uma vez o general foi invencível. Entrou pela rua principal, de peito aberto e com um lenço de cigano amarrado na cabeça para absorver o suor, cumprimentando com o chapéu por entre os gritos, o foguetório e o repicar do sino da igreja, que não deixavam ouvir a música, e montado numa mula de trotezinho alegre que acabou de retirar ao desfile qualquer pretensão de solenidade. A única casa cujas janelas ficaram fechadas foi o colégio de freiras, e naquela tarde correu o rumor de que as alunas tinham sido proibidas de participar da recepção, mas ele aconselhou quem contava a história a não acreditar em mexericos de conventos.

Na noite anterior, José Palacios tinha mandado lavar a camisa com que o general suara a febre. Um ordenança a entregou a soldados que saíram de madrugada para lavá-la no rio, mas na hora da partida ninguém a encontrou. Durante a viagem para Guaduas, e mesmo enquanto transcorria a festa, José Palacios conseguira descobrir que o dono da hospedaria tinha levado a camisa sem lavar para que o índio curandeiro fizesse uma demonstração de seus poderes. De modo que quando o general voltou para casa José Palacios lhe comunicou o abuso do hospedeiro, com a advertência de que só lhe restava a camisa do corpo. Ele aceitou o fato com certa resignação filosófica.

— As superstições são mais obstinadas que o amor — disse.

— O estranho é que desde ontem à noite não tornamos a ter febre — disse José Palacios. — E se o índio for mágico de verdade?

Ele não encontrou resposta imediata e deixou-se cair numa meditação profunda, balançando na rede ao compasso de seus pensamentos. "A verdade é que não tornei a sentir dor de cabeça", disse. "Nem tenho a boca amarga, nem sinto que vou cair de uma torre." Mas afinal deu uma palmada no joelho e se ergueu com um impulso decidido.

— Não me metas mais confusão na cabeça — disse.

Dois criados levaram para o quarto um panelão de água fervendo com folhas aromáticas, e José Palacios preparou o banho noturno confiando em que ele iria deitar-se logo devido ao cansaço da viagem. Mas o banho esfriou enquanto ditava uma carta para Gabriel Camacho, marido de sua sobrinha Valentina Palacios e seu procurador em Caracas para a venda das minas de Aroa, uma jazida de cobre que herdara de seus antepassados. Ele próprio não parecia ter ideia muito clara de seu destino, pois numa linha dizia que ia para Curaçao enquanto chegavam a bom termo as diligências de Camacho, e na outra pedia a este que escrevesse para Londres aos cuidados de sir Robert Wilson, com uma cópia para o endereço do senhor Maxwell Hyslop, na Jamaica, a fim de ter certeza de que uma chegaria se a outra se extraviasse.

Para muitos, e mais para seus secretários e ajudantes, as minas de Aroa eram um desvario de suas febres. Sempre lhes tinha dedicado tão pouco interesse que durante anos estiveram em mãos de exploradores ocasionais. Lembrou-se delas no final de seus dias, quando o dinheiro começou a escassear, mas não pôde vendê-las a uma companhia inglesa por falta de clareza na documentação. Foi o princípio de uma embrulhada judicial famosa, que se prolongaria até dois anos depois de sua morte. Em meio às guerras, às disputas políticas, aos ódios pessoais, ninguém deixava de entender quando o general falava no "meu processo". Pois para ele não havia outro a não ser o das minas de Aroa. A carta que ditou em Guaduas para dom Gabriel Camacho deixou a seu sobrinho a impressão equivocada de que não iriam para a Europa enquanto não se decidisse o pleito, e Fernando o comentou depois, num jogo de cartas com outros oficiais.

— Então não iremos nunca — disse o coronel Wilson. — Meu pai chegou a se indagar se esse cobre existe na vida real.

— O fato de ninguém ter visto as minas não quer dizer que elas não existam — retrucou o capitão Andrés Ibarra.

— Existem — disse o general Carreño. — No departamento de Venezuela.

Wilson replicou, aborrecido:

— A esta altura eu me pergunto até se a Venezuela existe.

Não podia disfarçar sua contrariedade. Chegara a acreditar que o general não gostava dele, e que só o mantinha no séquito em consideração a seu pai, a quem ficara para sempre agradecido pela defesa que fez da emancipação americana no parlamento britânico. Por indiscrição de um antigo ajudante de campo francês, soube que o general tinha dito: "Falta a Wilson passar mais algum tempo na escola das dificuldades, ou mesmo da adversidade e da miséria." O coronel Wilson não pôde comprovar se era verdade que ele o houvesse dito, mas de qualquer modo achava que bastaria uma só de suas batalhas para se considerar laureado nas três escolas. Tinha 26 anos, e havia oito que seu pai o mandara para o serviço do general, depois que concluiu seus estudos em Westminster e Sandhurst. Servira como ajudante de campo do general na batalha de Junín, e foi quem levou o rascunho da Constituição da Bolívia em lombo de mula num percurso acidentado de 360 léguas desde Chuquisaca. Ao se despedir dele, o general dissera que devia chegar a La Paz o mais tardar em 21 dias. Wilson se perfilou: "Chegarei em vinte, Excelência." Chegou em 19.

Decidira voltar à Europa com o general, mas a cada dia aumentava sua certeza de que ele sempre acharia um motivo diferente para adiar a viagem. O fato de ter falado outra vez das minas de Aroa, que fazia mais de dois anos não tinham tornado a lhe servir de pretexto para nada, era para Wilson um indício desalentador.

José Palacios mandara esquentar de novo o banho depois do ditado da carta, mas o general nem tomou conhecimento: continuou caminhando sem rumo, recitando inteiro o poema da menina com uma voz que ressoava por toda a casa. Prosseguiu com poemas escritos por ele que só José Palacios conhecia. Nas voltas passou várias vezes pela galeria onde seus oficiais estavam jogando a *ropilla*, nome nativo da carrasquilha galega, que ele também costumava jogar em outros tempos. Parava um momento para olhar o jogo por cima do ombro de cada um, tirava suas conclusões sobre a situação da partida e continuava o passeio.

— Não sei como podem perder tempo com um jogo tão sem graça — dizia.

Contudo, numa das voltas não pôde resistir à tentação de pedir ao capitão Ibarra que o deixasse substituí-lo na mesa. Faltava-lhe a paciência dos bons jogadores, era agressivo e mau perdedor, mas também astuto e rápido, e sabia pôr-se ao nível dos subalternos. Naquela ocasião, com o general Carreño como parceiro, jogou seis partidas e perdeu todas. Atirou o baralho na mesa.

— Isto é um jogo de merda — disse. — Vamos ver quem arrisca no voltarete.

Jogaram. Ele ganhou três partidas seguidas, melhorou de humor e pôs-se a ridicularizar o coronel Wilson pelo modo como jogava. Wilson se portou bem, mas aproveitou o entusiasmo dele para levar vantagem, e não tornou a perder. O general ficou tenso, os lábios duros e pálidos, enquanto os olhos afundados debaixo das sobrancelhas hirsutas recuperavam o fulgor selvagem de outros tempos. Não tornou a falar, e uma tosse pertinaz o impedia de concentrar-se. Passada a meia-noite fez parar o jogo.

— Toda a noite tive vento contra — disse.

Levaram a mesa a um lugar mais abrigado, mas ele continuou perdendo. Pediu que mandassem calar uns pífanos que se ouviam muito perto, em alguma festa perdida, mas os pífanos continuaram sobrepondo-se ao escarcéu dos grilos. Mudou de lugar, pediu uma almofada para ficar mais alto e cômodo na cadeira, tomou uma infusão de flores de tília que lhe aliviou a tosse, jogou várias partidas caminhando de um extremo a outro da galeria, mas continuou perdendo. Wilson manteve fixos os seus olhos límpidos e encarniçados; ele não se dignou enfrentá-los com os seus.

— Este baralho está marcado — disse.

— É seu, general — disse Wilson.

Era um de seus baralhos, com efeito, mas de qualquer maneira o examinou, carta por carta, e no fim mandou trocá-lo. Wilson não lhe deu trégua. Os grilos se apagaram, houve um longo silêncio sacudido por uma brisa úmida que levou até a galeria os primeiros odores dos vales ardentes, e um galo cantou três vezes. "É um galo louco", disse Ibarra. "Ainda não passa de duas horas." Sem afastar a vista das cartas, o general ordenou em tom áspero:

— Daqui ninguém arreda pé, *carajos!*

Ninguém respirou. O general Carreño, que seguia o jogo com mais ansiedade que interesse, recordou a noite mais longa de sua vida, dois anos antes, quando esperavam em Bucaramanga os resultados da Convenção de Ocaña. Tinham começado a jogar às nove da noite e terminado às onze da manhã do dia seguinte, quando os parceiros combinaram deixá-lo ganhar três partidas consecutivas. Temendo uma nova prova de força naquela noite de Guaduas, o general Carreño fez um sinal ao coronel Wilson para que começasse a perder. Wilson não deu atenção. Depois, quando Carreño lhe pediu uma pausa de cinco minutos, seguiu-o ao longo do terraço e o encontrou desaguando seus rancores amoniacais em cima dos vasos de gerânios.

— Coronel Wilson — ordenou o general Carreño. — Sentido!

Wilson respondeu sem virar a cabeça.

— Espere que eu termine.

Terminou com toda a calma e voltou-se enfaixando as calças.

— Comece a perder — disse o general Carreño. — Mesmo que seja a título de consideração por um amigo em desgraça.

— Resisto a fazer a alguém semelhante afronta — disse Wilson com uma ponta de ironia.

— É uma ordem! — disse Carreño

Wilson, em posição de sentido, olhou-o de sua altura com um desprezo imperial. Depois voltou à mesa e começou a perder. O general percebeu.

— Não é preciso jogar tão mal, meu caro Wilson — disse. — Afinal é justo irmos dormir.

Despediu-se de todos com um forte aperto de mãos, como fazia sempre ao se levantar da mesa para indicar que o jogo não tinha afetado o bem-querer, e voltou ao quarto. José Palacios tinha dormido no chão, mas ergueu-se ao vê-lo entrar. Ele se despiu a toda pressa e começou a se balançar nu na rede, com o pensamento sobressaltado, e sua respiração ia se fazendo tanto mais ruidosa e áspera quanto mais pensava. Ao afundar na banheira estava tiritando até a medula dos ossos, mas já então não era nem de febre nem de frio, e sim de raiva.

— Wilson é um intrujão — disse.

Passou uma de suas piores noites. Contrariando ordens, José Palacios preveniu os oficiais para o caso de ser necessário chamar um médico e o manteve embrulhado em lençóis para suar a febre. Deixou vários deles empapados, com tréguas momentâneas que logo o precipitavam numa crise de miragens. Gritou diversas vezes: "Que calem esses pífanos, *carajos!*" Mas ninguém pôde ajudá-lo dessa vez, porque os pífanos tinham calado desde a meia-noite. Mais tarde encontrou o culpado de sua prostração.

— Eu estava me sentindo muito bem — disse — até que me sugestionaram com o cabrão do índio da camisa.

A última etapa até Honda foi por uma estrada de dar calafrios, num ar de vidro líquido que só uma resistência física e uma vontade como as dele poderiam suportar depois de uma noite de agonia. Desde as primeiras léguas tinha se atrasado de sua posição habitual para cavalgar ao lado do coronel Wilson. Este soube interpretar o gesto como um convite a esquecer as ofensas da mesa de jogo, e lhe ofereceu o braço em postura de falcoeiro para que ele apoiasse a mão. Assim fizeram juntos a descida, o coronel Wilson comovido com a deferência dele, e ele respirando mal com as últimas forças, mas invicto na montaria. Quando terminaram o trecho mais abrupto, perguntou com uma voz de outro século:

— Como estará Londres?

O coronel Wilson fitou o sol, quase no centro do céu, e disse:

— Mal, general.

Sem se surpreender, ele tornou a perguntar com a mesma voz:

— E por quê?

— Porque lá são seis da tarde, que é a pior hora de Londres — disse Wilson. — Além disso, deve estar caindo uma chuva suja e morta, como água de sapos, porque a primavera é nossa estação sinistra.

— Não me diga que derrotou a saudade — disse ele.

— Ao contrário, a saudade é que me derrotou — disse Wilson. — Já não oponho a menor resistência a ela.

— Então, quer ou não quer voltar?

— Já não sei mais nada, meu general — disse Wilson. — Estou entregue a um destino que não é o meu.

Ele o fitou direto nos olhos e disse, assombrado:

— Isso eu é que teria que dizer.

Quando tornou a falar, a voz e o ânimo tinham mudado.

— Não se preocupe — disse. — Aconteça o que acontecer, iremos para a Europa, quando mais não seja para não
privar seu pai do gosto de vê-lo. — Em seguida, ao cabo
de uma reflexão lenta, concluiu: — E me permita dizer-lhe
uma última coisa, meu caro Wilson: de você se pode dizer
qualquer coisa, menos que seja um intrujão.

O coronel Wilson se rendeu uma vez mais, acostumado a suas penitências gentis, sobretudo depois
de uma tempestade de baralhos ou de uma vitória de
guerra. Continuou cavalgando devagar, a mão febril
do enfermo mais glorioso das Américas agarrada a
seu antebraço, como um falcão de cetraria, enquanto
o ar começava a ferver e tinham que espantar como se
fossem moscas uns pássaros funéreos que esvoaçavam
sobre suas cabeças.

No mais duro do declive cruzaram com uma partida de índios que carregavam um grupo de viajantes
europeus em cadeirinhas penduradas nos ombros. De
repente, pouco antes de terminar a descida, um cavaleiro alucinado passou a todo galope na mesma direção
que eles. Trazia um gorro que quase lhe tapava o rosto, e
era tal a desordem de sua pressa que a mula do capitão
Ibarra esteve a ponto de se desbarrancar de susto. O
general chegou a gritar: "Olhe por onde anda, *carajos!*"
Seguiu-o até o perder de vista na primeira curva, mas
ficou atento a ele cada vez que aparecia nas voltas mais
baixas da estrada.

Às duas da tarde ultrapassaram a última colina, e o
horizonte se abriu numa planície fulgurante, ao fundo da
qual jazia no torpor a mui célebre cidade de Honda, com

sua ponte de pedra castelhana sobre o grande rio lamacento, com suas muralhas em ruínas e a torre da igreja estropiada por um terremoto. O general contemplou o vale ardente sem deixar transparecer qualquer emoção, salvo quanto ao cavaleiro do gorro vermelho, que naquele momento atravessava a ponte em seu galope interminável. Então voltou a se acender nele a luz do sonho.

— Deus dos pobres — disse. — A única coisa que pode explicar tamanha pressa é ser portador de uma carta para Cassandro dizendo que já fomos embora.

Apesar da advertência de não promoverem manifestações públicas à sua chegada, uma alegre cavalgada foi recebê-lo no porto, e o governador Posada Gutiérrez preparou banda de música e fogos de artifício para três dias. Mas a chuva desmanchou a festa antes que a comitiva chegasse às ruas do comércio. Foi um aguaceiro prematuro, de uma violência arrasadora, que arrancou o calçamento das ruas e causou inundações nos bairros pobres, mas o calor se manteve imperturbável. Na confusão dos cumprimentos alguém tornou a incorrer na sandice eterna: "Aqui faz tanto calor que as galinhas põem ovos fritos." Esse desastre costumeiro se repetiu sem nenhuma variação nos três dias seguintes. No letargo da sesta, uma nuvem negra descia da cordilheira, se plantava sobre a cidade e se desventrava num dilúvio instantâneo. Logo o sol tornava a brilhar no céu diáfano com a mesma inclemência de antes, enquanto as brigadas cívicas desimpediam as ruas dos escombros da enchente, e nas cristas das montanhas começava a concentrar-se a nuvem negra de amanhã. A qualquer hora do dia ou da noite, dentro ou fora, se ouvia ressonar o calor.

Prostrado pela febre, o general suportou com dificuldade as boas-vindas oficiais. O ar ferventava em borbotões no salão do conselho municipal, mas ele se saiu do apuro com um discurso de bispo escaldado, que pronunciou muito devagar e com voz arrastada, sem se levantar da poltrona. Uma menina de 10 anos com asas de anjo e um vestido com babados de organdi recitou de cor, sufocando com a pressa, uma ode às glórias do general. Mas se atrapalhou, tornou a começar por onde não devia, e sem saber o que fazer fixou nele seus olhinhos de pânico. O general teve um sorriso de cumplicidade e soprou os versos:

O brilho de sua espada
é o reflexo vivo de sua glória.

Nos primeiros anos de poder, o general não perdia ocasião de oferecer banquetes concorridos e esplêndidos, incitando os convidados a comer e beber até a embriaguez. Desse passado régio lhe ficaram os talheres pessoais com seu monograma gravado, que José Palacios levava para as festas. Na recepção de Honda aceitou ocupar a cabeceira de honra, mas só tomou um cálice de vinho do porto, e mal provou a sopa de tartaruga, que lhe deixou um ressaibo desagradável.

Retirou-se cedo para o santuário que o governador Posada Gutiérrez lhe preparara em sua casa, mas a notícia de que era esperado no dia seguinte o correio de Santa Fé o fez perder o pouco sono que lhe restava. Tomado de ansiedade, voltou a pensar em sua desgraça após a trégua de três dias, e tornou a atormentar José Palacios com perguntas insistentes. Queria saber o que havia ocorrido desde sua partida, como seria a cidade com um governo diferente do seu, como seria a vida sem ele. Dissera num momento de irritação: "A América é um meio globo que ficou louco." Naquela primeira noite de Honda o teria dito com maior razão. Passou-a em claro, crucificado pelos pernilongos, pois se negava a dormir com mosquiteiro. Às vezes dava voltas e mais voltas, falando sozinho pelo quarto, às vezes se balançava na rede com grandes repelões, às vezes se enrolava na manta e sucumbia à febre, delirando quase aos gritos num charco de suor. Palacios ficou acordado com ele, respondendo-lhe às perguntas, dizendo a hora a cada instante com os minutos contados, sem necessidade de consultar os dois relógios de corrente presos às casas dos botões do jaleco. Ajudou-o a se embalar na rede quando o viu sem forças para tomar impulso sozinho, e espantou os pernilongos com um pano até conseguir fazê-lo dormir mais de uma hora. Mas despertou de um salto antes do amanhecer, quando ouviu barulho de animais e vozes de homens no pátio, e saiu de camisola para receber o correio.

Na mesma tropa chegou o jovem capitão Agustín de Iturbide, ajudante de campo mexicano, retido em Santa Fé por um percalço de última hora. Era portador de uma carta do marechal Sucre, que era um lamento muito afetuoso por não haver chegado a tempo à despedida. O correio trouxe outra carta, escrita dois dias antes pelo presidente Caycedo. O governador Posada Gutiérrez entrou pouco depois no quarto com os recortes das gazetas dominicais, e o general lhe pediu que lesse as cartas, pois a luz ainda era escassa para seus olhos.

A novidade era que em Santa Fé tinha estiado no domingo, e numerosas famílias com as crianças invadiram as pastagens com cestas de leitão assado, barrigada ao forno, morcelas de arroz, batatas nevadas com queijo derretido, e todos almoçaram sentados na relva sob um sol radioso como não se via na cidade desde os tempos do ruído. Esse milagre de maio dissipara o nervosismo do sábado. Os alunos do colégio de São Bartolomeu tinham voltado a sair à rua com o sainete já por demais visto das execuções alegóricas, mas não encontraram nenhuma ressonância. Dispersaram-se enfarados antes do anoitecer, e no domingo trocaram as escopetas pelas violas, sendo vistos a cantar canções populares no meio da gente que tomava sol nos pastos, até que às cinco da tarde recomeçou a chover sem qualquer aviso, e acabou-se a festa.

Posada Gutiérrez interrompeu a leitura da carta.

— Nada mais neste mundo pode salpicar sua glória — disse ao general. — Digam o que disserem, Sua Excelência continuará sendo o maior dos colombianos até os confins do planeta.

— Não duvido — disse o general —, se bastou que eu partisse para o sol tornar a brilhar.

A única coisa que o indignou na carta foi que o próprio encarregado da presidência da república cometera o abuso de chamar liberais aos partidários de Santander, como se fosse termo oficial. "Não sei onde os demagogos se arrogaram o direito de se chamar liberais", disse. "Roubaram a palavra, sem mais nem menos, como roubam tudo o que lhes cai nas mãos." Pulou da rede e continuou desabafando com o governador enquanto media o aposento de um extremo a outro com suas passadas de soldado.

— A verdade é que aqui só há dois partidos, o dos que estão comigo e o dos que estão contra mim, e o senhor sabe disso melhor que ninguém — concluiu. — E ainda que não acreditem, não há ninguém mais liberal que eu.

Um emissário especial do governador trouxe mais tarde um recado verbal de Manuela Sáenz: não lhe havia escrito porque os correios tinham instruções terminantes de não receber suas cartas. Mandara-o a própria Manuela, que na mesma data enviou ao presidente em exercício uma carta de protesto contra a proibição, o que deu origem a uma série de provocações de ida e volta cujo desfecho para ela foram o desterro e o esquecimento. Todavia, ao contrário do esperado por Posada Gutiérrez, que conhecia de perto os tropeços daquele amor tormentoso, o general sorriu à má notícia.

— Esses conflitos são o estado natural de minha amável louca — disse.

José Palacios não ocultou seu aborrecimento pela falta de consideração com que foram programados os três dias de Honda. O convite mais surpreendente foi um passeio às minas de prata de Santa Ana, a 6 léguas dali, porém mais surpreendente ainda foi que o general aceitou, e muito mais surpreendente que descesse a uma galeria subterrânea. Pior: no caminho de volta, embora tivesse febre alta e a cabeça estalando de enxaqueca, resolveu nadar num remanso do rio. Longe iam os dias em que apostava atravessar uma torrente *llanera* com uma das mãos amarrada e ainda assim ganhava do nadador mais destro. Dessa vez, de qualquer modo, nadou sem cansaço durante meia hora, mas os que viram suas costelas de cachorro e suas pernas raquíticas não entenderam como podia continuar vivo com tão pouco corpo.

Na última noite, a municipalidade lhe ofereceu um baile de gala, ao qual se escusou de assistir por causa da fadiga do passeio. Recolhido ao quarto desde as cinco da tarde, ditou a Fernando a resposta ao general Domingo Caycedo, e lhe pediu que lesse várias páginas mais dos episódios galantes de Lima, de alguns dos quais fora protagonista. Depois tomou o banho morno e ficou imóvel na rede, ouvindo na brisa as rajadas de música do baile em sua homenagem. José Palacios já o acreditava adormecido quando o ouviu dizer:

— Lembras dessa valsa?

Assobiou vários compassos para reviver a música na memória do mordomo, mas este não a identificou. "Foi a valsa mais tocada na noite em que chegamos a Lima, vindos de Chuquisaca", disse o general. José Palacios não lembrava, embora não esquecesse nunca a noite de glória do dia 8 de fevereiro de 1826. Lima oferecera naquela manhã uma recepção imperial, a que o general correspondeu com uma frase repetida sem falta em cada brinde: "Na vasta extensão do Peru já não resta um só espanhol." Naquele dia se consumara a independência do continente imenso que ele se propunha converter, segundo suas palavras, na liga de nações mais vasta, ou mais extraordinária, ou mais forte até então surgida na face da terra. As emoções da festa ficaram associadas à valsa, que tinha mandado repetir tantas vezes quantas fossem necessárias, para que nenhuma das damas de Lima deixasse de dançá-la com ele.

Seus oficiais, com os uniformes mais deslumbrantes jamais vistos na cidade, secundaram o exemplo até onde lhes permitiam as forças, pois eram todos valsistas exímios, cuja lembrança perdurava no coração de suas parceiras muito mais que as glórias da guerra.

Na última noite de Honda abriram a festa com a valsa da vitória, e ele esperou na rede que a repetissem. Mas como não a repetiam, levantou-se de repente, vestiu a mesma roupa de montaria que usara na excursão às minas e se apresentou no baile sem ser anunciado. Dançou quase três horas, fazendo repetir a peça cada vez que mudava de par, tentando talvez reconstituir o esplendor de antigamente com as cinzas de suas nostalgias. Longe ficavam os anos ilusórios em que todo mundo caía vencido, e só ele continuava dançando até o amanhecer com o último par no salão deserto. Pois a dança era para ele uma paixão tão dominante que dançava sem dama quando não havia, ou dançava sozinho a música que ele próprio assobiava, e exteriorizava seus grandes júbilos subindo para dançar na mesa da sala de jantar. Na última noite de Honda já tinha as forças tão reduzidas que precisava se refazer nos intervalos aspirando os vapores do lenço embebido em água-de-colônia, mas valsou com tanto entusiasmo e com maestria tão juvenil que, sem querer, destruiu as versões de que estava à morte.

Pouco depois da meia-noite, quando voltou para casa, anunciaram-lhe que uma mulher o esperava na sala de visitas. Era elegante e altiva, e exalava uma fragrância primaveril. Estava com um vestido de veludo, de mangas até os punhos, e botas de montar do cordovão mais delicado, e trazia um chapéu de dama medieval com um véu de seda. O general lhe fez uma reverência formal, intrigado pela forma e a hora da visita. Sem dizer palavra, ela pôs à altura de seus olhos um relicário pendente do pescoço por uma corrente comprida, e ele o reconheceu assombrado.

— Miranda Lyndsay! — disse.

— Sou eu — disse ela —, embora já não a mesma.

A voz grave e quente, como de violoncelo, perturbada apenas por um ligeiro vestígio do inglês nativo, avivou nele recordações que não se repetiriam. Com um sinal de mão fez sair a sentinela de serviço, que o vigiava da porta, e sentou-se diante dela, tão perto que os joelhos quase se tocavam, e tomou-lhe as mãos.

Tinham-se conhecido 15 anos antes em Kingston, onde ele amargava seu segundo exílio, durante um almoço em casa do comerciante inglês Maxwell Hyslop. Era filha única de sir London Lyndsay, diplomata inglês aposentado num engenho de açúcar da Jamaica para escrever umas memórias em seis volumes que ninguém leu. Apesar da beleza inesquivável de Miranda, e do coração fácil do jovem proscrito, este se achava ainda por demais afundado em seus sonhos e preso a outra para reparar em alguém.

Ela o recordaria sempre como um homem que aparentava muito mais que os seus 32 anos, ósseo e pálido, com suíças e bigodes ásperos de mulato e o cabelo comprido ate os ombros. Trajava à inglesa, como os jovens da aristocracia *criolla*, com gravata branca e uma sobrecasaca grossa demais para o clima, e a gardênia dos românticos na botoeira. Assim vestido, numa noite libertina de 1810, uma puta galante o confundira com um pederasta grego num bordel de Londres.

O mais notável nele, para bem ou para mal, eram os olhos alucinados e o falar inesgotável e esgotante, com uma voz crispada de ave de rapina. O mais estranho é que mantinha os olhos baixos e prendia a atenção dos comensais sem os encarar de frente. Falava cadenciado, com o sotaque das ilhas Canárias e as formas cultas do dialeto de Madri, naquele dia alternando com um inglês primário mas compreensível, em homenagem a dois convidados que não entendiam castelhano.

Durante o almoço não prestou atenção a ninguém senão a seus próprios fantasmas. Falou sem parar, num estilo doutorai e declamatório, soltando sentenças proféticas ainda sem cozinhar, muitas das quais estariam numa proclamação épica publicada dias depois num jornal de Kingston e consagrada pela história como *Carta da Jamaica*. "Não foram os espanhóis, mas nossa própria desunião o que nos levou de novo à escravidão", dizia. Falando da grandeza, dos recursos e dos talentos da América, repetiu várias vezes: "Somos um pequeno gênero humano." De volta à casa, o pai perguntou a Miranda como era o conspirador que tanto inquietava os agentes espanhóis da ilha, e ela o reduziu a uma frase: *"He feels he's Bonaparte."*

Dias depois recebeu uma mensagem insólita, com instruções minuciosas para que fosse encontrar-se com ela no sábado seguinte às nove da noite, sozinho e a pé, num lugar ermo. O desafio não punha em risco somente sua vida, mas a sorte das Américas, pois ele era então a última reserva de uma insurreição derrotada. Após cinco anos de uma independência precária, a Espanha acabava de reconquistar os territórios do vice-reino de Nova Granada e a capitania geral da Venezuela, incapazes de resistir à investida feroz do general Pablo Morillo, chamado O Pacificador. O comando supremo dos patriotas fora eliminado com a fórmula simples de enforcar todo aquele que soubesse ler e escrever.

Da geração de americanos ilustrados que lançaram a semente da independência, do México ao Rio da Prata, era ele o mais convicto, o mais obstinado, o mais clarividente e o que melhor conciliava o engenho da política com a intuição da guerra. Vivia numa casa alugada de dois quartos, com seus ajudantes militares, com dois ex-escravos adolescentes que continuavam a servi-lo depois de alforriados, e com José Palacios. Fugir a pé para um encontro incerto, de noite e sem escolta, era não apenas um risco inútil como uma insensatez histórica. Mas apesar do muito que prezava a vida e sua causa, qualquer coisa lhe parecia menos tentadora que o enigma de uma mulher formosa.

Miranda o esperou a cavalo no lugar previsto, também sozinha, e o conduziu na garupa por uma trilha invisível. Ameaçava chuva, com relâmpagos e trovões remotos no mar. Um bando de cachorros escuros se enredavam nas patas do cavalo, latindo nas trevas, mas ela os mantinha sob controle com os arrulhos ternos que ia murmurando em inglês. Passaram muito perto do engenho de açúcar onde sir London Lyndsay escrevia as recordações que ninguém além dele havia de recordar, vadearam um riacho de pedras e penetraram do outro lado num bosque de pinheiros, no fundo do qual havia uma ermida abandonada. Ali apearam, e ela o conduziu pela mão através do oratório às escuras até a sacristia em ruínas, mal-iluminada por uma tocha encravada no muro, e sem outros móveis além de dois troncos esculpidos a golpes de machado. Só então se viram os rostos. Ele estava em mangas de camisa, com o cabelo amarrado na nuca à maneira de um rabo de cavalo, e Miranda o achou mais atraente e juvenil do que no almoço.

Ele não tomou a iniciativa, pois seu método de sedução não obedecia a nenhuma pauta, cada caso era diferente, sobretudo o primeiro passo. "Nos preâmbulos do amor qualquer erro é incorrigível", dizia. Daquela vez deve ter ido certo de que todos os obstáculos estavam afastados de antemão, já que a decisão havia sido dela.

Enganou-se. Além da beleza, Miranda tinha uma dignidade também inelutável, de modo que transcorreu um bom tempo antes de ele compreender que também dessa vez lhe cabia tomar a iniciativa. Ela o convidara a sentar, e o fizeram como em Honda 15 anos depois, um defronte do outro nos troncos talhados, e tão perto que os joelhos quase se tocavam. Ele lhe tomou as mãos, chegou-a a si e tentou beijá-la. Ela o deixou aproximar-se até sentir o calor de seu hálito, e desviou o rosto.

— Tudo se fará a seu tempo — disse.

A mesma frase pôs termo às iniciativas que ele tomou a seguir. À meia-noite, quando a chuva começou a se infiltrar pelas goteiras do telhado, continuavam sentados um em frente ao outro, de mãos dadas, enquanto ele recitava um poema que naqueles dias estava compondo na memória. Eram oitavas reais bem-medidas e bem-rimadas, nas quais se misturavam juras de amor e fanfarronadas de guerra. Ela se comoveu, citou três nomes procurando adivinhar o autor.

— É de um militar — disse ele.

— Militar de guerra ou militar de salão? — perguntou ela.

— De ambas as coisas — disse ele. — O maior e o mais solitário que jamais existiu.

Ela se lembrou do que dissera ao pai depois do almoço do senhor Hyslop.

— Só pode ser Bonaparte.

— Quase — disse o general —, mas a diferença moral é enorme, porque o autor do poema não permitiu que o coroassem.

Com o passar dos anos, à medida que recebia novas notícias dele, ela se perguntaria com assombro cada vez maior se teria consciência de que aquela brincadeira de sua inteligência era a prefiguração de sua própria vida. Mas nessa noite sequer o suspeitou, presa ao compromisso quase impossível de retê-lo sem o ofender, e sem capitular ante seus assaltos, mais insistentes à medida que se aproximava o amanhecer. Chegou até a lhe permitir uns beijos fortuitos, mas nada mais.

— Tudo se fará a seu tempo — dizia.

— Às três da tarde parto para sempre no vapor do Haiti — disse ele.

Ela desfez a astúcia com um riso encantador.

— Em primeiro lugar o vapor só sai sexta-feira — disse.

— E além disso, os pastéis que o senhor encomendou ontem à senhora Turner vão ser levados esta noite para o seu jantar com a mulher que mais me odeia neste mundo.

A mulher que mais a odiava neste mundo chamava-se Julia Cobier, uma dominicana bonita e rica, também desterrada na Jamaica, em cuja casa, ao que diziam, ele havia ficado para dormir mais de uma vez. Naquela noite iam comemorar sozinhos o aniversário dela.

— A senhora está mais informada que meus espiões — disse.

— E por que não pensar antes que eu sou uma de suas espiãs? — disse ela.

Ele só foi entender às seis da manhã, quando, de volta à casa, encontrou seu amigo Félix Amestoy morto e sangrado na rede onde ele teria estado se não comparecesse ao falso encontro de amor. Pegara no sono enquanto esperava que ele voltasse para lhe dar um recado urgente, e um dos empregados libertos, pago pelos espanhóis, o matou com 11 punhaladas pensando que era o general. Miranda soubera dos planos do atentado e não lhe ocorreu nada mais discreto para evitá-lo. Ele tentou agradecer em pessoa, mas ela deixou seus recados sem resposta. Antes de partir para Porto Príncipe num veleiro pirata, mandou-lhe por José Palacios o precioso relicário que herdara da mãe, acompanhado de um bilhete com uma só linha sem assinatura:

"Estou condenado a um destino de teatro."

Miranda não esqueceu nem jamais pôde entender aquela frase hermética do jovem guerreiro que nos anos seguintes voltou à sua terra com a ajuda do presidente da república livre do Haiti, o general Alexandre Pétion, atravessou os Andes com uma tropa de *llaneros* descalços, derrotou as armas realistas na ponte de Boyacá e libertou pela segunda vez e para sempre Nova Granada, depois a Venezuela, sua terra natal, e por fim os abruptos territórios do sul até as fronteiras do império do Brasil. Ela seguiu-lhe o rastro, sobretudo graças a relatos de viajantes que não se cansavam de contar suas façanhas. Já completada a independência das antigas colônias espanholas, Miranda se casou com um agrimensor inglês que mudou de profissão e se instalou em Nova Granada para implantar nos vales de Honda as mudas da cana-de-açúcar da Jamaica. Ali se encontrava na véspera quando ouviu dizer que seu velho conhecido, o proscrito de Kingston, estava só a três léguas de sua casa. Mas chegou às minas quando o general já empreendera o regresso a Honda, e teve que cavalgar meia jornada mais para alcançá-lo.

Não o teria reconhecido na rua sem as suíças e o bigode juvenil, com o cabelo branco e ralo, e com aquele aspecto de decadência final que lhe deu a impressão angustiante de estar falando com um defunto. Miranda vinha disposta a tirar o véu para conversar com ele, uma vez afastado o risco de ser reconhecida na rua, mas foi contida pelo horror de que também ele descobrisse em seu rosto os estragos do tempo. Apenas terminadas as formalidades iniciais, foi direto ao assunto:

— Venho suplicar-lhe um favor.

— Sou todo seu — disse ele.

— O pai de meus cinco filhos está cumprindo uma longa sentença por ter matado um homem — disse ela.

— Com honra?

— Em duelo franco — disse ela, e explicou em seguida: — Por ciúmes.

— Infundados, claro.

— Fundados.

Mas agora tudo pertencia ao passado, ele inclusive, e a única coisa que lhe pedia por caridade era que usasse seu poder para acabar com o cativeiro do marido. Ele não conseguiu lhe dizer mais que a verdade:

— Estou doente e desvalido, como pode ver, mas não há nada neste mundo que não seja capaz de fazer pela senhora.

Mandou entrar o capitão Ibarra para anotar o caso e prometeu fazer tudo ao alcance de seu minguado poder para conseguir o indulto. Nessa mesma noite trocou ideias com o general Posada Gutiérrez, em reserva absoluta e sem deixar nada escrito, mas tudo ficou pendente até conhecer a índole do novo governo. Acompanhou Miranda até o portão da casa, onde a esperava uma escolta de seis libertos, e se despediu dela com um beijo na mão.

— Foi uma noite feliz — disse ela.

Ele não resistiu à tentação:

— Esta ou aquela?

— Ambas — disse Miranda.

Montou num cavalo descansado, de bela estampa e ajaezado como o de um vice-rei, e partiu a todo galope, sem se voltar para olhá-lo. Ele esperou no portal até que ela sumiu no fundo da rua, mas continuava a vê-la em sonhos quando José Palacios o acordou de manhã cedo para seguir viagem pelo rio.

Sete anos antes concedera um privilégio especial ao comodoro alemão Juan B. Elbers para estabelecer a navegação a vapor. Ele mesmo tinha ido num de seus navios de Barranca Nueva a Puerto Real, a caminho de Ocaña, comprovando que era um modo de viajar confortável e seguro. Entretanto, o comodoro Elbers achava que o negócio não valia a pena se não estivesse respaldado por um privilégio exclusivo, que o general Santander lhe concedeu sem condições quando no exercício da presidência. Dois anos depois, investido de poderes absolutos pelo congresso nacional, o general desfez o acordo com uma de suas frases proféticas: "Se dermos o monopólio aos alemães, eles acabarão passando-o aos Estados Unidos." Mais tarde proclamou a total liberdade da navegação fluvial em todo o país. De modo que quando quis conseguir um navio a vapor para o caso de resolver viajar, enfrentou protelações e circunlóquios que cheiravam muito a vingança, e na hora de partir teve de conformar-se com as sampanas de sempre.

O porto estava cheio desde as cinco da manhã com gente a cavalo e a pé, recrutada a toda pressa pelo governador nas localidades próximas para simular uma despedida como as de outras épocas. Numerosas canoas apareceram no ancoradouro, carregadas de mulheres alegres que provocavam aos gritos os soldados da guarda, ao que estes respondiam com galanteios obscenos. O general chegou às seis com a comitiva oficial. Tinha vindo a pé da casa do governador, muito devagar e com a boca tapada por um lenço embebido em água-de-colônia.

Anunciava-se um dia nublado. As lojas da rua do comércio estavam abertas desde o amanhecer, e algumas funcionavam quase expostas à intempérie entre as paredes das casas ainda meio destruídas por um terremoto de vinte anos atrás. O general respondia com o lenço aos que o saudavam das janelas, mas eram os menos numerosos, porque os mais se mantinham em silêncio ao vê-lo passar, surpreendidos com o seu mau estado. Ia em mangas de camisa, com suas únicas botas Wellington e um chapéu de palha branca. No adro da igreja o pároco tinha subido numa cadeira para largar um discurso, mas o general Carreño o impediu. Ele se aproximou e apertou-lhe a mão.

Ao dobrar a esquina bastou ao general um olhar para perceber que não suportaria a ladeira, mas começou a subir agarrado ao braço do general Carreño, até se tornar evidente que não aguentava mais. Trataram então de convencê-lo a usar uma cadeirinha de mão que Posada Gutiérrez preparara para caso de necessidade.

— Não, general, por favor — disse ele, perturbado. — Poupe-me essa humilhação.

Venceu a ladeira, mais com a força da vontade que com a do corpo, e ainda lhe sobrou ânimo para descer sem ajuda até o ancoradouro. Ali se despediu com uma frase amável de cada um dos membros da comitiva oficial. E o fez com um sorriso fingido, para não se notar que naquele 15 de maio de rosas inelutáveis estava empreendendo a viagem de regresso ao nada. Deixou de lembrança ao governador Posada Gutiérrez uma medalha de ouro com seu perfil gravado, agradeceu-lhe as bondades com uma voz bastante forte para ser ouvida por todos, e o abraçou com emoção sincera. Daí a pouco apareceu na popa da sampana, despedindo-se com o chapéu, sem fixar o olhar em ninguém entre os grupos que davam adeus do cais, sem ver a confusão das canoas em redor das sampanas nem os meninos nus que nadavam como sáveis debaixo d'água. Continuou acenando com o chapéu para um mesmo ponto, com expressão alheia, até não se avistar mais que um pedaço da torre da igreja por cima das muralhas em ruínas. Então foi para a cobertura do barco, sentou-se na rede e esticou as pernas para que José Palacios o ajudasse a descalçar as botas.

— Vamos a ver se agora acreditam que partimos — disse.

A frota se compunha de oito sampanas de tamanhos diferentes, sendo uma especial para ele e a comitiva, com um timoneiro na popa e oito remadores que a impulsionavam com remos de guáiaco. Ao contrário das sampanas comuns, que tinham no meio um espaço coberto com folhas de palmeira para a carga, nessa haviam posto um toldo de lona para que se pudesse armar uma rede na sombra; haviam-na forrado por dentro com tecido de algodão e atapetado com esteiras, e tinham aberto quatro janelas para aumentar a ventilação e a luz. Arranjaram uma mesinha para escrever ou jogar cartas, uma estante para os livros e uma talha com um filtro de pedra. O responsável pela frota, escolhido entre os melhores do rio, se chamava Casildo Santos, e era um ex-capitão do Corpo de Atiradores da Guarda, com uma voz de trovão e um tapa-olho de pirata no olho esquerdo, e uma noção bastante intrépida de seu mandato.

Maio era o primeiro dos meses bons para os vapores do comodoro Elbers, mas os meses bons não eram os melhores para as sampanas. O calor mortal, as tempestades bíblicas, as correntes traiçoeiras, a ameaça das feras e dos bichos predadores durante a noite, tudo parecia conspirar contra o sossego dos passageiros. Um tormento a mais para alguém sensibilizado pela saúde má era a pestilência das postas de carne salgada e os peixes defumados que penduraram por descuido nos beirais da sampana presidencial, e que ele mandou tirar logo que os avistou ao embarcar. Ciente assim de que o general não podia resistir sequer ao cheiro das coisas de comer, o capitão Santos mandou ficar em último lugar na frota a sampana de abastecimento, onde havia engradados de galinhas e porcos vivos. Entretanto, desde o primeiro dia de navegação, depois de comer com grande deleite dois pratos seguidos de mingau de milho verde, ficou estabelecido que não comeria outra coisa durante a viagem.

— Isto parece feito pela mão mágica de Fernanda Sétima — disse.

Era. Sua cozinheira pessoal dos últimos anos, a quitenha Fernanda Barriga, a quem chamava Fernanda Sétima quando o fazia comer alguma coisa que não queria, se encontrava a bordo sem que ele soubesse. Era uma índia plácida, gorda, tagarela, cuja virtude maior não consistia no bom tempero da cozinha, mas em seu instinto para comprazer o general na mesa. Ele resolvera que Fernanda ficaria em Santa Fé com Manuela Sáenz, que a incorporara ao seu serviço doméstico, mas o general Carreño a chamou com urgência de Guaduas, quando José Palacios lhe anunciou alarmado que o general não fizera uma refeição completa desde a véspera da viagem. Tinha chegado a Honda de madrugada, e a embarcaram às escondidas na sampana-despensa, à espera de uma ocasião mais propícia. Esta se apresentou antes do previsto, graças ao prazer que lhe causou o mingau de milho verde, seu prato mais apetecido desde que começara a piorar de saúde.

O primeiro dia de navegação poderia ter sido o último. Anoiteceu às duas da tarde, as águas se encresparam, os trovões e relâmpagos fizeram estremecer a terra, e os remadores pareciam incapazes de impedir que as sampanas se despedaçassem contra os barrancos. O general observou da coberta a manobra de salvação dirigida aos berros pelo capitão Santos, cujo gênio naval não parecia à altura de tamanha borrasca. Observou-a primeiro com curiosidade, depois com uma ansiedade indomável, e no momento culminante do perigo percebeu que o capitão dera uma ordem errada. Então, deixando-se arrastar pelo instinto, abriu caminho em meio ao vento e à chuva e contrariou a ordem do capitão à beira do abismo.

— Por aí não! — gritou. — Pela direita, pela direita, *carajos!*

Os remadores reagiram à voz descascada mas ainda cheia de uma autoridade irresistível, e ele assumiu o comando sem se dar conta, até que superou a crise. José Palacios se apressou a jogar-lhe uma manta em cima, Wilson e Ibarra o mantiveram firme em seu lugar. O capitão Santos se pôs de lado, consciente mais uma vez de ter confundido bombordo com estibordo, e esperou com humildade de soldado até que o general o procurou e encontrou com um olhar trêmulo.

— Desculpe, capitão — disse.

Mas não ficou em paz consigo mesmo. Nessa noite, em redor das fogueiras acesas na praia onde arribaram para dormir pela primeira vez, contou casos de emergências navais inesquecíveis. Contou que seu irmão Juan Vicente, o pai de Fernando, tinha morrido afogado num naufrágio quando voltava depois de comprar em Washington um carregamento de armas e munições para a primeira república. Contou que estivera quase a correr a mesma sorte do cavalo que morreu entre suas pernas quando atravessava o Arauca em cheia, e o arrastou aos trambolhões com a bota presa no estribo, até que seu guia conseguiu cortar as correias. Contou que no caminho de Angostura, pouco depois de ter conquistado a independência de Nova Granada, topou com um barco revirado nas corredeiras do Orinoco e viu um oficial desconhecido nadando para a margem. Disseram-lhe que era o general Sucre. Ele respondeu furioso: "Não existe nenhum general Sucre!" Era de fato Antonio José de Sucre, que ascendera pouco antes a general do exército libertador e com quem manteve desde então uma grande amizade.

— Eu sabia desse encontro — disse o general Carreño —, mas sem o pormenor do naufrágio.

— Pode ser que eu esteja confundindo com o primeiro naufrágio de Sucre quando escapou de Cartagena perseguido por Morillo e ficou boiando sabe Deus como durante quase 24 horas — disse ele. E acrescentou, meio sem jeito:

— O que desejo é que o capitão Santos entenda de algum modo minha impertinência desta tarde.

De madrugada, quando todos dormiam, a selva inteira estremeceu com uma canção sem acompanhamento que só podia sair da alma. O general se sacudiu na rede. "É Iturbide", murmurou José Palacios no escuro. Acabara de falar quando uma voz de comando brutal interrompeu a canção.

Agustín de Iturbide era o filho mais velho de um general mexicano da guerra de independência, que se proclamou imperador de seu país e não conseguiu reinar mais de um ano. O general tinha um afeto especial por ele desde que o viu pela primeira vez, em posição de sentido, perturbado e sem poder dominar o tremor das mãos pela emoção de se encontrar diante do ídolo de sua infância. Tinha então 22 anos. Ainda não fizera 17 quando o pai foi fuzilado numa aldeia poeirenta e tórrida da província mexicana, poucas horas após ter regressado do exílio sem saber que fora julgado à revelia e condenado à morte por alta traição.

Três coisas comoveram o general desde os primeiros dias. Uma foi que Agustín tinha o relógio de ouro cravejado de pedras preciosas que o pai lhe mandara do muro de fuzilamento, e o usava no pescoço para ninguém pôr em dúvida que o tinha em muita honra. A outra era a candura com que lhe contou que o pai, vestido de pobre para não ser reconhecido pela guarda do porto, havia sido delatado pela elegância com que montava a cavalo. A terceira foi seu jeito de cantar.

O governo mexicano opusera toda sorte de obstáculos ao seu alistamento no exército da Colômbia, convencido de que sua iniciação nas artes da guerra fazia parte de uma conjura monarquista, patrocinada pelo general, para coroá-lo imperador do México com o direito presuntivo de príncipe herdeiro. O general assumiu o risco de um incidente diplomático grave, não somente por admitir o jovem Agustín com seus títulos militares, como por fazê-lo ajudante de campo. Agustín foi digno de sua confiança, embora não tivesse tido um único dia feliz, só conseguindo sobreviver à incerteza graças ao seu amor pelo canto.

Assim, quando alguém o mandou calar nas selvas do Magdalena, o general se ergueu da rede embrulhado numa manta, atravessou o acampamento iluminado pelas fogueiras da guarda, e foi juntar-se a ele. Encontrou-o sentado na margem, vendo o rio passar.

— Continue cantando, capitão — disse.

Sentou-se a seu lado, e quando conhecia a letra da canção o acompanhava com um fio de voz. Nunca tinha ouvido ninguém cantar com tanto amor, nem se lembrava de ninguém tão triste e no entanto convocando tanta felicidade a seu redor. Com Fernando e Andrés, que tinham sido seus colegas na escola militar de Georgetown, Iturbide formou um trio que introduziu uma brisa juvenil no ambiente do general, tão empobrecido pela aridez própria da caserna.

Agustín e o general ficaram cantando até que a bulha dos animais da floresta espantou os jacarés adormecidos na margem, e as entranhas das águas se revolveram como num cataclismo. O general permaneceu ainda sentado no chão, aturdido com o terrível despertar da natureza inteira, quando apareceu uma faixa alaranjada no horizonte, e a luz se fez. Então se apoiou no ombro de Iturbide para ficar de pé.

— Obrigado, capitão — disse. — Com dez homens cantando como o senhor, salvávamos o mundo.

— Ah, general — suspirou Iturbide. — O que eu não daria para que minha mãe o ouvisse.

No segundo dia de navegação viram fazendas bem-cuidadas com prados azuis e belos cavalos que corriam em liberdade, mas logo começou a selva e tudo tornou a ser imediato e igual. Desde antes estavam deixando para trás umas balsas feitas de enormes troncos de árvores, que os cortadores ribeirinhos levavam para vender em Cartagena de Índias. Eram tão vagarosas que pareciam imóveis na correnteza, e famílias inteiras com crianças e animais viajavam nelas, malprotegidos do sol por cobertas de folhas de palmeira. Em alguns recantos da mata se notavam as primeiras derrubadas feitas por tripulantes dos navios a vapor para alimentar as caldeiras.

— Os peixes terão que aprender a andar em terra, porque as águas vão acabar — disse ele.

Durante o dia o calor ficava intolerável, e a algazarra dos macacos e dos pássaros chegava a ser ensurdecedora, mas as noites eram silenciosas e frescas. Os jacarés permaneciam imóveis horas a fio nas praias, com as bocarras abertas para caçar borboletas. Junto aos casarios desertos viam-se as roças semeadas de milho com os cachorros em pele e osso latindo à passagem das embarcações, e mesmo nos lugares despovoados havia alçapões para caçar antas e redes de pescar secando ao sol, mas não se via nem um ser humano.

Ao cabo de tantos anos de guerra, de governos amargos, de amores insípidos, o ócio pesava como uma dor. O pouco de vida com que o general amanhecia ia definhando enquanto meditava na rede. Sua correspondência ficara em dia com a pronta resposta ao presidente Caycedo, mas enchia o tempo ditando cartas para se distrair. Nos primeiros dias, Fernando acabou de ler para ele as crônicas dos escândalos de Lima, e ele não conseguiu concentrar-se em mais nada.

Foi seu último livro completo. Tinha sido um leitor de voracidade imperturbável, tanto nas tréguas das batalhas como nos repousos do amor, mas sem ordem nem método. Lia a toda hora, com a luz que houvesse, ora passeando debaixo das árvores, ora a cavalo sob os sóis equatoriais, ora na penumbra dos coches trepidantes sobre os calçamentos de pedra, ora balouçando na rede enquanto ditava uma carta. Um livreiro de Lima se surpreendera com a abundância e a variedade das obras que selecionou de um catálogo geral onde havia desde os filósofos gregos até um tratado de quiromancia. Na juventude lera os românticos por influência de seu professor Simón Rodríguez, e continuou a devorá-los como se estivesse lendo a si mesmo com seu temperamento idealista e exaltado. Foram leituras passionais que o marcaram para o resto da vida. No fim havia lido tudo o que lhe caíra nas mãos, e não teve um autor predileto, mas muitos que o foram em diferentes épocas. As estantes das diversas casas onde viveu estiveram sempre abarrotadas, e os dormitórios e corredores acabavam convertidos em desfiladeiros de livros amontoados e montanhas de documentos errantes que proliferavam à sua passagem e o perseguiam sem misericórdia buscando a paz dos arquivos. Nunca chegou a ler tantos livros quantos possuía. Ao mudar de cidade entregava-os aos cuidados dos amigos de mais confiança, embora nunca voltasse a ter notícia deles, e a vida de guerra o obrigou a deixar um rastro de mais de 400 léguas de livros e papéis, da Bolívia à Venezuela.

Antes de começar a perder a vista já mandava os secretários lerem para ele, e acabou não lendo de outro modo, pelo desconforto que lhe causavam os óculos. Mas seu interesse pelo que lia foi diminuindo ao mesmo tempo, o que atribuiu, como sempre, a uma causa fora de seu domínio.

— O que acontece é que cada vez há menos livros bons — dizia.

José Palacios era o único que não dava mostras de tédio no torpor da viagem, nem o calor nem o desconforto afetavam suas boas maneiras e seu bem-vestir, ou o faziam menos esmerado no serviço. Era seis anos mais moço que o general, em cuja casa nascera escravo por um mau passo de uma africana com um espanhol, e deste herdara o cabelo cor de cenoura, as manchas na cara e nas mãos e os olhos de um azul pálido. Em contraste com sua natural sobriedade, tinha o guarda-roupa mais sortido e caro do séquito. Passara toda a sua vida com o general, seus dois desterros, suas campanhas inteiras e todas as suas batalhas na linha de frente, sempre à paisana, pois nunca admitiu o direito de vestir farda.

O pior da viagem era a imobilidade forçada. Uma tarde, o general estava tão desesperado de dar voltas no estreito espaço sob o toldo de lona que mandou parar o barco para caminhar. Na lama endurecida viram umas pegadas que pareciam de um pássaro do tamanho de um avestruz e no mínimo tão pesado quanto um boi, mas os remadores o acharam normal, pois diziam que por aquela paragem desolada andavam vagando uns homens com a corpulência de uma sumaúma e com cristas e patas de galo. Ele caçoou da lenda, como caçoava de tudo o que encerrasse algum viso de sobrenatural, mas se demorou no passeio além do previsto, e afinal tiveram que acampar ali, contra o entender do capitão e mesmo de seus ajudantes militares, que consideravam perigoso e malsão aquele lugar. Passou a noite em claro, torturado pelo calor e pelas nuvens de pernilongos que pareciam traspassar o filó do mosquiteiro sufocante, e atento ao esturro apavorante da onça, que os manteve a noite inteira em estado de alerta. Por volta das duas da madrugada foi conversar com os grupos que vigiavam em redor das fogueiras. Somente ao alvorecer, enquanto contemplava os extensos vales dourados pelos primeiros sóis, é que renunciou à expectativa que o mantivera desperto.

— Bem — disse —, teremos de ir embora sem conhecer os amigos das patas de galo.

No momento em que zarpavam, saiu de dentro do barco um vira-lata, sarnento e esquálido, e com uma pata petrificada. Os dois cães do general o atacaram, mas o aleijado se defendeu com uma ferocidade suicida, sem se render nem mesmo banhado em sangue e com o pescoço destroçado. O general ordenou que o conservassem, e José Palacios se encarregou dele, como tantas vezes havia feito com cachorros de rua.

Na mesma jornada recolheram um alemão abandonado numa ilha de areia por maltratar a pauladas um de seus remadores. Logo que subiu a bordo apresentou-se como astrônomo e botânico, mas na conversa ficou claro que não entendia nem de uma coisa nem de outra. Em compensação tinha visto com os próprios olhos os homens de patas de galo, e estava disposto a capturar um deles vivo para exibi-lo através da Europa numa jaula, como um fenômeno somente comparável à mulher aranha das Américas, que tanto rebuliço havia causado um século antes nos portos da Andaluzia.

— Leve-me a mim — disse o general —, e lhe asseguro que ganhará mais dinheiro me mostrando numa jaula como o maior louco da história.

De início lhe parecera um farsante simpático, mas mudou de opinião quando o tedesco começou a contar piadas indecentes sobre a pederastia envergonhada do barão Alexander von Humboldt. "Devemos deixá-lo de novo na praia", disse a José Palacios. De tarde cruzaram com a canoa do correio, que ia subindo o rio, e o general recorreu a suas artes de sedução para conseguir que o agente abrisse as malas da correspondência oficial e lhe entregasse suas cartas. Por último lhe pediu o favor de levar o alemão até o porto de Nare, com o que o agente concordou, embora a canoa tivesse excesso de carga. Essa noite, enquanto Fernando lhe lia as cartas, o general resmungou:

— Quisera esse filho da puta ser um fio do cabelo de Humboldt.

Estivera pensando no barão desde antes de recolherem o alemão, pois não podia imaginar como sobrevivera naquela natureza indômita. Conhecera-o em Paris, quando Humboldt voltava de sua viagem pelos países equinociais, e tanto como a inteligência e o saber surpreendeu-o o esplendor de sua beleza, como jamais tinha visto igual numa mulher. Mas o que o convenceu menos foi a certeza manifestada por Humboldt de que as colônias espanholas estavam maduras para a independência. Dissera-o assim, sem um tremor na voz, quando a ele isso não ocorria nem como um devaneio dominical.

— Só o que falta é o homem — disse Humboldt.

O general o contou a José Palacios muitos anos depois, em Cuzco, vendo-se talvez a si mesmo por cima do mundo, quando a história acabava de demonstrar que o homem era ele. Não repetiu a ninguém, mas, cada vez que se falava no barão, aproveitava a oportunidade para render homenagem à sua clarividência.

— Humboldt me abriu os olhos.

Era a quarta vez que viajava pelo Magdalena, e não pôde fugir à impressão de estar recolhendo os passos de sua vida. Sulcara-o pela primeira vez em 1813, quando era um coronel de milícias derrotado em seu país, vindo do exílio em Curaçao para Cartagena de Índias, em busca de recursos para prosseguir a guerra. Nova Granada estava dividida em frações autônomas, a causa da independência perdia alento popular diante da repressão feroz dos espanhóis, e a vitória final parecia cada vez menos certa. Na terceira viagem, a bordo do navio a vapor, como o chamava, a obra de emancipação já se concluíra, mas seu sonho quase lunático da integração continental começava a se despedaçar. Naquela última viagem, o sonho já estava liquidado, mas sobrevivia resumido numa única frase que ele repetia sem cansaço: "Nossos inimigos terão todas as vantagens enquanto nós não unificarmos o governo da América."

Das inúmeras recordações partilhadas com José Palacios, uma das mais emocionantes era a da primeira viagem, quando fizeram a guerra de libertação do rio. À frente de duzentos homens armados de qualquer maneira, em uns vinte dias não deixaram na bacia do Magdalena nem um só espanhol monarquista. No quarto dia de viagem o próprio José Palacios se deu conta de como haviam mudado as coisas, quando começaram a ver nas povoações ribeirinhas as longas filas de mulheres que esperavam a passagem das sampanas. "Aí estão as viúvas", disse. O general apareceu e viu-as, vestidas de preto, alinhadas na margem como urubus pensativos sob o sol abrasador, esperando nem que fosse um aceno de caridade. O general Diego Ibarra, irmão de Andrés, costumava dizer que o general nunca teve um filho, mas em compensação era pai e mãe de todas as viúvas da nação. Seguiam-no por toda parte, e ele as mantinha vivas com palavras afetuosas que eram verdadeiras proclamações de consolo. Todavia, seu pensamento estava mais nele mesmo que nelas quando viu as filas de mulheres fúnebres nas aldeias do rio.

— Agora as viúvas somos nós — disse. — Somos os órfãos, os aleijados, os párias da independência.

Não pararam em nenhum povoado antes de Mompox, salvo em Puerto Real, que era a saída de Ocaña para o rio Magdalena. Ali encontraram o general venezuelano José Laurencio Silva, que dera cumprimento à missão de acompanhar os granadeiros rebeldes até a fronteira de seu país, e vinha incorporar-se à comitiva.

O general ficou a bordo até a noite, quando desembarcou para dormir num acampamento improvisado. Recebeu no barco as filas de viúvas, os desvalidos, os desamparados de todas as guerras que queriam vê-lo. Lembrava-se de quase todos com uma nitidez assombrosa. Os que permaneciam ali agonizavam de miséria, outros tinham partido em busca de novas guerras para sobreviver, ou se tornaram salteadores de estrada, como incontáveis licenciados do exército libertador em todo o território nacional. Um deles resumiu numa frase o sentimento de todos: "Já temos a independência, general, agora nos diga o que fazer com ela." Na euforia do triunfo ele lhes ensinara a falar assim, com a verdade na boca. Só que agora a verdade havia mudado de dono.

— A independência era uma simples questão de ganhar a guerra — dizia-lhes. — Os grandes sacrifícios viriam depois, para fazer destes povos uma só pátria.

— Não temos feito outra coisa senão sacrifícios, general — diziam eles.

Ele não cedia um ponto:

— Faltam mais — dizia. — A unidade não tem preço.

Nessa noite, enquanto deambulava pelo galpão onde lhe armaram a rede para dormir, tinha visto uma mulher que se virou para olhá-lo ao passar, e surpreendeu-o que ela não se surpreendesse com sua nudez. Chegou a ouvir as palavras da canção que ia murmurando: *"Diga-me que nunca é tarde para morrer de amor."* O vigia da casa estava acordado debaixo do telhado do alpendre.

— Há alguma mulher aqui? — indagou o general.

O homem tinha certeza:

— Digna de Sua Excelência, nenhuma.

— E indigna de minha excelência?

— Também não — disse o vigia. — Não há nenhuma mulher a menos de uma légua.

O general estava tão certo de tê-la visto que a procurou por toda a casa até muito tarde. Insistiu que os ajudantes de campo verificassem, e no dia seguinte atrasou a saída por mais de uma hora até ser vencido pela mesma resposta: não havia ninguém. Não se falou mais no assunto. Mas no resto da viagem, cada vez que se lembrava, tornava a insistir. José Palacios, que lhe sobreviveria muitos anos, teria tempo de sobra para repassar sua vida com ele, sem deixar na sombra o detalhe mais insignificante. Mas a única coisa que nunca esclareceu foi se a visão daquela noite em Puerto Real teria sido um sonho, um delírio ou uma aparição.

Ninguém voltou a se lembrar do cachorro que tinham recolhido no caminho, e que andava por ali, restabelecendo-se de seus machucados, até que o ordenança encarregado da comida se deu conta de que não tinha nome. Haviam-no banhado e perfumado com pós de recém-nascido, mas nem assim conseguiram tirar-lhe a catadura extravagante e a peste da sarna. José Palacios o trouxe arrastado.

— Que nome botamos nele? — perguntou.

O general não parou para pensar.

— Bolívar — disse.

Uma lancha canhoneira que estava ancorada no porto se pôs em marcha logo ao ter notícia da aproximação de uma flotilha de sampanas. José Palacios avistou-a pelas janelas do toldo, e se inclinou sobre a rede onde o general descansava de olhos fechados.

— Senhor — disse —, estamos em Mompox.

— Terra de Deus — disse o general sem abrir os olhos.

À medida que desciam, o rio fora ficando mais vasto e solene, como um pântano sem margens, e o calor era tão denso que se podia tocar com as mãos. O general prescindiu sem amargura dos amanheceres instantâneos e dos crepúsculos dilacerados, que nos primeiros dias o faziam demorar-se na proa do barco, e sucumbiu ao desalento. Não voltou a ditar nem a ler cartas, nem fez a seus acompanhantes qualquer pergunta que permitisse vislumbrar certo interesse pela vida. Mesmo nas sestas de maior calor cobria-se com a manta e ficava na rede de olhos fechados. Receando que não tivesse ouvido, José Palacios repetiu o anúncio, e ele tornou a responder sem abrir os olhos.

— Mompox não existe — disse. — Às vezes sonhamos com ela, mas não existe.

— Pelo menos posso dar fé de que a torre de Santa Bárbara existe — disse José Palacios. — Daqui estou vendo.

O general descerrou os olhos atormentados, endireitou-se na rede e viu na luz de alumínio do meio-dia os primeiros telhados da mui vetusta e atribulada cidade de Mompox, arruinada pela guerra, transtornada pela desordem da república, dizimada pela varíola. Por aquela época o rio começava a mudar de curso, num desprezo incorrigível que no final do século seria um completo abandono. Do dique de cantaria, que os administradores coloniais se apressavam em reconstruir com teimosia peninsular depois dos estragos de cada enchente, só restavam os escombros dispersos numa praia de seixos rolados.

O navio de guerra se aproximou das sampanas, e um oficial negro, ainda com o uniforme da antiga polícia do vice-reinado, apontou o canhão para eles. O capitão Santos chegou a gritar:

— Não seja burro, negro!

Os remadores pararam de chofre e os barcos ficaram à mercê da correnteza. Os granadeiros da escolta, esperando ordens, apontaram seus rifles contra a canhoneira. O oficial continuou imperturbável.

— Passaportes! — gritou. — Em nome da lei.

Só então viu a alma penada que surgiu de sob o toldo, e viu sua mão exausta, mas carregada de uma autoridade inexorável, que mandava os soldados baixarem as armas. Em seguida disse ao oficial com voz tênue:

— Pode não me acreditar, capitão, mas não tenho passaporte.

O oficial não sabia quem era. Mas quando Fernando disse o nome, atirou-se na água com suas armas e saiu correndo pela margem para anunciar ao povo a boa-nova. A lancha, com o sino a tocar, escoltou as sampanas até o porto. Antes que se pudesse divisar a cidade inteira na última volta do rio, os sinos das oito igrejas estavam tocando a rebate.

Santa Cruz de Mompox tinha sido durante a colônia a ponte do comércio entre a costa caribenha e o interior do país, o que dera origem à sua opulência. Quando principiou o vendaval da liberdade, aquele reduto da aristocracia nativa foi o primeiro a proclamá-la. Reconquistado pelos espanhóis, foi de novo libertado pelo general em pessoa. Eram apenas três ruas paralelas ao rio, largas, retas, poeirentas, com casas de um só pavimento e grandes janelas, onde prosperaram dois condes e três marqueses. O prestígio de sua ourivesaria fina sobreviveu às mudanças da república.

Dessa vez, o general chegava tão desiludido de sua glória e tão predisposto contra o mundo que ficou surpreendido ao encontrar uma multidão à sua espera no porto. Vestira às pressas as calças de belbutina e as botas de cano alto, protegera-se com a manta apesar do calor, e em lugar do gorro noturno pôs o chapéu de grandes abas com que se despedira em Honda.

Havia um enterro de cruz alçada na igreja da Conceição. As autoridades civis e eclesiásticas sem faltar nenhuma, as congregações e escolas, a gente mais importante com seus crepes de gala estavam na missa de corpo presente, e o barulho dos sinos os fez perder a compostura, na crença de que se tratava de um alarma de incêndio. Mas o mesmo aguazil que havia entrado em grande agitação e cochichara ao ouvido do alcaide, gritou para todos:

— O presidente está no porto!

Pois muitos ignoravam ainda que já não era mais presidente. Na segunda-feira tinha passado um correio que ia espalhando os rumores de Honda pelos povoados do rio, mas que não deixou nada claro. Assim, o equívoco tornou mais efusivo o acaso da recepção, e até a família enlutada concordou que a maioria dos condolentes deixasse a igreja para acorrer ao ancoradouro. O funeral ficou pela metade, e só um grupo íntimo acompanhou o caixão até o cemitério, em meio ao troar dos canhões e ao repicar dos sinos.

Como o caudal do rio ainda era escasso, devido às poucas chuvas de maio, tiveram que escalar um barranco de escombros para chegar até o porto. O general repeliu de mau humor alguém que quis carregá-lo, e subiu apoiado no braço do capitão Ibarra, titubeando a cada passo e sustentando-se a duras penas, mas conseguiu chegar com a dignidade intacta.

No porto cumprimentou as autoridades com um aperto enérgico, cujo vigor parecia inacreditável em vista do estado do seu corpo e da pequenez das mãos. Os que o viram da última vez que lá havia estado não podiam dar crédito à própria memória. Parecia tão velho como seu pai, mas o pouco ânimo que lhe restava era bastante para não permitir que ninguém dispusesse por ele. Rejeitou a cadeirinha de Sexta-feira Santa que lhe tinham preparado, e aceitou ir caminhando até a igreja da Conceição. Afinal teve que subir na mula do alcaide, que este mandara arrear com urgência quando o viu desembarcar naquela prostração.

José Palacios tinha visto no porto muitos rostos atigrados pelas brasas da varíola. Esta era uma epidemia obstinada nas povoações do baixo Magdalena, e os patriotas acabaram temendo-a mais que aos espanhóis, depois da mortandade causada nas tropas libertadoras durante a campanha do rio. Como a varíola persistisse, o general conseguiu que um naturalista francês de passagem se demorasse ali, imunizando a população com o método de inocular nos humanos a serosidade secretada pela varíola do gado. Mas as mortes que provocava eram tantas que, afinal, ninguém quis mais saber da medicina ao pé da vaca, como deram para chamá-la, e muitas mães preferiram para seus filhos os riscos do contágio aos da prevenção. Entretanto, as informações oficiais recebidas pelo general o levaram a pensar que o flagelo da varíola estava sendo derrotado. De modo que quando José Palacios lhe chamou a atenção para a quantidade de caras mosqueadas entre o povo, sua reação foi menos de surpresa que de zanga.

— Sempre há de ser assim — disse — enquanto os subalternos continuarem mentindo para nos agradar.

Não deixou transparecer sua amargura aos que o receberam no porto. Fez-lhes um relato sumário dos incidentes de sua renúncia e do estado de desordem em que ficara Santa Fé, pelo que insistiu num apoio unânime ao novo governo. "Não há alternativa: ou unidade ou anarquia", disse. Afirmou que ia embora sem retorno, não tanto para buscar alívio às mazelas do corpo, que eram muitas e muito penosas, como se podia ver, mas para descansar de tantos sofrimentos que lhe causavam os males alheios. Porém não disse quando partia, nem para onde, e repetiu sem ser solicitado que ainda não recebera passaporte do governo para sair do país. Agradeceu os vinte anos de glória que Mompox lhe havia dado, e rogou que não o distinguissem com outros títulos além do de cidadão.

A igreja da Conceição continuava engalanada com os crepes do luto, e ainda vagavam no ar as emanações de flores e velas do enterro quando a multidão irrompeu em tropel para um te-déum improvisado. José Palacios, do banco reservado à comitiva, percebeu que o general não se sentia bem no dele. O alcaide, um mestiço inalterável com uma bela testa de leão, permanecia junto a ele num âmbito próprio. Fernanda, viúva Benjumea, cuja beleza nativa fizera estragos na corte de Madri, tinha emprestado ao general seu leque de sândalo para ajudá-lo a se defender do torpor do ritual. Ele o abanava sem esperança, apenas pelo consolo de seus eflúvios, quando o calor começou a lhe impedir a respiração. Então sussurrou ao ouvido do alcaide:

— Creia-me, não mereço este castigo.

— O amor dos povos tem seu preço, Excelência — disse o alcaide.

— Infelizmente isto não é amor, é pura curiosidade — disse ele.

No final do te-déum, despediu-se da viúva Benjumea com uma reverência, e devolveu-lhe o leque. Ela tentou fazer com que o guardasse.

— Por favor, fique com ele como recordação de quem lhe quer bem — disse.

— O triste, senhora, é que já não me resta muito tempo para recordar — replicou ele.

O vigário insistiu em protegê-lo do mormaço com o pálio da Semana Santa no caminho da igreja da Conceição ao colégio de São Pedro Apóstolo, uma mansão de sobrado com um claustro monástico de samambaias e cravinas, que tinha nos fundos um pomar luminoso. Os corredores com arcadas não eram transitáveis naqueles meses devido às brisas malsãs do rio, mesmo durante a noite, mas os aposentos contíguos à sala grande ficavam preservados pelas grossas paredes de pedras unidas por argamassa, que os mantinham numa penumbra outonal. José Palacios se adiantara para que tudo estivesse em ordem. O quarto de dormir de paredes ásperas, recém-caiadas, era mal-iluminado por uma janela única de persianas verdes que dava para o pomar. José Palacios quis mudar a posição da cama de modo que a janela do pomar ficasse do lado dos pés, e não da cabeceira, para que o general pudesse ver nas árvores as goiabas amarelas e gozar de seu perfume.

O general chegou pelo braço de Fernando, e com o vigário da Conceição, que era reitor do colégio. Logo que transpôs a porta se apoiou de costas na parede, surpreendido pelo cheiro das goiabas arrumadas numa cuia sobre o parapeito da janela, cuja fragrância forte saturava por completo o ar do quarto. Permaneceu assim, de olhos fechados, fruindo a emanação de vivências antigas que dilaceravam a alma, até lhe faltar o ânimo. Esquadrinhou o quarto com uma atenção meticulosa, como se cada objeto lhe parecesse uma revelação. Além da cama de dossel havia uma cômoda de mogno, uma mesa de cabeceira também de mogno com um tampo de mármore e uma poltrona estofada de veludo vermelho. Na parede junto à janela havia um relógio octogonal de algarismos romanos, parado à uma hora e sete minutos.

— Enfim, alguma coisa que continua igual — disse o general.

O padre se surpreendeu.

— Perdão, Excelência — disse —, mas até onde chegam minhas luzes o senhor nunca esteve aqui.

José Palacios também se surpreendeu, pois nunca haviam visitado aquela casa, mas o general persistiu em suas lembranças com tantas referências exatas que todos ficaram perplexos. Afinal, tentou reconfortá-los com a ironia costumeira.

— Talvez tenha sido em outra encarnação — disse. — Afinal de contas, tudo é possível numa cidade onde acabamos de ver um excomungado caminhando debaixo de pálio.

Pouco depois precipitou-se uma tempestade de água e de trovões que deixou a cidade em situação de naufrágio. O general aproveitou para convalescer dos cumprimentos, deliciando-se com o cheiro das goiabas enquanto fingia dormir de barriga para cima e todo vestido, na sombra do quarto. Logo dormiu de verdade com o silêncio reparador do após-dilúvio. José Palacios percebeu que estava dormindo ao ouvi-lo falar com a boa dicção e o timbre nítido da juventude, que então só recuperava em sonhos. Falou de Caracas, uma cidade em ruínas que já não era a sua, com as paredes cobertas de papéis injuriosos contra ele, e as ruas a transbordar com uma torrente de merda humana. José Palacios ficou velando a um canto do quarto, quase invisível na poltrona, para ter certeza de que ninguém estranho à comitiva pudesse ouvir as confidências do sonho. Fez sinal ao coronel Wilson, pela porta entreaberta, para que afastasse os soldados de guarda que vagueavam pelo jardim.

— Aqui ninguém nos quer, e em Caracas ninguém nos obedece — disse o general dormindo. — Estamos quites.

Prosseguiu com um rosário de lamentações amargas, resíduos de uma glória desbaratada que o vento da morte carregava em fiapos. Ao termo de quase uma hora de delírio foi despertado por um tropel no corredor e pelo metal de uma voz imperiosa. Emitiu um ronco abrupto, e falou sem abrir os olhos, com a voz descolorida de quem acorda:

— Que está acontecendo, *carajos*!

Estava acontecendo que o general Lorenzo Cárcamo, veterano das guerras de emancipação, homem de gênio ácido e de uma valentia pessoal quase demente, tentava entrar à força no quarto antes da hora marcada para as audiências. Tinha passado por cima do coronel Wilson depois de bater com o sabre num tenente de granadeiros, e só se curvara ao poder intemporal do vigário, que o levou com bons modos ao escritório contíguo. O general, informado por Wilson, gritou furioso:

— Diga a Cárcamo que morri! Isso mesmo, que morri!

O coronel Wilson foi até o escritório enfrentar o estrondoso militar, paramentado para a ocasião com seu uniforme de gala e uma constelação de medalhas de guerra. Mas sua soberba já então tinha caído por terra, e seus olhos estavam marejados de lágrimas.

— Não, Wilson, não me dê o recado — disse. — Já ouvi.

Quando o general abriu os olhos, viu que o relógio continuava marcando uma e sete. José Palacios deu corda, acertando-o ao acaso e em seguida confirmou a hora certa em seus dois relógios de corrente. Pouco depois entrou Fernanda Barriga para tentar que o general comesse um prato de legumes. Ele resistiu, embora não tivesse posto coisa alguma no estômago desde o dia anterior, mas ordenou que deixassem o prato no escritório, comeria durante as audiências. Enquanto isso cedeu à tentação de apanhar uma das muitas goiabas da cuia. Embriagou-se um momento com o cheiro, deu-lhe uma mordida ávida, mastigou a polpa com um deleite infantil, saboreou-a por todos os lados e a engoliu pouco a pouco com um longo suspiro da memória. Depois sentou-se na rede com a cuia de goiabas entre as pernas e comeu-as todas uma após outra, sem tomar tempo senão para respirar. José Palacios o surpreendeu na penúltima.

— Vamos morrer! — disse.

O general o arremedou de bom humor:

— Não mais do que já estamos.

Às três e meia em ponto, como estava previsto, mandou que os visitantes entrassem no escritório de dois em dois, pois assim podia despachar um deles com maior brevidade, fazendo-lhe ver que tinha pressa para atender ao outro. O doutor Nicasio del Valle, que foi dos primeiros a entrar, o encontrou sentado de costas para uma janela de onde se dominava todo o conjunto de casas do colégio, e mais além os pantanais fumegantes. Tinha na mão o prato que Fernanda Barriga lhe havia trazido, e que nem sequer provou, porque já começava a sentir o empanturramento causado pelas goiabas. O doutor del Valle resumiu mais tarde sua impressão daquela entrevista numa frase brutal: "Esse homem está com um pé na cova." Cada qual a seu modo, todos os que acudiram à audiência estiveram de acordo. Contudo, mesmo os mais comovidos por seu abatimento não demonstravam misericórdia, e insistiam que fosse às povoações vizinhas para apadrinhar crianças, ou inaugurar obras públicas, ou comprovar o estado de penúria em que vivia o povo por desídia do governo.

As náuseas e eólicas das goiabas tornaram-se alarmantes ao cabo de uma hora, obrigando-o a interromper as audiências, apesar do desejo de atender a todos os que esperavam desde a manhã. No pátio não havia lugar para mais bezerros, cabras, galinhas e toda espécie de animais monteses que lhe levavam de presente. Os granadeiros da guarda tiveram que intervir para evitar um tumulto, mas a normalidade voltou ao cair da tarde, graças a um segundo aguaceiro providencial que compôs o clima e melhorou o silêncio.

Apesar da negativa explícita do general, haviam preparado para as quatro da tarde uma ceia de honra numa casa próxima. Mas se realizou sem ele, pois a virtude carminativa das goiabas o manteve em estado de emergência até depois das onze da noite. Ficou na rede, prostrado por fisgadas tortuosas e ventosidades odoríferas, e com a sensação de que a alma lhe escorria em águas abrasivas. O padre trouxe um remédio preparado pelo boticário da casa. O general o rejeitou. "Se com um vomitório perdi o poder, com outro mais o diabo me carrega", disse. Abandonou-se à própria sorte, tiritando com o suor glacial de seus ossos, sem outro consolo a não ser a boa música de cordas que lhe chegava em lufadas esparsas do banquete sem ele. Pouco a pouco foi sossegando o manancial de seu ventre, passou a dor, cessou a música, e ele ficou flutuando no nada.

Sua passagem anterior por Mompox quase fora a última. Voltava de Caracas depois de conseguir, com a magia de sua presença, uma reconciliação de emergência com o general José Antonio Páez, que entretanto muito longe estava de renunciar ao sonho separatista. Sua inimizade com Santander era então de domínio público, ao extremo de que se negara a continuar recebendo cartas dele, porque já não confiava em seu coração nem em sua moral. "Poupe-se o trabalho de me chamar seu amigo", escreveu. O motivo imediato da zanga de Santander era uma proclamação apressada que o general dirigira aos caraquenhos, na qual disse sem segundas intenções que todas as suas ações tinham sido guiadas pela liberdade e pela glória de Caracas. De regresso a Nova Granada, procurou consertar a situação com uma frase justa dirigida a Cartagena e Mompox: "Caracas me deu a vida, vós me destes a glória." Mas a frase tinha uns visos de remendo retórico que não bastaram para aplacar a demagogia dos santanderistas.

No propósito de impedir o desastre final, o general voltara a Santa Fé com um corpo de tropa, esperando reunir outros no caminho para iniciar mais uma vez os esforços de integração. Dissera então que aquele era seu momento decisivo, tal como havia dito quando foi tentar evitar a separação da Venezuela. Um pouco mais de reflexão lhe teria permitido compreender que desde quase vinte anos antes não houve em sua vida um momento que não fosse decisivo. "Toda a igreja, todo o exército, a imensa maioria da nação estava comigo", escreveria mais tarde, rememorando aqueles dias. Mas apesar de todas essas vantagens, disse, já dera por provado repetidas vezes que quando marchava do sul para o norte, e vice-versa, o país de onde saía se perdia à sua retaguarda, e novas guerras civis o arruinavam. Era o seu destino.

A imprensa santanderista não desperdiçava oportunidade de atribuir as derrotas militares a suas extravagâncias noturnas. Entre muitos outros boatos sem fundamento, destinados a fazer minguar sua glória, publicou-se em Santa Fé que não fora ele, mas o general Santander, o comandante da batalha de Boyacá, com a qual se selou a independência no dia 7 de agosto de 1819, às sete da manhã, enquanto ele se divertia em Tunja com uma dama mal-afamada da sociedade vice-real.

Mas a imprensa santanderista não era a única a evocar suas noites libertinas para desacreditá-lo. Desde antes da vitória se dizia que pelo menos três batalhas tinham sido perdidas nas guerras de independência porque ele não estava onde devia, e sim na cama de uma mulher. Em Mompox, durante outra visita, passou pela rua do meio uma caravana de mulheres de diversas idades e cores, que deixaram o ar saturado de um perfume suspeito. Montavam à amazona e traziam sombrinhas de cetim estampado e vestidos de sedas primorosas, como jamais se vira na cidade. Ninguém desmentiu a suposição de que eram as concubinas do general, que o antecediam na viagem. Suposição falsa, como tantas outras, pois seus serralhos de guerra foram uma das muitas fábulas de salão que o perseguiram até depois da morte.

Não eram novos aqueles métodos de informações torcidas. O próprio general os utilizara durante a guerra contra a Espanha, quando ordenou a Santander que mandasse imprimir notícias falsas para enganar os comandantes espanhóis. De modo que, já instaurada a república, quando reclamou ao mesmo Santander o mau uso que fazia da imprensa, este replicou com seu refinado sarcasmo:

— Tivemos um bom professor, Excelência.

— Um mau professor — replicou o general —, pois o senhor há de lembrar que as notícias que inventamos se voltaram contra nós.

Era tão sensível a tudo quanto se falasse dele, falso ou verdadeiro, que nunca se conformou com os boatos sem fundamento, e até a hora da morte lutou para desmenti-los. Entretanto, pouco se preocupou em evitar que surgissem. Como de outras vezes, também em sua passagem anterior por Mompox arriscou a glória por uma mulher.

Chamava-se Josefa Sagrario, e era uma momposina da alta sociedade que abriu caminho através dos sete postos de guarda, embuçada com um hábito de franciscano e usando a senha que José Palacios lhe havia dado: "Terra de Deus." Era tão alva que o resplendor de seu corpo a tornava visível no escuro. Naquela noite, ademais, tinha conseguido superar o milagre de sua formosura com o de seu ornamento, pois adaptara na frente e atrás do vestido uma couraça feita com a fantástica ourivesaria local. Tanto que quando ele a quis levar nos braços para a rede, mal pôde erguê-la devido ao peso do ouro. Ao amanhecer, depois de uma noite desmandada, ela sentiu o espanto da fugacidade e lhe suplicou que a deixasse ficar uma noite mais.

Foi um risco imenso, pois, segundo os serviços confidenciais do general, Santander armara uma conspiração para arrebatar-lhe o poder e desmembrar a Colômbia. Mas ficou, e não uma noite. Ficou dez, e foram tão felizes que ambos chegaram a acreditar que deveras se amavam mais que ninguém em qualquer tempo neste mundo. Ela lhe deixou o ouro. "Para tuas guerras", disse. Ele não o usou por escrúpulo, achando que devia ser uma fortuna ganha na cama e portanto mal havida, e o deixou guardado com um amigo. Depois esqueceu. Em sua última visita a Mompox, passada a indigestão das goiabas, o general mandou abrir o cofre para verificar o inventário, e só então o encontrou na memória com nome e data.

Era uma visão de prodígio: a couraça de ouro de Josefa Sagrario, composta de toda espécie de primores de ourivesaria, com um peso total de 30 libras. Havia ainda um caixote com 23 garfos, 24 facas, 24 colheres, 23 colherinhas e umas pinças pequenas para apanhar açúcar, tudo de ouro, e outros utensílios domésticos de grande valor, também deixados sob custódia em diversas ocasiões, e também esquecidos. Na fabulosa desordem dos bens do general, esses achados nos lugares onde menos se esperava terminaram por não surpreender a ninguém. Ele determinou que os talheres se incorporassem à sua bagagem, e que o baú de ouro fosse devolvido à dona. Mas o padre reitor de São Pedro Apóstolo o deixou atônito com a notícia de que Josefa Sagrario vivia desterrada na Itália por conspirar contra a segurança do estado.

— Perseguição de Santander, com certeza — disse o general.

— Não, general — disse o vigário. — O senhor mesmo os desterrou sem saber, por causa daquelas trapalhadas do ano de 28.

Deixou o cofre de ouro onde estava, enquanto as coisas se esclareciam, e não se preocupou mais com o desterro. Pois estava certo, segundo disse a José Palacios, de que Josefa Sagrario iria regressar junto com o tropel dos seus inimigos proscritos apenas ele perdesse de vista as costas de Cartagena.

— Cassandro já deve estar arrumando os baús — disse.

Com efeito, muitos exilados começaram a se repatriar mal souberam que ele ia viajar para a Europa. Mas o general Santander, que era homem de cavilações parcimoniosas e determinações insondáveis, foi dos últimos. A notícia da renúncia o pôs em estado de alerta, mas não deu sinais de voltar, nem apressou as sequiosas viagens de estudo que empreendera pelos países da Europa desde seu desembarque em Hamburgo, em outubro do ano anterior. Em 2 de março de 1831, estando em Florença, leu no *Journal du Commerce* que o general tinha morrido. Todavia, só iniciou o lento regresso seis meses depois, quando um novo governo o reintegrou em seus postos e honras militares, e o congresso o elegeu em ausência presidente da república.

Antes de deixar Mompox, o general fez uma visita de desagravo a Lorenzo Cárcamo, seu antigo companheiro de guerras. Só então soube que estava muito doente e saíra da cama na tarde anterior apenas para o cumprimentar. Apesar dos estragos da enfermidade, precisava forçar-se para dominar o poder de seu corpo, e falava com voz de trovão, enquanto enxugava com os travesseiros um manancial de lágrimas que lhe fluía dos olhos sem relação alguma com seu estado de ânimo.

Lamentaram-se juntos de seus males, queixaram-se da frivolidade dos povos e das ingratidões da vitória, e se embraveceram contra Santander, assunto obrigatório entre os dois. Poucas vezes o general fora tão explícito. Durante a campanha de 1813, Lorenzo Cárcamo havia testemunhado uma violenta altercação entre ele e Santander, quando este se negou a cumprir a ordem de atravessar a fronteira para libertar a Venezuela pela segunda vez. O general Cárcamo continuava a pensar que ali estava a origem de uma amargura recôndita que o curso da história só fez recrudescer.

O general achava, ao contrário, que aquele não foi o final, mas o princípio de uma grande amizade. Também não era verdade que a origem da discórdia fossem os privilégios concedidos ao general Páez, nem a desventurada constituição da Bolívia, nem a investidura imperial que o general aceitou no Peru, nem a presidência e o senado vitalícios que sonhou para a Colômbia, nem os poderes absolutos que assumiu depois da Convenção de Ocaña. Não: não foram esses, nem tantos outros, os motivos causadores da terrível ojeriza que se azedou ao longo dos anos, até culminar no atentado de 25 de setembro. "A verdadeira causa foi que Santander não pôde nunca assimilar a ideia de que este continente fosse um único país", disse o general. "A unidade da América ficava grande nele." Fitou Lorenzo Cárcamo estirado na cama como no último campo de batalha de uma guerra perdida desde sempre, e pôs fim à visita.

— Claro que nada disso vale nada depois de morta a defunta — disse.

Quando Lorenzo Cárcamo o viu levantar-se, triste e desamparado, percebeu que as recordações lhe pesavam mais que os anos, tal como a ele. Ao lhe reter as mãos entre as suas, percebeu, mais, que ambos tinham febre, e se perguntou de qual dos dois seria a morte que os impediria de se verem de novo.

— O mundo está perdido, velho Simón — disse Lorenzo Cárcamo.

— Perderam o mundo para nós — disse o general. — O remédio agora é começar outra vez do princípio.

— É o que vamos fazer — disse Lorenzo Cárcamo.

— Eu não — disse o general. — Só falta me jogarem no caixote de lixo.

Lorenzo Cárcamo lhe deu de lembrança um par de pistolas num precioso estojo de cetim escarlate. Sabia que o general não apreciava as armas de fogo, e que em suas poucas disputas pessoais sempre preferira a espada. Mas aquelas pistolas tinham o valor moral de haverem sido usadas com boa sorte num duelo por amor, e o general as recebeu emocionado. Poucos dias depois, em Turbaco, chegou-lhe a notícia de que o general Cárcamo tinha morrido.

A viagem se reencetou sob bons auspícios ao cair da tarde do domingo, 21 de maio. Mais impulsionadas por águas propícias que pelos remadores, as sampanas deixavam para trás os precipícios de ardósia e as miragens das praias. As balsas de troncos com que agora cruzavam em maior número pareciam mais velozes. Ao contrário das que viram nos primeiros dias, nessas haviam construído casinhas de sonho com vasos de flores e roupa posta a secar nas janelas, e levavam galinheiros de arame, vacas de leite, crianças decrépitas que ficavam dando adeus até muito depois de os barcos terem passado. Viajaram toda a noite por um remanso de estrelas. Ao amanhecer, brilhante sob os primeiros clarões do sol, avistaram a povoação de Zambrano.

Debaixo da enorme sumaúma do porto os esperava dom Cástulo Campillo, chamado El Nene, que tinha em casa um cozido costeiro em honra do general. O convite se inspirava na lenda de que, durante sua primeira visita a Zambrano, ele almoçara numa hospedaria ordinária, no penhasco do porto, e dissera que voltaria uma vez por ano, quando mais não fosse por causa do suculento cozido costeiro que lá lhe serviram. A dona da hospedaria se impressionou tanto com a importância do comensal que mandou pedir pratos e talheres emprestados em casa da distinta família Campillo. Não eram muitos os pormenores que o general recordava daquela ocasião; nem ele nem José Palacios estavam certos de que o tal cozido fosse o mesmo que se fazia na Venezuela, com carne gorda. Entretanto, o general Carreño achava que era o mesmo, e que de fato o tinham comido na hospedaria do porto, mas não durante a campanha do rio, e sim quando lá estiveram três anos antes, no navio a vapor. O general, cada vez mais inquieto com as goteiras de sua memória, aceitou com humildade o testemunho.

O almoço para os granadeiros da guarda foi servido debaixo das amendoeiras do pátio da casa senhorial dos Campillos, sobre tábuas de madeira com folhas de bananeira em lugar de toalhas. No terraço interno, dominando o pátio, havia uma mesa esplêndida para o general, os oficiais e uns poucos convidados, posta com todo rigor à maneira inglesa. A dona da casa explicou que a notícia vinda de Mompox os surpreendera às quatro da madrugada, e mal tinham tido tempo de sacrificar a melhor rês de sua criação. Lá estava, cortada em porções suculentas e fervida a fogo alegre em grandes águas, junto com todas as frutas do pomar.

A notícia de que tinham preparado uma homenagem sem aviso prévio avinagrou o humor do general, e José Palacios teve de recorrer a suas melhores artes de conciliador para induzi-lo a desembarcar. O ambiente acolhedor da festa lhe recompôs o ânimo. Elogiou com propriedade o bom gosto da casa e a doçura das moças da família, tímidas e prestativas, que serviram a mesa de honra com uma fluidez à antiga. Elogiou, sobretudo, a qualidade da louça e o timbre dos talheres de prata fina com os brasões heráldicos de alguma casa arrasada pela fatalidade dos novos tempos, mas comeu com os seus próprios talheres.

A única contrariedade foi provocada por um francês que vivia sob a proteção dos Campillos, e que assistiu ao almoço com umas ânsias insopitáveis de demonstrar diante de tão insignes hóspedes seus conhecimentos universais sobre os enigmas desta vida e da outra. Perdera tudo num naufrágio, e ocupava metade da casa, há quase um ano, com seu séquito de ajudantes e criados, à espera de uma ajuda incerta que lhe devia chegar de Nova Orleans. José Palacios soube que se chamava Diocles Atlantique, mas não pôde descobrir qual era sua ciência nem o gênero de sua missão em Nova Granada. Nu e com um tridente na mão, seria igual ao rei Netuno. Tinha no porto uma firme reputação de grosseiro e porco. Mas o almoço com o general o excitou de tal maneira que apareceu na mesa recém-banhado e de unhas limpas, vestido no bochorno de maio como nos salões hibernais de Paris, com a sobrecasaca azul de botões dourados e a calça listrada da velha moda do Diretório.

Desde o primeiro cumprimento soltou uma aula enciclopédica num castelhano límpido. Contou que um colega seu da escola primária de Grenoble acabava de decifrar os hieróglifos egípcios após 14 anos de insônia. Que o milho não era originário do México, mas de uma região da Mesopotâmia, onde haviam sido encontrados fósseis anteriores à chegada de Colombo às Antilhas. Que os assírios obtiveram provas experimentais da influência dos astros nas enfermidades. Que, ao contrário do que dizia uma enciclopédia recente, os gregos não conheceram os gatos até cerca de 400 antes de Cristo. Enquanto pontificava sem trégua sobre esses e muitos outros assuntos, só fazia pausas de emergência para se queixar dos defeitos culturais da cozinha nativa.

O general, sentado em frente a ele, prestou-lhe apenas uma atenção cortês, fingindo comer mais do que comia, e sem levantar os olhos do prato. Desde o início o francês tentou falar-lhe em sua língua, e o general lhe correspondia por amabilidade, mas logo voltava ao castelhano. Sua paciência naquele dia surpreendeu José Palacios, que sabia quanto o absolutismo dos europeus o exasperava.

O francês se dirigia em voz alta aos diversos convidados, mesmo aos mais distantes, mas era evidente que só lhe interessava a atenção do general. De repente, saltando do galo ao burro, como disse, lhe perguntou sem rodeios qual seria em definitivo o sistema de governo mais adequado para as novas repúblicas. Sem erguer os olhos do prato, o general perguntou por sua vez:

— E o senhor, que acha?

— Acho que o exemplo de Bonaparte é bom não somente para nós como para o mundo inteiro — disse o francês.

— Não duvido que ache — disse o general. — Os europeus pensam que só o que a Europa inventa é bom para o mundo, e que tudo o mais é execrável.

— Eu tinha como certo que Vossa Excelência era promotor da solução monárquica — disse o francês.

O general levantou a vista pela primeira vez.

— Pois já não tenha isso como certo — disse. — Minha testa não será jamais manchada por uma coroa. — Apontou com o dedo o grupo de seus ajudantes de campo e concluiu: — Aí está Iturbide para me refrescar a memória.

— A propósito — disse o francês —, a declaração que o senhor fez quando fuzilaram o imperador deu grande estímulo aos monarquistas europeus.

— Eu não tiraria uma letra do que disse então — tornou o general. — Admira-me que um homem comum como Iturbide fizesse coisas tão extraordinárias, mas Deus me livre de sua sorte, como me livrou de sua carreira, embora eu saiba que nunca me livrará da mesma ingratidão.

Depois procurou moderar sua aspereza, explicando que a iniciativa de implantar um regime monárquico nas novas repúblicas tinha sido do general José Antonio Páez. A ideia prosperou, impelida por toda sorte de interesses escusos, e ele próprio chegou a pensar nela, sob o manto de uma presidência vitalícia, como fórmula desesperada para conquistar e manter a qualquer preço a integridade da América. Mas logo percebeu o contrassenso.

— Com o federalismo acontece o contrário — concluiu. — Considero-o demasiado perfeito para os nossos países, por exigir virtudes e talentos muito superiores aos nossos.

— De qualquer forma — disse o francês —, não são os sistemas, mas seus excessos, que desumanizam a história.

— Já sabemos de cor esse discurso — disse o general. — No fundo é a mesma tolice de Benjamin Constant, o maior vira-casaca da Europa, que esteve contra a revolução e depois com a revolução, que lutou contra Napoleão e depois foi um de seus áulicos, que muitas vezes se deita republicano e amanhece monarquista, ou ao contrário, e que agora se constituiu em depositário absoluto de nossa verdade por obra e graça da prepotência europeia.

— Os argumentos de Constant contra a tirania são muito lúcidos — disse o francês.

— O senhor Constant, como bom francês, é um fanático dos interesses absolutos — disse o general. — Em compensação, o abade Pradt disse a única coisa lúcida dessa polêmica, quando afirmou que a política depende de onde se faz e como se faz. Durante a guerra de morte, eu mesmo ordenei a execução de oitocentos prisioneiros espanhóis num único dia, inclusive os doentes do hospital de La Guayra. Hoje, em circunstâncias iguais, não me tremeria a voz para dar a mesma ordem, nem os europeus teriam autoridade moral para me censurar, pois se há uma história regada de sangue, de indignidade, de injustiças, é a história da Europa.

À medida que avançava na análise ia atiçando sua própria fúria, no grande silêncio que pareceu se abater sobre a aldeia inteira. O francês, esmagado, tentou interrompê-lo, mas ele o imobilizou com um gesto da mão. O general evocou as matanças horrorosas da história europeia. Na Noite de São Bartolomeu o número de mortos ultrapassou dois mil em dez horas. No esplendor da Renascença, 12 mil mercenários a soldo dos exércitos imperiais saquearam e devastaram Roma e mataram a faca oito mil de seus habitantes. E a apoteose: Ivan IV, o tzar de todas as Rússias, bem chamado O Terrível, exterminou toda a população das cidades entre Moscou e Novgorod, e nesta fez massacrar num único assalto seus vinte mil habitantes. Por simples suspeita de que havia uma conspiração contra ele.

— Então que nos façam o favor de não nos dizer mais o que devemos fazer — concluiu. — Não tentem nos ensinar como devemos ser, não tentem nos tornar iguais a vocês, não pretendam que façamos bem em vinte anos o que vocês fizeram tão mal em dois mil.

Cruzou os talheres sobre o prato e pela primeira vez fixou no francês seus olhos em chamas:

— Por favor, *carajos,* deixem-nos fazer sossegados a nossa Idade Média!

Ficou sem fôlego, vencido por um novo acesso de tosse. Mas quando conseguiu dominá-la não lhe restava nem um vestígio de raiva. Voltou-se para Nene Campillo e distinguiu-o com seu melhor sorriso:

— Perdoe, caro amigo — disse. — Semelhante moxinifada não é digna de um almoço tão memorável.

O coronel Wilson referiu este episódio a um cronista da época, que não se deu o incômodo de recordá-lo. "O pobre general é um caso acabado", disse. No fundo, era essa a certeza de quantos o viram em sua última viagem, e talvez por isso ninguém tenha deixado testemunho escrito. Para alguns de seus acompanhantes, o general nem mesmo passaria à história.

A floresta era menos densa depois de Zambrano; as povoações se tornaram mais alegres e coloridas, e em algumas havia música na rua sem qualquer motivo. O general atirou-se na rede, buscando digerir numa sesta pacífica as impertinências do francês, mas não foi fácil. Continuou pendente dele, lamentando-se com José Palacios de não ter encontrado a tempo as frases certeiras e os argumentos invencíveis que só agora lhe ocorriam, na solidão da rede e com o adversário fora de alcance. Entretanto, ao cair da noite estava melhor, e deu instruções ao general Carreño para que o governo providenciasse melhorar a sorte do francês em desgraça.

A maioria dos oficiais, animados com a proximidade do mar que se fazia cada vez mais evidente na ansiedade da natureza, dava rédea solta ao seu bom ânimo natural, ajudando os remadores, caçando jacarés com arpões de baioneta, complicando as tarefas mais fáceis para descarregar suas energias excedentes com trabalhos de galé. Quanto a José Laurencio Silva, esse sempre que possível dormia de dia e trabalhava de noite, pelo velho terror de ficar cego de catarata, como ocorrera a vários membros da família materna. Levantava-se nas trevas para aprender a ser um cego prestante. Nas insônias dos acampamentos, o general o ouvira muitas vezes com seus trastes de artesão, serrando as tábuas dos troncos de árvores que ele mesmo desbastava, armando as peças, amortecendo as marteladas para não perturbar o sono alheio. No dia seguinte, em pleno sol, era difícil acreditar que semelhantes artes de marcenaria tivessem sido feitas no escuro. Na noite de Puerto Real, José Laurencio Silva mal teve tempo de dar a senha quando uma sentinela ia atirar nele, acreditando que alguém tentava esgueirar-se nas trevas até a rede do general.

A navegação era mais rápida e serena, e o único percalço foi causado por um navio a vapor do comodoro Elbers, que passou resfolegando em sentido contrário. Sua marola pôs em perigo as sampanas e revirou a das provisões. Na cornija se lia o nome em letras grandes: *El Libertador*. O general o contemplou pensativo até passar o perigo e o vapor se perdeu de vista. *"El Libertador"*, murmurou. Depois, como quem passa à página seguinte, disse consigo mesmo:

— Pensar que esse aí sou eu!

De noite ficou acordado na rede, enquanto os remadores brincavam de identificar as vozes do mato: os macacos-da-noite, os periquitos, a sucuri. De repente, sem propósito, um deles contou que os Campillos tinham enterrado no pátio a louça inglesa, os cristais da Boêmia, as toalhas da Holanda, com medo do contágio da tísica.

Era a primeira vez que o general ouvia aquele diagnóstico de rua, embora já corresse ao longo do rio, como logo correria em todo o litoral. José Palacios percebeu que ele se impressionara, porque parou de se balançar na rede. Ao cabo de uma longa reflexão, disse:

— Eu comi com os meus talheres.

No dia seguinte arribaram ao porto de Tenerife para repor as provisões perdidas no naufrágio. O general permaneceu incógnito na sampana, mas mandou Wilson procurar por um negociante francês de nome Lenoit, ou Lenoir, cuja filha Anita devia andar pelos trinta anos. Como as averiguações foram infrutíferas em Tenerife, o general quis que se esgotassem também nas povoações vizinhas de Guáitaro,

Salamina e El Pinón, até se convencer de que a lenda não tinha nenhuma base na realidade.

Seu interesse era compreensível, porque durante anos fora perseguido, de Caracas a Lima, pelo rumor insidioso de que entre Anita Lenoit e ele surgira uma paixão desatinada e ilícita, à sua passagem por Tenerife durante a campanha do rio. O rumor o preocupava, embora nada pudesse fazer para desmenti-lo. Em primeiro lugar, porque também o coronel Juan Vicente Bolívar, seu pai, tivera que responder a vários processos e sindicâncias perante o bispo da localidade de San Mateo, por supostas violações de maiores e menores de idade, e por sua amizade perversa com muitas outras mulheres, no exercício ávido do direito de pernada. E em segundo lugar, porque durante a campanha do rio ele só tinha estado em Tenerife dois dias, insuficientes para um amor tão encarniçado. Apesar de tudo, a lenda prosperou a ponto de no cemitério de Tenerife aparecer uma lápide com o nome da senhorita Anne Lenoit, que até o fim do século foi lugar de peregrinação para namorados.

Na comitiva do general eram motivo de cordial zombaria as dores que José Maria Carreño sentia no coto do braço. Sentia os movimentos da mão, o tato dos dedos, a aflição causada pelo mau tempo nos ossos que já não tinha. Conservava ainda bastante senso de humor para rir de si mesmo. O que o preocupava era o costume de responder às perguntas que lhe faziam quando estava dormindo. Entabulava diálogos de qualquer gênero sem as inibições da vigília, revelava propósitos e frustrações que sem dúvida calaria acordado, e em certa ocasião o acusaram sem fundamento de ter cometido em sonhos uma inconfidência militar. Na última noite de navegação, enquanto velava junto à rede do general, José Palacios ouviu Carreño dizer da proa do barco:

— Sete mil oitocentas e oitenta e duas.

— De que estamos falando? — perguntou José Palacios.

— Das estrelas — disse Carreño.

O general abriu os olhos, convencido de que Carreño falava dormindo, e se soergueu na rede para ver a noite através da janela. Era imensa e radiosa, e as estrelas nítidas não deixavam nem um espaço no céu.

— Devem ser dez vezes mais — disse o general.

— São as que eu falei — disse Carreño — e mais duas estrelas cadentes que passaram enquanto eu contava.

Então o general deixou a rede e o viu estendido na proa, mais acordado do que nunca, de barriga para cima, com o torso nu cheio de cicatrizes emaranhadas, contando as estrelas com o coto do braço. Assim o haviam encontrado depois da batalha de Cerritos Blancos, na Venezuela, coberto de sangue e meio despedaçado, e o deixaram estendido na lama acreditando-o morto. Tinha 14 ferimentos de sabre, vários dos quais lhe causaram a perda do braço. Mais tarde sofreu outros em diversas batalhas. Mas seu moral permaneceu íntegro, e aprendeu a ser tão destro com a mão esquerda que não somente se notabilizou pela ferocidade no manejo das armas como pela excelência de sua caligrafia.

— Nem as estrelas escapam à ruína da vida — disse Carreño. — Agora são menos que há 18 anos.

— Estás louco — disse o general.

— Não — disse Carreño. — Estou velho, mas resisto a me achar louco.

— Eu tenho mais que você oito longos anos — disse o general.

— Eu conto mais dois por cada um dos meus ferimentos — disse Carreño. — De modo que sou o mais velho de todos.

— Nesse caso o mais velho seria José Laurencio — disse o general. — Seis ferimentos de bala, sete de lança, dois de flecha.

Carreño o olhou enviesado e replicou com um veneno recôndito:

— E o mais moço seria o senhor: nem um arranhão.

Não era a primeira vez que o general ouvia essa verdade como uma censura, mas não pareceu ressentido ao ouvi-la na voz de Carreño, cuja amizade passara pelas provas mais duras. Sentou-se junto dele para ajudá-lo a contemplar as estrelas no rio. Quando Carreño tornou a falar, ao cabo de uma longa pausa, já estava no abismo do sono.

— Eu me nego a admitir que com esta viagem a vida acabe — disse.

— As vidas não acabam só com a morte — disse o general. — Há outras maneiras, inclusive algumas mais dignas.

Carreño relutava em aceitar.

— Seria preciso fazer alguma coisa — disse. — Ainda que fosse tomarmos um bom banho de erva-cidreira roxa. E não só nós: todo o exército libertador.

Em sua segunda viagem a Paris, o general ainda não tinha ouvido falar nos banhos de erva-cidreira roxa, de uso popular em seu país para conjurar a má sorte. Foi o doutor Aimé Bonpland, colaborador de Humboldt, quem lhe falou com uma perigosa seriedade científica nessas flores virtuosas. Pela mesma época conheceu um venerável magistrado da corte de justiça da França, que vivera na juventude em

Caracas e aparecia muito nos salões literários de Paris com sua bela cabeleira e sua barba de apóstolo tingidas de roxo pelos banhos de purificação.

Ria de tudo o que cheirasse a superstição ou artifício sobrenatural, como de qualquer culto contrário ao racionalismo de seu professor Simón Rodríguez. Acabava então de fazer 20 anos, era viúvo recente e rico, estava deslumbrado com a coroação de Napoleão Bonaparte, tornara-se maçom e declamava de cor, em voz alta, as páginas prediletas do *Emílio* e de *A nova Heloísa*, de Rousseau, que foram os seus livros de cabeceira durante muito tempo. Viajara a pé, pela mão do mestre e com a mochila nas costas, através de quase toda a Europa. Numa das colinas, vendo Roma a seus pés, dom Simón Rodríguez soltou-lhe uma de suas profecias altissonantes sobre o destino das Américas. Ele viu mais claro.

— O que se deve fazer com esses galegos de merda é botá-los para fora da Venezuela a pontapés — disse. — E é o que eu juro que vou fazer.

Quando afinal dispôs de sua herança, ao completar a maioridade, empreendeu o gênero de vida reclamado pelo frenesi da época e pelos brios de seu caráter. Gastou 150 mil francos em três meses. Tinha os aposentos mais caros do hotel mais caro de Paris, dois criados de libré, uma carruagem de cavalos brancos com um cocheiro turco, e uma amante diferente conforme a ocasião, quer na mesa preferida do café de Procope, ou nos bailes de Montmartre, ou em seu camarote pessoal do teatro da ópera, e contava a quem quisesse acreditar que havia perdido 3 mil pesos numa noite de azar na roleta.

De volta a Caracas, permanecia ainda mais perto de Rousseau que de seu próprio coração, e continuava relendo *A nova Heloísa* com uma paixão envergonhada, num exemplar que se desmanchava em suas mãos. Entretanto, pouco antes do atentado de 25 de setembro, quando já tinha cumprido de sobra o seu juramento romano, interrompeu Manuela Sáenz na décima releitura do *Emílio*, porque lhe pareceu um livro abominável. "Em nenhum lugar me entediei tanto como em Paris no ano quatro", afirmou dessa vez. Mas quando estava lá, se considerara não apenas feliz como o mais feliz do mundo, sem ter tingido seu destino com as águas augurais da erva-cidreira roxa.

Vinte e quatro anos depois, absorto na magia do rio, moribundo e derrotado, talvez se perguntasse se não teria a coragem de mandar *al carajo* as folhas de orégão e de salva-brava, e as laranjas amargas dos banhos de distração de José Palacios, para seguir o conselho de Carreño e submergir até o fundo, com seu exército de mendigos, suas glórias imprestáveis, seus erros famosos, a pátria inteira, num oceano redentor de erva-cidreira roxa.

Era uma noite de vastos silêncios, como nos estuários colossais dos Llanos, cuja ressonância permitia escutar conversas íntimas a várias léguas de distância. Cristóvão Colombo tinha vivido um instante como esse, quando escreveu em seu diário: "Toda a noite senti as aves passarem." Pois a terra estava próxima depois de 69 dias de navegação. Também o general sentiu as aves. Começaram a passar por volta de oito horas, enquanto Carreño dormia, e uma hora depois havia tantas sobre sua cabeça que o vento das asas era mais forte que o vento. Pouco depois começaram a passar debaixo das sampanas uns peixes imensos, extraviados entre as estrelas do fundo, e sentiram-se as primeiras lufadas da podridão do nordeste. Não era preciso vê-la para reconhecer a potência inexorável que infundia nos corações aquela estranha sensação de liberdade. "Deus dos pobres!", suspirou o general. "Estamos chegando." E assim era. Pois ali estava o mar, e do outro lado do mar estava o mundo.

De modo que estava outra vez em Turbaco. Na mesma casa de aposentos umbrosos, de grandes arcos lunares e janelas de sacada sobre a praça de cascalho, e do pátio monástico onde tinha visto o fantasma de dom Antonio Caballero y Góngora, arcebispo e vice-rei de Nova Granada, que em noites de luar se aliviava de suas muitas culpas e dívidas insolúveis passeando por entre as laranjeiras. Ao contrário do clima geral da costa, ardente e úmido, o de Turbaco era fresco e saudável por sua situação acima do nível do mar, e à beira dos riachos havia loureiros imensos de raízes tentaculares, a cuja sombra os soldados se deitavam para sestear.

Tinham chegado duas noites antes a Barranca Nueva, término muito ansiado da viagem fluvial, e foram obrigados a maldormir num galpão fedorento de pau a pique, entre sacos de arroz empilhados e couros crus, porque não havia albergue reservado para eles, nem estavam prontas as mulas encomendadas com antecedência. Assim, o general chegou a Turbaco ensopado e dolorido, e ansioso por dormir, mas sem sono.

Não tinham ainda acabado de descarregar e já a notícia de sua chegada fora voando até Cartagena de Índias, a apenas seis léguas dali, onde o general Mariano Montilla, intendente-general e comandante militar da província, havia preparado para o dia seguinte uma recepção popular. Mas ele não estava para festas prematuras. Os que o esperaram na estrada real, debaixo da chuvinha inclemente, foram tratados com uma efusão de velhos conhecidos; mas pediulhes com a mesma franqueza que o deixassem sozinho.

Na realidade estava pior do que seu mau humor deixava transparecer, por mais que se empenhasse em ocultá-lo, e o próprio pessoal da comitiva observava dia após dia aquela erosão insaciável. Não podia com sua alma. A cor de sua pele passara do verde pálido ao amarelo mortal. Tinha febre, e a dor de cabeça se tornara eterna. O vigário se ofereceu para chamar um médico, mas ele se opôs: "Se eu tivesse ouvido meus médicos, há muitos anos estaria enterrado." Chegara com tenção de prosseguir viagem no dia seguinte para Cartagena, mas durante a manhã teve notícia de que não havia no porto nenhum navio para a Europa, nem tampouco lhe chegara o passaporte pelo último correio. Decidiu então ficar ali três dias descansando. Os oficiais aprovaram, não só para o bem de seu corpo como também porque as primeiras notícias que chegavam cercadas de segredo sobre a situação na Venezuela não eram as mais saudáveis para sua alma.

Não pôde impedir, contudo, que continuassem soltando foguetes até a pólvora acabar, e que postassem muito perto dali um conjunto de gaitas que seguiria tocando noite a dentro. Também trouxeram dos vizinhos pantanais de Marialabaja uma farândola de homens e mulheres negros, vestidos como cortesãos europeus do século XVI, que dançavam em tom de zombaria e com arte africana as danças espanholas de salão. Foram trazidos porque na visita anterior tinham divertido tanto o general que mandara chamá-los várias vezes; mas agora nem sequer os olhou.

— Levem para longe daqui esse barulho — disse.

O vice-rei Caballero y Góngora tinha construído a casa e vivido nela durante três anos, e ao enfeitiçamento de sua alma penada se atribuíam os ecos fantásticos dos aposentos. O general não quis ficar no quarto onde estivera da vez anterior, que batizara como quarto dos pesadelos, porque todas as noites, lá, tinha sonhado com uma mulher de cabelos iluminados que lhe amarrava no pescoço uma fita vermelha até acordá-lo, e mais e mais vezes, até o amanhecer. Por isso mandou pendurar a rede nas argolas da sala e dormiu um pouco sem sonhar. Chovia a potes, e um bando de meninos se pendurou nas janelas da rua para o ver dormir. Um deles o despertou com voz sigilosa: "Bolívar, Bolívar." Ele o procurou nas névoas da febre, e o menino perguntou:

— Você gosta de mim?

O general confirmou com um sorriso trêmulo, mas logo ordenou que enxotassem as galinhas que passeavam pela casa a toda hora, que tirassem os meninos dali e fechassem as janelas, e dormiu de novo. Quando acordou, continuava chovendo, e José Palacios preparava o mosquiteiro para a rede.

— Sonhei que um menino da rua me fazia perguntas estranhas da janela — disse o general.

Aceitou tomar uma xícara de infusão, a primeira em 24 horas, mas não chegou a terminar. Tornou a se deitar na rede, tomado de um desfalecimento, e ficou por longo tempo afundado numa cisma crepuscular, contemplando a fieira de morcegos pendurados nas traves do teto. Afinal suspirou:

— Vão nos enterrar como indigentes.

Tinha sido tão pródigo com os antigos oficiais e simples soldados do exército libertador cujas desgraças ouvira ao longo do rio que em Turbaco só lhe restava uma quarta parte de seus recursos de viagem. Ainda era preciso ver se o governo provincial tinha fundos disponíveis em suas arcas maltratadas para cobrir as ordens de pagamento, ou pelo menos a possibilidade de negociá-las com algum agiota. Para a instalação imediata na Europa contava com a gratidão da Inglaterra, à qual prestara tantos favores. "Os ingleses gostam de mim", costumava dizer. Para sobreviver com um decoro digno de suas nostalgias, mantendo criadagem e um séquito mínimo, embalava-se com a esperança de vender as minas de Aroa. Entretanto, se deveras queria partir, as passagens e as despesas de viagem para ele e a comitiva eram uma urgência do dia seguinte, e seu saldo em dinheiro não chegava nem para pensar. Mas só o que faltava é que fosse renunciar à sua infinita capacidade de esperança no momento em que mais precisava dela. Ao contrário. Apesar de estar vendo vaga-lumes onde não havia, por causa da febre e da dor de cabeça, venceu a sonolência que lhe entorpecia os sentidos e ditou a Fernando três cartas.

A primeira foi uma resposta do coração à despedida do marechal Sucre, na qual não fez nenhuma alusão à sua enfermidade, embora costumasse fazê-lo em situações como a daquela tarde, quando estava tão precisado de compaixão. A segunda carta foi para dom Juan de Dios Amador, prefeito de Cartagena, insistindo no pagamento de oito mil pesos da letra contra o tesouro provincial. "Estou pobre e necessitando desse dinheiro para minha partida", dizia. A súplica foi eficaz, pois daí a quatro dias recebeu resposta favorável, e Fernando foi a Cartagena buscar o dinheiro. A terceira foi para o ministro da Colômbia em Londres, o poeta José Fernández Madrid, pedindo-lhe para pagar uma letra que o general emitira em favor de sir Robert Wilson, e outra do professor inglês José Lancaster, credor de vinte mil pesos pelo encargo de implantar na Venezuela o seu novo sistema de educação mútua. "Minha honra está comprometida nisso", dizia. Confiava que até lá seu velho pleito judicial estivesse solucionado e as minas já vendidas. Providência inútil: quando a carta chegou a Londres, o ministro Fernández Madrid tinha morrido.

José Palacios fez um sinal de silêncio aos oficiais que discutiam aos berros jogando cartas na galeria interna, mas eles continuaram discutindo em cochichos até que soaram onze horas na igreja próxima. Pouco depois se apagaram as gaitas e os tambores da festa pública, o vento do mar distante carregou as grandes nuvens escuras que tinham tornado a acumular-se depois do aguaceiro da tarde, e a lua cheia se incendiou no pátio das laranjeiras.

José Palacios não descuidou um instante do general, que havia delirado de febre na rede desde o entardecer. Preparou-lhe uma poção de rotina e deu-lhe uma lavagem de sene, à espera de que alguém mais autorizado se atrevesse a sugerir um médico, mas ninguém quis. Mal cochilou uma hora ao amanhecer.

Naquele dia recebeu a visita do general Mariano Montilla, acompanhado de um grupo seleto de amigos de Cartagena, entre os quais os conhecidos como os três *juanes* do partido bolivarista: Juan García del Río, Juan de Francisco Martin e Juan de Dios Amador. Os três ficaram horrorizados diante daquele corpo penado que procurou soerguer-se na rede, e lhe faltou o ar para abraçar a todos. Tinham-no visto no Congresso Admirável, do qual faziam parte, e não podiam acreditar que houvesse mirrado tanto em tão pouco tempo. Os ossos eram visíveis através da pele, e não conseguia fixar o olhar. Devia ter consciência do fedor e da quentura do seu hálito, pois tomava o cuidado de falar a distância e quase de perfil. O que mais os impressionou, porém, foi a evidência de que havia diminuído de estatura, a tal ponto que o general Montilla, ao abraçá-lo, teve a impressão de que ele lhe batia pela cintura.

Pesava 88 libras, e iria ter 10 menos à véspera da morte. Sua estatura oficial era de 1 metro e 65, mas suas fichas médicas nem sempre coincidiam com as militares, e na mesa de autópsia media 4 centímetros menos. Os pés eram tão pequenos quanto as mãos em relação ao corpo, e pareciam também ter diminuído. José Palacios observara que ele suspendia as calças quase até a altura do peito e tinha que dobrar os punhos da camisa. O general notou a curiosidade dos visitantes e admitiu que as botas de sempre, número 35 em pontos franceses, lhe ficavam grandes desde fevereiro. O general Montilla, famoso por suas tiradas espirituosas mesmo nas situações menos oportunas, acabou com o patético.

— O importante para nós — disse — é que Sua Excelência não diminuiu por dentro.

Como de costume, sublinhou seu próprio chiste com uma gargalhada de perdigotos. O general retribuiu com um sorriso de velho camarada, e mudou de assunto. O tempo tinha melhorado, e a conversa bem podia ser ao ar livre, mas ele preferia receber as visitas sentado na rede, na mesma sala onde havia dormido.

O tema dominante foi o estado da nação. Os bolivaristas de Cartagena se negavam a reconhecer a nova constituição e os mandatários eleitos, a pretexto de que os estudantes santanderistas tinham exercido pressões inadmissíveis sobre o congresso. Em compensação, os militares leais se mantiveram à margem, por ordem do general, e o clero rural que o apoiava não teve oportunidade de se mobilizar. O general Francisco Carmona, comandante de uma guarnição de Cartagena e leal à sua causa, estivera a ponto de promover um levante, e ainda mantinha a ameaça. O general pediu a Montilla que lhe mandasse Carmona para tentar apaziguá-lo. Depois, dirigindo-se a todos sem encarar ninguém, fez uma síntese brutal do novo governo:

— Mosquera é um cagão e Caycedo um vira-casaca, e ambos estão acoelhados diante dos meninos do São Bartolomeu.

Dizia em linguajar rude que o presidente era um fraco, e o vice-presidente um oportunista capaz de mudar de partido conforme a direção do vento. Anotou com uma acidez típica de seus momentos piores que não era de estranhar que cada um deles fosse irmão de um clérigo. Mas a nova constituição lhe pareceu melhor que o esperado, num momento histórico em que o perigo não era a derrota eleitoral, e sim a guerra civil fomentada por Santander em suas cartas de Paris. O presidente eleito fizera em Popayán toda sorte de apelos à ordem e à unidade, sem no entanto dizer se aceitava a presidência.

— Está esperando que Caycedo faça o trabalho sujo — disse o general.

— Mosquera já deve estar em Santa Fé — disse Montilla. — Saiu de Popayán na segunda-feira.

O general não sabia, mas não se surpreendeu.

— Logo vão ver que desincha como uma moranga quando tiver que agir — disse. — Esse não serve nem para porteiro de um governo. — Caiu numa longa reflexão e sucumbiu à tristeza.

— Pena — disse. — O homem era Sucre.

— O mais digno dos generais — sorriu De Francisco.

A frase já se tornara célebre no país, apesar dos esforços do general para impedir que se divulgasse.

— Frase genial de Urdaneta! — pilheriou Montilla.

O general passou a interrupção por alto e se dispunha a tomar conhecimento das intimidades da política local, mais de brincadeira que a sério, quando Montilla tornou a impor de golpe a solenidade que ele próprio acabava de romper. "Perdão, Excelência", disse, "o senhor conhece melhor do que ninguém a devoção que dedico ao Grande Marechal, mas o homem não é ele."

E arrematou com ênfase teatral:

— O homem é o senhor.

O general atalhou:

— Eu não existo.

A seguir, retomando o fio, contou como Sucre resistira aos seus pedidos para que aceitasse a presidência da Colômbia.

— Tem tudo para nos salvar da anarquia — disse — mas se deixou seduzir pelo canto das sereias.

García del Río achava que o motivo verdadeiro era que Sucre carecia por completo de vocação para o poder. Isso não pareceu ao general um obstáculo incontornável.

— Na longa história da humanidade se demonstrou muitas vezes que a vocação é filha legítima da necessidade — disse. Em todo caso, eram nostalgias tardias, porque sabia como ninguém que o general mais digno da república pertencia então a outras hostes menos efêmeras que as suas.

— O grande poder reside na força do amor — disse, e completou a picardia: — Foi o próprio Sucre quem disse isso.

Enquanto assim estava sendo evocado em Turbaco, o marechal Sucre saía de Santa Fé para Quito, desencantado e sozinho, mas no esplendor da idade e da saúde, e em pleno gozo de sua glória. Sua última providência da véspera tinha sido visitar em segredo uma conhecida pitonisa do bairro do Egito, que o orientara em várias de suas empresas de guerra. A mulher viu nas cartas que mesmo naqueles tempos de borrascas os caminhos mais venturosos para ele continuavam sendo os do mar. O Grande Marechal de Ayacucho, entretanto, achou-os lentos demais para suas urgências de amor, e se submeteu aos azares da terra firme contra o bom juízo do baralho.

— De modo que não há nada a fazer — disse o general. — Estamos tão mal que nosso melhor governo é o pior.

Conhecia seus partidários locais. Tinham sido próceres ilustres com títulos de sobra na gesta libertadora, mas na política miúda eram famosos pela inconstância, pequenos traficantes de empregos, que chegaram inclusive a fazer alianças com Montilla contra ele. Como a tantos outros, não lhes dera trégua enquanto não conseguiu seduzi-los.

Pediu-lhes então que apoiassem o governo, mesmo à custa de seus interesses pessoais. As razões do general, como de costume, tinham uma inspiração profética: amanhã, quando ele faltasse, o próprio governo que agora pedia para apoiarem mandaria vir Santander, e este voltaria coroado de glória para liquidar os escombros de seus sonhos, a pátria imensa e única que ele forjara em tantos anos de guerras e sacrifícios sucumbiria em pedaços, os partidos se esquartejariam entre si, seu nome seria vituperado e sua obra pervertida na memória dos séculos. Mas nada disso lhe importava naquele momento se ao menos fosse possível impedir um novo episódio de sangue.

— As insurreições são como as ondas do mar, que se sucedem umas às outras — disse. — Por isso sempre as detestei. — E, para assombro dos visitantes, concluiu: — A que ponto chegamos, hoje em dia estou lamentando até a que fizemos contra os espanhóis.

O general Montilla e seus amigos sentiram que aquilo era o fim. Antes das despedidas, receberam dele uma medalha de ouro com sua efígie, e não puderam evitar a impressão de que era um presente póstumo. Enquanto se dirigiam para a porta, García del Río disse em voz baixa:

— Já está com cara de morto.

A frase, ampliada e repetida pelos ecos da casa, perseguiu o general toda a noite. Não obstante, o general Francisco Carmona se surpreendeu no dia seguinte com sua boa fisionomia. Encontrou-o no pátio perfumado pelas flores de laranjeira, numa rede com seu nome bordado em fios de seda, feita na vizinha povoação de San Jacinto, e que José Palacios pendurara entre duas árvores. Acabava de tomar banho, e o cabelo puxado para trás e a sobrecasaca de fazenda azul lhe davam um ar de inocência. Enquanto se balançava muito devagar, ditou a seu sobrinho Fernando uma carta indignada para o presidente Caycedo. O general Carmona não o achou tão moribundo como haviam dito, talvez porque estava embriagado por uma de suas fúrias lendárias.

Carmona era imponente demais para passar despercebido em qualquer lugar, mas ele o olhou sem ver enquanto ditava uma frase contra a perfídia de seus detratores. Só depois se voltou para o gigante que o fitava sem piscar, plantado com todo o seu corpanzil diante da rede, e perguntou sem cumprimentá-lo:

— E o senhor também me considera um promotor de insurreições?

O general Carmona, antecipando-se a uma reação hostil, perguntou com uma ponta de altivez:

— E de onde deduz isso, meu general?

— De onde esses aí deduziram — disse ele.

Deu-lhe uns recortes de jornais que acabavam de chegar pelo correio de Santa Fé, nos quais era acusado mais uma vez de ter fomentado em segredo a rebelião dos granadeiros para voltar ao poder contra a decisão do congresso.

— Grosserias infames — disse. — Enquanto eu perco meu tempo pregando a união, esses pobres-diabos me chamam de conspirador.

O general Carmona teve uma decepção com a leitura dos recortes.

— Pois eu não só acreditava — disse — como tinha muito gosto em que fosse verdade.

— Imagino — disse ele.

Não deu mostra de contrariedade, e lhe pediu para esperar enquanto acabava de ditar a carta, na qual reclamava mais uma vez a franquia oficial para sair do país. Quando terminou, recuperara a calma com a mesma facilidade fulminante com que a tinha perdido ao ler as gazetas. Levantou-se sem ajuda e levou pelo braço o general Carmona para passear em redor da cisterna.

A luz era uma farinha de ouro que se filtrava através da copa das laranjeiras ao fim de três dias de chuva, alvoroçando os passarinhos entre as flores. O general reparou neles um instante, sentindo-os na alma, e quase suspirou: "Menos mal que ainda cantam." Depois deu ao general Carmona uma explicação erudita sobre por que os passarinhos das Antilhas cantam melhor em abril do que em junho, e em seguida, sem transição, foi ao seu assunto. Não precisou de mais de dez minutos para convencê-lo a acatar sem condições a autoridade do novo governo. Encerrada a conversa, acompanhou-o até a porta e depois foi ao quarto para escrever do próprio punho a Manuela Sáenz, que continuava a se queixar dos obstáculos opostos pelo governo à sua correspondência.

Mal comeu um prato de mingau de milho verde que Fernanda Barriga lhe levou ao quarto enquanto escrevia. Na hora da sesta, pediu a Fernando que continuasse lendo um livro de botânica chinesa que tinham começado na noite da véspera. José Palacios entrou pouco depois com a água de orégão para o banho quente, e encontrou Fernando dormindo na cadeira com o livro aberto no colo. O general estava acordado na rede e levou o indicador aos lábios em sinal de silêncio. Pela primeira vez em duas semanas não tinha febre.

Assim, deixando correr o tempo, entre um correio e outro, passou 29 dias em Turbaco. Havia estado lá duas vezes, mas só da segunda, três anos antes, quando voltava de Caracas a Santa Fé para conter os planos separatistas de Santander, é que na realidade apreciou as virtudes medicinais do lugar. Gostou tanto do temperamento do povo que se demorou dez dias em vez das duas noites previstas. Foram dias inteiros de festas patrióticas. No final houve um toureio dos grandes, contrariando sua aversão pelas corridas de touros, e ele próprio enfrentou uma novilha, que lhe arrebatou a capa das mãos e arrancou à multidão um grito de susto. Agora, na terceira visita, sua sina de despertar compaixão estava consumada, coisa que o passar dos dias confirmava até a exasperação. As chuvas se tornaram mais frequentes e mais desoladas, e a vida se reduziu a esperar notícias de novos reveses. Uma noite, na lucidez da alta vigília, José Palacios o ouviu suspirar na rede:

— Sabe Deus por onde andará Sucre!

O general Montilla voltara mais duas vezes, encontrando-o muito melhor que na primeira visita. Mais ainda: teve a impressão de que pouco a pouco ele ia recuperando os ímpetos de antigamente, sobretudo pela insistência com que reclamou que Cartagena não tivesse votado ainda a nova constituição nem reconhecido o novo governo, conforme o compromisso da visita anterior. O general Montilla improvisou a desculpa de que estavam esperando saber primeiro se Joaquín Mosquera aceitava a presidência.

— Melhor farão se se anteciparem — disse o general.

Na visita seguinte tornou a reclamar com maior vigor, pois conhecia Montilla desde criança, e sabia que a resistência que este atribuía a outros só podia ser mesmo sua. Não apenas estavam ligados por uma amizade de classe e de ofício, como tinham tido toda uma vida em comum. Em certa época suas relações esfriaram a ponto de não se falarem, porque Montilla deixou o general sem ajuda militar em Mompox, num dos momentos mais perigosos da guerra. O general o acusou de ser um dissolvente moral e responsável por todas as calamidades. A reação de Montilla foi tão apaixonada que o desafiou para duelo, mas continuou a serviço da independência, por cima das desavenças pessoais.

Tinha estudado matemática e filosofia na Academia Militar de Madri e pertencido à guarda do rei D. Fernando VII até o dia em que lhe chegaram as primeiras notícias da emancipação da Venezuela. Foi bom conspirador no México, bom contrabandista de armas em Curaçao e bom guerreiro em toda parte, desde que sofreu seu primeiro ferimento aos 17 anos. Em 1821 varreu os espanhóis do litoral, de Riohacha ao Panamá, e tomou Cartagena contra um exército mais numeroso e bem armado. Então ofereceu as pazes ao general com um gesto galhardo: mandou-lhe as chaves de ouro da cidade, e o general as devolveu junto com a promoção a general de brigada e a ordem de assumir o governo do litoral. Não era um governante amado, embora costumasse mitigar seus excessos com o senso de humor. Sua casa era a melhor da cidade, sua fazenda de Águas Vivas era uma das mais cobiçadas da província, e o povo lhe perguntava com inscrições nas paredes de onde tinha tirado o dinheiro para comprá-las. Mas lá continuava, depois de oito anos de um duro e solitário exercício do poder, convertido ademais num político astuto e difícil de contrariar.

A cada insistência, Montilla replicava com um argumento diferente. Contudo, por uma vez disse a verdade sem enfeites: os bolivaristas cartagenenses estavam decididos a não jurar uma constituição de compromisso nem a reconhecer um governo fraco, cuja origem não se baseava no acordo, mas na discórdia de todos. Era típico da política local, cujas divergências tinham sido causa de grandes tragédias históricas. "E não lhes falta razão, se Sua Excelência, o mais liberal de todos, nos deixa à mercê dos que usurparam o título de liberais para liquidar sua obra", disse Montilla. Então a única fórmula de entendimento era que o general ficasse no país para impedir a desintegração.

— Bem, se assim é, diga a Carmona que venha de novo, e o convenceremos a se sublevar — disse o general, com um sarcasmo muito seu. — Será menos sangrento que a guerra civil que os cartagenenses vão provocar com a teimosia deles.

Mas antes de se despedir de Montilla tinha recuperado o domínio, e pediu-lhe que levasse a Turbaco o estado-maior de seus partidários para discutir o desacordo. Ainda estava à espera quando o general Carreño lhe trouxe o rumor de que Joaquín Mosquera assumira a presidência. Deu uma palmada na testa.

— Cacete! — exclamou. — Não acredito, nem que me mostrem o homem vivo.

O general Montilla foi confirmá-lo essa mesma tarde, debaixo de um aguaceiro de ventos cruzados que arrancou árvores com raiz e tudo, destruiu meio povoado, pôs abaixo o curral da casa e arrastou animais afogados. Em compensação, quebrou o ímpeto da má notícia. A escolta oficial, que agonizava de tédio com o vazio dos dias, impediu que o desastre fosse maior. Montilla pôs um impermeável de campanha e comandou o salvamento. O general ficou sentado numa cadeira de balanço diante da janela, embrulhado na manta de dormir, com o olhar pensativo e a respiração tranquila, contemplando a torrente de lama que carregava os escombros do desastre. Aqueles temporais do Caribe lhe eram familiares desde criança. Contudo, enquanto a tropa se esfalfava em restabelecer a ordem na casa, disse a José Palacios que não se lembrava de ter visto nada igual. Quando afinal voltou a calma, Montilla entrou na sala escorrendo água e enlameado até os joelhos. O general permanecia imóvel em sua ideia.

— Pois bem, Montilla — disse —, Mosquera já é presidente e Cartagena continua sem reconhecê-lo.

Mas também Montilla não se deixava distrair pelas tempestades.

— Se Sua Excelência estivesse em Cartagena seria muito mais fácil — disse.

— Haveria o risco de interpretarem isso como uma intromissão minha, quando não quero ser protagonista de nada — disse ele. — E mais: não arredarei pé daqui enquanto o assunto não estiver resolvido.

Nessa noite escreveu ao general Mosquera uma carta de compromisso. "Acabo de saber, não sem surpresa, que o senhor assumiu a presidência do estado, o que muito me alegra pelo país e por mim mesmo", dizia. "Mas sinto e sentirei sempre pelo senhor." E encerrava a carta com um pós-escrito astucioso: "Não fui embora porque o passaporte não chegou, mas irei sem falta logo que o receber."

No domingo chegou a Turbaco, onde se incorporou ao séquito o general Daniel Florencio O'Leary, membro proeminente da Legião Britânica, que tinha sido por muito tempo seu ajudante de campo e secretário bilíngue. Montilla o acompanhou desde Cartagena, de melhor humor que nunca, e os dois passaram com o general uma boa tarde de amigos debaixo das laranjeiras. No final de uma longa conversa com O'Leary sobre sua gestão militar, o general apelou para o estribilho de sempre:

— E que se diz por lá?

— Que não é verdade que o senhor vá embora — disse O'Leary.

— Ah! — disse o general. — E por quê?

— Porque Manuelita fica.

O general retrucou com uma sinceridade desarmante.

— Mas se ela sempre ficou!

O'Leary, amigo íntimo de Manuela Sáenz, sabia que o general tinha razão. Pois era exato que ela ficava sempre, não por gosto, mas porque o general a deixava com uma desculpa qualquer, num esforço temerário para escapar à servidão dos amores formais. "Nunca mais tornarei a me apaixonar", confessou um dia a José Palacios, o único ser humano com quem jamais se permitiu esse tipo de confidência. "É como ter duas almas ao mesmo tempo." Manuela se impôs com uma determinação irresistível e sem os estorvos da dignidade, mas quanto mais se esforçava por submetê-lo, mais ansioso parecia o general por se livrar de suas cadeias. Foi um amor de fugas perpétuas. Em Quito, depois das primeiras duas semanas de loucura, ele teve de viajar para Guayaquil, onde iria encontrar-se com o general José de San Martin, libertador do Rio da Prata, e ela ficou a se perguntar que espécie de amante era aquele que deixava a mesa servida na metade do jantar. Ele prometera escrever todos os dias, de todos os lugares, para jurar com o coração em carne viva que a amava mais que a ninguém nunca neste mundo. Escreveu, com efeito, às vezes do próprio punho, mas não mandou as cartas. Enquanto isso, se consolava num idílio múltiplo com as cinco mulheres indivisíveis do matriarcado de Garaycoa, sem que ele mesmo jamais soubesse de ciência certa qual delas teria escolhido, entre a avó de 56 anos, a filha de 38, ou as três netas na flor da idade. Terminada a missão em Guayaquil, escapou de todas com juras de amor eterno e pronto regresso, e voltou a Quito para se afundar nas areias movediças de Manuela Sáenz.

No começo do ano seguinte foi outra vez sem ela terminar a libertação do Peru, que era o esforço final de seu sonho. Manuela esperou quatro meses, mas embarcou para Lima logo que as cartas começaram a chegar não apenas escritas, como ocorria com frequência, mas também pensadas e sentidas por Juan José Santana, o secretário particular do general. Encontrou-o na mansão de prazeres de La Magdalena, investido de poderes ditatoriais pelo congresso e assediado pelas mulheres belas e ousadas da nova corte republicana. Era tal a desordem da residência presidencial que um coronel de lanceiros se mudou à meia-noite porque as agonias de amor nas alcovas não o deixavam dormir. Mas Manuela estava então num terreno que conhecia de sobra. Nascera em Quito, filha clandestina de uma rica fazendeira nativa com um homem casado, e aos 18 anos tinha pulado a janela do convento onde estudava para fugir com um oficial do exército do rei. Dois anos depois, entretanto, com véu e grinalda de virgem, se casou em Lima com o doutor James Thorne, um médico complacente que tinha o dobro da idade dela. Assim, quando voltou ao Peru, perseguindo o amor de sua vida, não teve que aprender nada de ninguém para acampar no meio do escândalo.

O'Leary foi seu melhor ajudante de campo nessas guerras do coração. Manuela não morou em La Magdalena, mas entrava quando queria pela porta principal e com honras militares. Era astuta, indômita, de uma graça irresistível; possuía o sentido do poder e uma tenacidade a toda prova. Falava bom inglês, por causa do marido, e um francês primário mas inteligível, e tocava clavicórdio com o estilo sonso das noviças. Sua letra era arrevesada, sua sintaxe intransitável, e morria de rir com o que ela mesma chamava seus *horrores* de ortografia. O general a nomeou curadora de seus arquivos para tê-la por perto, o que lhes tornou fácil o amor a toda hora e em qualquer lugar, em meio ao fragor das feras amazônicas que Manuela domesticava com seus encantos.

Todavia, quando o general empreendeu a conquista dos difíceis territórios do Peru que ainda se encontravam em poder dos espanhóis, Manuela não conseguiu que a levasse em seu estado-maior. Perseguiu-o, mesmo sem permissão, com seus baús de primeira-dama, com os cofres de arquivos, com sua corte de escravas, numa retaguarda de tropas colombianas que a adoravam por seu linguajar de quartel. Viajou 300 léguas em lombo de burro pelos cumes vertiginosos dos Andes, e só pôde estar com o general duas noites em quatro meses, numa delas porque conseguiu assustá-lo com uma ameaça de suicídio. Passou-se algum tempo até descobrir que enquanto ela não lograva alcançá-lo, ele se divertia com outros amores de ocasião encontrados pelo caminho. Entre esses, o de Manuelita Madrono, uma mestiça montanhesa de 18 anos que santificou suas insônias.

Desde o regresso de Quito, Manuela decidira abandonar o marido, a quem descrevia como um inglês insípido que amava sem prazer, conversava sem graça, andava devagar, cumprimentava com mesuras, sentava e levantava com cautela, e não ria nem de suas próprias piadas. Mas o general a convenceu de preservar a qualquer preço os privilégios de seu estado civil, e ela se submeteu aos desígnios dele.

Um mês depois da vitória de Ayacucho, já dono de meio mundo, o general foi ao Alto Peru, que mais tarde seria a república da Bolívia. Não somente foi sem Manuela como antes de ir colocou como assunto de estado a conveniência da separação definitiva. "Vejo que nada nos pode unir sob os auspícios da inocência e da honra", escreveu a ela. "No futuro tu estarás sozinha, embora ao lado de teu marido, e eu estarei sozinho no meio do mundo. Só a glória de nos havermos vencido será nosso consolo." Daí a menos de três meses recebeu uma carta de Manuela anunciando que partia para Londres com o marido. A notícia o surpreendeu na cama alheia de Francisca Zubiaga de Gamarra, uma brava mulher de armas, esposa de um marechal que viria a ser presidente da república. O general não esperou o segundo amor da noite para escrever a Manuela uma resposta imediata que mais parecia uma ordem de guerra: "Diga a verdade e não vá a parte alguma." E sublinhou com a própria mão a frase final: "*Eu a quero decididamente.*" Ela obedeceu, encantada.

O sonho do general começou a se desfazer no mesmo dia em que culminou. Nem bem havia fundado a Bolívia e concluído a reorganização institucional do Peru, teve de voltar às carreiras para Santa Fé, forçado pelas primeiras tentativas separatistas do general Páez na Venezuela e pelas intrigas de Santander em Nova Granada. Dessa vez Manuela precisou de mais tempo para que ele lhe permitisse segui-lo, mas quando por fim consentiu, foi uma mudança de ciganos, com os baús errantes em cima de uma dezena de mulas, suas escravas imortais, e 11 gatos, seis cachorros, três micos educados nas artes das obscenidades palacianas, um urso amestrado que sabia enfiar linha em agulhas e nove gaiolas de araras e papagaios que xingavam Santander em três idiomas.

Chegou a Santa Fé apenas a tempo de salvar o pouco de vida que restava ao general na noite ruim de 25 de setembro. Tinham se conhecido fazia cinco anos, mas ele estava tão decrépito e inseguro como se fossem cinquenta, e deu a Manuela a impressão de cambalear sem rumo nas trevas da solidão. Voltaria ao sul pouco depois para frear as ambições colonialistas do Peru contra Quito e Guayaquil, mas tudo já era esforço inútil. Manuela ficou então em Santa Fé, sem o menor ânimo de segui-lo, pois sabia que seu eterno fugitivo já não tinha sequer para onde escapar.

O'Leary observou em suas memórias que o general não fora nunca tão espontâneo no evocar seus amores furtivos como naquela tarde de domingo em Turbaco. Montilla achou, e escreveu anos depois numa carta particular, que era um sintoma inequívoco de velhice. Incitado pelo bom humor e pela veia de confidência do general, Montilla não resistiu à tentação de lhe fazer uma provocação cordial.

— Só Manuela ficava? — perguntou.

— Ficavam todas — disse o general, sério. — Mas Manuela mais que todas.

Montilla piscou um olho para O'Leary e disse:

— Confesse, general: quantas foram?

O general foi evasivo.

— Muitas menos do que você pensa — disse.

De noite, enquanto ele tomava o banho quente, José Palacios quis esclarecer as dúvidas. "Pelas minhas contas, são 35", disse. "Sem contar as passarinhas de uma noite só, é claro." A cifra coincidia com os cálculos do general, que no entanto não a quisera revelar durante a conversa.

— O'Leary é um grande homem, um grande soldado e um amigo fiel, mas toma nota de tudo — explicou. — E não há nada mais perigoso que a memória escrita.

No dia seguinte, depois de uma longa entrevista para se inteirar do estado da fronteira, pediu a O'Leary que fosse a Cartagena com a incumbência oficial de informá-lo sobre o movimento de navios para a Europa, embora a missão verdadeira fosse mantê-lo a par dos pormenores secretos da política local. O'Leary apenas teve tempo de chegar. No sábado, 12 de junho, o congresso de Cartagena jurou a nova constituição e reconheceu os mandatários eleitos. Montilla, junto com a notícia, mandou ao general um recado imperativo:

"Estamos à sua espera."

Continuava à espera quando o rumor de que o general havia morrido o fez pular da cama. Sem tempo para confirmar a notícia, correu para Turbaco a todo galope, e lá encontrou o general melhor que nunca, almoçando com o conde francês de Raigecourt, que tinha ido convidá-lo a viajarem juntos para a Europa num paquete inglês que chegava a Caracas na semana seguinte. Era a culminação de um dia perfeito. O general se propusera enfrentar a saúde má com a resistência moral, e ninguém poderia dizer que não tivesse conseguido. Levantou cedo, percorreu os currais na hora da ordenha e visitou o quartel dos granadeiros, onde se informou por eles mesmos de suas condições de vida, dando ordens terminantes para que fossem melhoradas. Na volta, parou numa taverna do mercado, tomou café e levou consigo a xícara para evitar a humilhação de sabê-la destruída. Ia para casa quando os meninos que saíam da escola o cercaram numa esquina, cantando ao compasso das palmas: "*Viva El Libertador! Viva El Libertador!*" Ele, ofuscado, não saberia o que fazer se as próprias crianças não lhe tivessem cedido passagem.

Em casa encontrou o conde de Raigecourt, que chegara sem se anunciar, acompanhado da mulher mais bela, mais elegante e mais altiva que ele jamais vira. Trajava roupa de montaria, embora na realidade tivesse chegado numa caleça puxada por um burro. A única coisa que revelou de sua identidade foi que se chamava Camille e era natural da Martinica. O conde não acrescentou nenhum dado, mas no curso da visita ficou de todo evidente que estava louco de amor por ela.

A simples presença de Camille restituiu ao general a animação de outros tempos. Mandou preparar às pressas um almoço de gala. Ainda que o castelhano do conde fosse correto, a conversa foi em francês, que era a língua de Camille. Quando ela disse que tinha nascido em Trois-Ilets, ele fez um gesto de entusiasmo e seus olhos murchos tiveram uma fulguração instantânea.

— Ah — disse. — Onde nasceu Josefina.

Ela riu.

— Por favor, Excelência, eu esperava uma observação bem mais inteligente que a de todos.

Ele se mostrou atingido, e defendeu-se com uma evocação lírica do engenho de La Pagerie, a casa natal de Marie Josèphe, imperatriz da França, que se anunciava a várias léguas de distância, através dos vastos canaviais, pelo canto dos passarinhos e o cheiro quente dos alambiques. Ela se surpreendeu com o conhecimento demonstrado pelo general.

— A verdade é que nunca estive lá, nem em lugar nenhum da Martinica — disse ele.

— *Et alors?* — perguntou ela.

— Me preparei aprendendo essa lição durante anos — disse o general — porque sabia que algum dia ia precisar dela para ser agradável à mulher mais linda daquelas ilhas.

Falava sem parar, com a voz quebrada mas eloquente, vestido com umas calças de algodão estampado e uma sobrecasaca de cetim, e chinelos vermelhos. Chamou a atenção dela o cheiro de água-de-colônia que vagava pelo corredor. Ele confessou que era uma fraqueza sua, a tal ponto que os inimigos o acusavam de ter gasto em água-de-colônia 8 mil pesos do tesouro público. Estava tão macerado como na véspera, mas só pela magreza do corpo se notava a crueldade de sua doença.

Numa roda só de homens, o general era capaz de vociferar como o mais desbocado dos carroceiros, mas bastava a presença de uma mulher para que suas maneiras e sua linguagem se refinassem até a afetação. Ele mesmo desarrolhou, provou e serviu um borgonha de grande classe, que o conde definiu sem pejo como uma carícia de veludo. Estavam servindo o café quando o capitão Iturbide lhe disse alguma coisa ao ouvido. Ele ouviu com ar grave, mas logo se jogou para trás na cadeira, dando uma boa risada.

— Ouçam isto, por favor — disse. — Vamos ter aqui uma delegação de Cartagena que veio para o meu enterro.

Mandou-os entrar. Montilla e seus acompanhantes não tiveram outro jeito senão aderir à brincadeira. Os ajudantes de campo mandaram vir uns gaiteiros de San Jacinto, que andavam por lá desde a noite anterior, e um grupo de velhos, homens e mulheres, dançaram a *cumbia* em homenagem aos convidados. Camille se surpreendeu com a elegância daquela dança popular de origem africana, e quis aprendê-la. O general gozava da fama de grande dançarino, e alguns dos convivas lembraram que na última visita ele tinha dançado a *cumbia* como um mestre. Mas quando Camille o tirou, ele declinou da honra. "Três anos já é muito tempo", disse, sorrindo. Ela dançou sozinha, depois de duas ou três indicações. De repente, a uma pausa da música, ouviram-se gritos de ovação, uma série de explosões estremecedoras e disparos de armas de fogo. Camille levou um susto.

O conde disse a sério:

— Caramba, é uma revolução!

— Não imagina a falta que isso nos faz — disse o general, rindo. — Lamento muito, mas é só uma briga de galos.

Quase sem pensar, acabou de tomar o café e, com um gesto circular da mão, convidou todos para a rinha.

— Venha comigo, Montilla, para ver como estou morto — disse.

Assim é que às duas da tarde foi à rinha, com um numeroso grupo encabeçado pelo conde de Raigecourt. Mas numa reunião só de homens, como aquela, ninguém prestou atenção no general, todos os olhos eram para Camille. Ninguém podia acreditar que aquela mulher deslumbrante não fosse uma das tantas dele, num lugar onde a entrada de mulheres era proibida. Menos ainda quando se disse que ela andava com o conde, porque, como era sabido, o general fazia acompanhar por outros as suas amantes clandestinas, para embaralhar as verdades.

A segunda briga foi atroz. Um galo vermelho esvaziou os olhos do adversário com dois golpes certeiros do esporão. Mas o galo cego não se rendeu. Encarniçou-se contra o outro, até que conseguiu lhe arrancar a cabeça e a comeu a bicadas.

— Nunca imaginei uma festa tão sangrenta — disse Camille. — Mas adoro.

O general explicou que ficava muito mais emocionante quando os galos eram excitados com gritos obscenos e tiros para o ar, mas que os assistentes estavam inibidos aquela tarde pela presença de uma mulher, e sobretudo tão bela. Olhou-a com coqueteria e disse:

— De modo que a culpa é sua.

Ela riu, divertida:

— A culpa é sua, Excelência, por ter governado este país tantos anos e não ter feito uma lei que obrigasse os homens a se comportar do mesmo modo quando há mulheres e quando não há.

Ele começou a perder as estribeiras.

— Peço-lhe que não me chame de Excelência — disse. — Me basta ser justo.

Nessa noite, quando o deixou boiando na água inútil da banheira, José Palacios comentou:

— É a mulher mais bonita que já vimos.

O general não descerrou os olhos.

— É abominável — disse.

A aparição na briga de galos, segundo o juízo comum, foi um ato premeditado para contrariar as diferentes versões sobre sua doença, tão desalentadoras nos últimos dias que ninguém pôs em dúvida o rumor de sua morte. Surtiu efeito, porque os correios saídos de Cartagena levaram por diversos rumos a notícia de seu bom estado de saúde, e seus seguidores a celebraram com festas públicas mais desafiadoras que jubilosas.

O general conseguira enganar até o próprio corpo, pois se manteve bem-disposto nos dias seguintes, e até se permitiu sentar outra vez na mesa de jogo de seus ajudantes de campo, que arrastavam o tédio em partidas intermináveis. Andrés Ibarra, o mais jovem e alegre e que conservava ainda o sentido romântico da guerra, escreveu por esses dias a uma amiga de Quito: "Prefiro a morte em teus braços a esta paz sem ti." Jogavam de dia e de noite, às vezes absorvidos pelo enigma das cartas, às vezes discutindo aos berros, e sempre acossados pelos pernilongos que naquele tempo de chuva os assaltavam em pleno dia, apesar das fogueiras de esterco dos estábulos que os ordenanças de serviço conservavam acesas. Ele não voltara a jogar desde a noite desagradável de Guaduas, porque o áspero incidente com Wilson lhe deixara um ressaibo amargo que queria apagar do coração, mas escutava da rede os gritos dos oficiais, as confidências, as saudades da guerra nos ócios de uma paz ilusória. Uma noite, dando voltas pela casa, não resistiu à tentação de parar no corredor. Fez sinal aos que estavam de frente para guardarem silêncio e se aproximou de Andrés Ibarra pelas costas. Pôs-lhe uma mão em cada ombro, como garras de rapina, e perguntou:

— Diga-me uma coisa, primo, também você me acha com cara de defunto?

Ibarra, acostumado a essas maneiras, não se virou.

— Eu não, meu general — disse.

— Pois então é cego, ou mente — disse ele.

— Ou estou de costas — disse Ibarra.

O general se interessou pelo jogo, sentou-se e acabou jogando. Para todos foi como a volta à normalidade, não só nessa noite como nas seguintes. "Enquanto não chega o passaporte", segundo disse o general. Não obstante, José Palacios lhe reiterou que apesar do ritual do baralho, apesar de sua atenção pessoal, apesar dele próprio, os oficiais do séquito estavam fartos daquele ir e vir para o nada.

Ninguém mais que ele dependia da sorte daqueles oficiais, de suas minúcias cotidianas e do horizonte de seu destino, mas quando os problemas eram irremediáveis ele os resolvia enganando-se a si mesmo. Desde o incidente com Wilson, e depois ao longo do rio, fizera pausas em suas dores para se ocupar deles. A conduta de Wilson era incrível, e só uma frustração muito grave poderia lhe ter inspirado uma reação tão áspera. "É tão bom militar como o pai", dissera o general ao vê-lo combater em Junín. "E mais modesto", acrescentara, quando Wilson se negou a receber a promoção a coronel, concedida pelo marechal Sucre depois da batalha de Tarqui, e que ele o obrigou a aceitar.

O regime que impunha a todos, tanto na paz como na guerra, não somente era de uma disciplina heroica como de uma lealdade que quase requeria a ajuda da clarividência. Eram homens de guerra, embora não de quartel, pois haviam combatido tanto que mal tinham tido tempo de acampar. Havia de tudo, mas o núcleo dos que fizeram a independência mais próximos do general era a flor da aristocracia nativa, educados nas escolas dos príncipes. Tinham vivido a pelejar de um lado para outro, longe de suas casas, de suas mulheres, de seus filhos, longe de tudo, e a necessidade os fizera políticos e homens de governo. Todos eram venezuelanos, exceto Iturbide e os ajudantes de campo europeus, e quase todos parentes consanguíneos ou afins do general: Fernando, José Laurencio, os Ibarra, Briceño Méndez. Os vínculos de classe ou de sangue os identificavam e uniam.

Um era diferente: José Laurencio Silva, filho de uma parteira da aldeia de El Tinaco, nos Llanos, e de um pescador do rio. Por parte de pai e de mãe era moreno escuro, pertencia à classe desfavorecida dos pardos, mas o general o casara com Felicia, outra de suas sobrinhas. Fez carreira começando como recruta voluntário do exército libertador aos 16 anos, até chegar a general em chefe aos 58; sofreu mais de 15 ferimentos graves e numerosos leves, de diversas armas, em 52 ações de quase todas as campanhas da independência. A única contrariedade que sua condição de pardo lhe trouxe foi ser rejeitado por uma dama da aristocracia local a quem tirara para dançar num baile da gala. O general pediu então que bisassem a valsa, e a dançou com ele.

O general O'Leary era o extremo oposto: louro, alto, com uma pinta soberba, favorecida por seus uniformes florentinos. Tinha chegado à Venezuela com 18 anos, como alferes dos Hussardos Vermelhos, e fizera sua carreira completa em quase todas as batalhas da guerra de independência. Também ele, como todos, tivera sua hora de desgraça, por dar razão a Santander na disputa deste com José Antonio Páez, quando o general o mandou negociar uma fórmula de conciliação. O general lhe cortou o cumprimento e o abandonou à própria sorte durante 14 meses, até passar a raiva.

Eram indiscutíveis os méritos pessoais de cada um. O mal era que o general não chegava nunca a tomar consciência da muralha de poder que o separava deles, tanto mais intransponível quanto mais se julgava acessível e caritativo. Mas na noite em que José Palacios lhe chamou a atenção para o estado de ânimo em que se encontravam, jogou de igual para igual, perdendo de bom grado, até que os próprios oficiais se renderam ao desafogo.

Ficou claro que não arrastavam frustrações antigas. Não lhes importava o sentimento de derrota que os invadia mesmo depois de ganhar uma guerra. Não lhes importava a morosidade que ele impunha a suas promoções, para que não parecessem privilégios, nem lhes importava a solidão da vida errante, nem o acaso dos amores efêmeros. Os soldos militares estavam reduzidos à terça parte pela penúria fiscal do país, e ainda assim eram pagos com três meses de atraso, em bônus do tesouro de conversão incerta, que eles vendiam com prejuízo aos agiotas. Não lhes importava, entretanto, como não lhes importava que o general fosse embora com um bater de porta que havia de ecoar pelo mundo inteiro, nem que os deixasse à mercê de seus inimigos. Nada: a glória pertencia a outros. O que não podiam suportar era a incerteza que ele lhes fora infundindo desde que tomara a decisão de largar o poder, e que ficava cada vez mais insuportável à medida que continuava se arrastando aquela viagem sem fim para parte alguma.

O general se sentiu essa noite tão satisfeito que enquanto tomava banho disse a José Palacios que entre ele e seus oficiais não se interpunha nem uma sombra mínima. Não obstante, a impressão que ficou aos oficiais foi de que o sentimento que tinham conseguido infundir ao general não era de gratidão ou de culpa, mas de desconfiança.

Sobretudo José Maria Carreño. Desde a noite da conversa no barco andava arisco, e sem saber alimentava o rumor de que estava em contato com os separatistas da Venezuela; ou, como se dizia, que estava ficando *cosiatero*. Quatro anos antes, o general o expulsara de seu coração, como a O'Leary, como a Montilla, como a Briceño Méndez, como a Santana, como a tantos outros, pela simples suspeita de que queria ficar popular à custa do exército. Como então, agora o general o mandava seguir, farejava seus passos, dava ouvidos a quanta intriga se urdisse contra ele, procurando descobrir algum vislumbre nas trevas de suas próprias dúvidas.

Uma noite, nunca se soube se dormindo ou acordado, o ouviu dizer no quarto ao lado que para salvação da pátria era lícito chegar até a traição. Então o tomou pelo braço, levou-o até o pátio e o submeteu à magia irresistível de sua sedução, com um tuteio calculado para o qual só apelava em situações extremas. Carreño lhe confessou a verdade. Doía-lhe, com efeito, que o general deixasse sua obra ao léu, sem se preocupar com a orfandade em que ficavam todos. Mas seus planos de defecção eram leais. Cansado de buscar uma luz de esperança naquela viagem de cegos, incapaz de continuar vivendo sem alma, tinha resolvido fugir para a Venezuela a fim de se colocar à frente de um movimento armado em favor da integração.

— Não me ocorre nada mais digno — concluiu.

— E por acaso acreditas que serás mais bem-tratado na Venezuela? — perguntou o general.

Carreño não se atreveu a afirmar.

— Bem, mas pelo menos lá é a pátria — disse.

— Não sejas bobo — disse o general. — Para nós a pátria é a América, e ela toda não tem jeito.

Não o deixou dizer mais nada. Falou por longo tempo, mostrando em cada palavra o que parecia ser seu coração por dentro, embora nem Carreño nem ninguém soubesse jamais se na realidade o era. Afinal deu-lhe uma palmada no ombro, e o deixou nas trevas.

— Para de delirar, Carreño — disse. — Isso tudo foi *al carajo*.

Na quarta-feira, 16 de junho, recebeu a notícia de que o governo confirmara sua pensão vitalícia concedida pelo congresso. Acusou recebimento em carta formal ao presidente Mosquera, num tom de certa ironia, e ao acabar de ditá-la disse a Fernando, imitando o plural majestático e a ênfase ritual de José Palacios: "Estamos ricos." Na terça-feira, 22, recebeu o passaporte para sair do país e o agitou no ar, dizendo: "Estamos livres." Dois dias depois, ao despertar de uma hora maldormida, abriu os olhos na rede e disse: "Estamos tristes." Decidiu então viajar logo para Cartagena, aproveitando o dia nublado e fresco. Sua única ordem específica foi que os oficiais do séquito viajassem à paisana e sem armas. Não deu nenhuma explicação, não fez nenhum sinal que permitisse vislumbrar seus motivos, não se reservou tempo para nenhuma despedida. Partiram assim que ficou a postos a guarda pessoal, deixando a carga para seguir depois com o restante da comitiva.

Em suas viagens, o general costumava fazer paradas ocasionais para saber dos problemas da gente encontrada pelo caminho. Indagava tudo: a idade dos filhos, a espécie de doenças, a situação dos negócios, o que pensavam de tudo. Dessa vez não disse uma única palavra, não mudou de passo, não tossiu, não deu mostras de fadiga, e passou o dia com um cálice de vinho do porto. Por volta das 4 da tarde perfilou-se no horizonte o velho convento do morro da Popa. Era tempo de orações para pedir graças, e desde a estrada real se viam as filas de peregrinos como formigas-correição subindo o aclive escarpado. Pouco depois divisaram à distância a eterna mancha de urubus voando em círculos sobre o mercado público e as águas do matadouro. À vista das muralhas o general fez um sinal a José Maria Carreño, que se aproximou e ofereceu o seu robusto coto de falcoeiro para que se apoiasse. "Tenho uma missão confidencial para ti", disse o general em voz muito baixa. "Ao chegar, verifica onde anda Sucre." Deu-lhe no ombro a habitual palmadinha de despedida e arrematou:

— Fica entre nós, claro.

Uma numerosa comitiva encabeçada por Montilla os esperava na estrada real, e o general se viu obrigado a terminar a viagem na antiga carruagem do governador espanhol, puxada por uma parelha de mulas alegres. Embora o sol começasse a se pôr, os galhos de mangues pareciam ferver com o calor nos pântanos mortos que cercavam a cidade, cujo bafo pestilento era mais insuportável que o das águas da baía, apodrecidas há um século pelo sangue e pelas sobras do matadouro. Quando entraram pela porta da Media Luna, uma nuvem de urubus espantados se levantou do mercado ao ar livre. Ainda havia rastros de pânico por causa de um cachorro atacado de raiva que tinha mordido de manhã várias pessoas de diversas idades, entre as quais uma branca de Castela que andava passeando por onde não devia. Tinha mordido também umas crianças do bairro dos escravos, mas essas conseguiram matá-lo a pedradas. O cadáver estava pendurado numa árvore, na porta da escola. O general Montilla mandou incinerá-lo, não só por motivos sanitários como para impedir que tentassem conjurar seu malefício com feitiçarias africanas.

A população do recinto amuralhado, convocada por um édito urgente, se reunira na rua. As tardes começavam a ser demoradas e diáfanas no solstício de junho, e havia grinaldas de flores e mulheres vestidas à moda madrilenha nas sacadas, e os sinos da catedral e as músicas de regimento e as salvas de artilharia troavam até o mar, mas nada chegava a mitigar a miséria que queriam esconder. Cumprimentando com o chapéu, do coche desconjuntado, o general não podia deixar de se ver sob uma luz de comiseração, ao comparar aquela recepção indigente com sua entrada triunfal em Caracas, em agosto de 1813, coroado de louros numa carruagem puxada pelas seis donzelas mais formosas da cidade, e em meio a uma multidão banhada em lágrimas que naquele dia o eternizou com seu nome de glória: O Libertador. Caracas era ainda uma cidadezinha remota da província colonial, feia, triste, pobre, mas as tardes do Ávila eram dilacerantes na nostalgia.

Aquela e esta não pareciam ser duas lembranças de uma mesma vida. Pois a mui nobre e heroica cidade de Cartagena de Índias, várias vezes capital do vice-reino e mil vezes cantada como uma das mais belas do mundo, não era então nem a sombra do que foi. Tinha sofrido nove cercos militares, por terra e por mar, e fora várias vezes saqueada por corsários e generais. Mas nada a devastara tanto como as lutas de independência e, depois, as guerras entre facções. As famílias ricas dos tempos do ouro haviam fugido. Os ex-escravos ficaram ao acaso de uma liberdade inútil, e os palácios de marqueses tomados pelos pobres soltavam na sujeira das ruas uns ratos do tamanho de gatos. O cinturão de baluartes inexpugnáveis que o rei de Espanha tinha desejado conhecer, olhando de seu palácio com seus aparelhos de ver longe, era apenas imaginável no meio do matagal. O comércio que fora o mais próspero do século XVII por motivo do tráfico de escravos achava-se reduzido a umas poucas lojas em ruínas. Era impossível conciliar a glória com a fedentina dos esgotos a céu aberto. O general suspirou ao ouvido de Montilla:

— Como nos custou caro esta merda de independência!

Montilla reuniu nessa noite a fina flor da cidade em sua casa da rua de La Factoría, onde malviveu o marquês de Valdehoyos e prosperou sua marquesa com o contrabando de farinha e o tráfico de negros. Haviam-se acendido as luzes de Páscoa Florida nas principais casas, mas o general não tinha ilusões, pois sabia que no Caribe qualquer ocasião, de qualquer tipo, até uma morte ilustre, podia ser pretexto para uma farra pública. Era uma festa falsa, com efeito. Há vários dias estavam circulando uns panfletos infames, e o partido contrário tinha incitado suas matulas para apedrejarem janelas e lutarem a pau com a polícia. "Ainda bem que já não nos resta nem um vidro a quebrar", disse Montilla com a graça de costume, consciente de que a fúria popular era mais contra ele do que contra o general. Reforçou os granadeiros da guarda com tropas locais, abandonou o setor e proibiu que contassem ao seu hóspede o estado de guerra em que se encontrava a rua.

O conde de Raigecourt foi essa noite dizer ao general que o paquete inglês estava à vista dos castelos da Boca Chica, mas que ele não partia. A razão pública foi que não queria partilhar a imensidão do oceano com um grupo de mulheres que viajavam amontoadas no único camarote. Mas a verdade é que apesar do almoço mundano de Turbaco, apesar da aventura da rinha de galos, apesar de todo o esforço do general para se sobrepor às desgraças de sua saúde, o conde percebia que ele não estava em condições de fazer a viagem. Pensava que talvez seu espírito suportasse a travessia, mas seu corpo, não; e se negava a fazer um favor à morte. Contudo, nem estas razões nem muitas outras valeram naquela noite para mudar a resolução do general.

Montilla não se deu por vencido. Despediu cedo os convidados, para que o doente pudesse descansar, mas o reteve ainda por longo tempo no balcão interno, enquanto uma adolescente lânguida, com uma túnica de musselina quase invisível, tocava para eles na harpa sete romanças de amor. Eram tão belas, e executadas com tanta doçura, que os dois militares só tiveram coração para falar quando a brisa do mar varreu do ar as últimas cinzas da música. O general ficou meio adormecido na cadeira de balanço, flutuando nas ondas da harpa, e de repente estremeceu por dentro e cantou em voz muito baixa, porém nítida e bem-entoada, a letra completa da última canção. Depois voltou-se para a harpista murmurando um agradecimento que lhe saiu da alma, mas a única coisa que viu foi a harpa sozinha, com uma grinalda de louros murchos. Então despertou.

— Há um homem preso em Honda por homicídio justificado — disse.

O riso de Montilla se antecipou à sua graçola:

— De que cor são os chifres?

O general fingiu não ter escutado, e explicou o caso com todos os detalhes, salvo o antecedente pessoal com Miranda Lyndsay na Jamaica. Montilla tinha a solução fácil.

— Ele deve pedir que o transfiram para cá por razões de saúde — falou. — Uma vez aqui, arranja-se o indulto.

— E isso se pode fazer? — perguntou o general.

— Poder não pode — disse Montilla —, mas se faz.

O general fechou os olhos, alheio ao escândalo dos cachorros da noite que haviam se assanhado de repente, e Montilla achou que ele tornara a dormir. Ao cabo de uma reflexão profunda, o general abriu de novo os olhos e arquivou o assunto.

— De acordo — disse. — Mas eu não sei de nada.

Só depois tomou conhecimento dos latidos que se espalhavam em ondas concêntricas a partir do recinto amuralhado até os pântanos mais remotos, onde havia cães amestrados na arte de não latir para não delatar os donos. O general Montilla contou que estavam envenenando os cachorros da rua para impedir a propagação da raiva. Só tinham conseguido capturar duas das crianças mordidas no bairro dos escravos. As outras, como sempre, tinham sido escondidas pelos pais, para que morressem sob seus deuses, ou eram levadas para as paliçadas de escravos fujões nos pantanais de Marialabaja, aonde o braço do governo não chegava, para tentar salvá-las com artes de feiticeiros. O general nunca tentara acabar com aqueles ritos da fatalidade, mas o envenenamento dos cachorros lhe parecia indigno da condição humana. Gostava tanto deles como de cavalos e flores. Quando embarcou para a Europa pela primeira vez, levou um casal de cachorros até Veracruz. Levava mais de dez quando atravessou os Andes a partir dos Llanos da Venezuela, à frente de quatrocentos *llaneros* descalços, para libertar Nova Granada e fundar a república da Colômbia. Na guerra os levou sempre. Nevado, o mais famoso, esteve com ele desde as primeiras campanhas e derrotou sozinho uma brigada de vinte cães carniceiros dos exércitos espanhóis; foi morto por um golpe de lança na primeira batalha de Carabobo. Em Lima, Manuela Sáenz teve mais cães do que podia cuidar, além dos numerosos animais de todo gênero que mantinha na quinta de La Magdalena. Alguém dissera ao general que quando um cachorro morria era preciso substituí-lo de imediato por outro com nome igual, para continuar acreditando que era o mesmo. Ele não estava de acordo. Sempre os quis diferentes, para se lembrar de todos com sua identidade própria, com o anelo de seus olhos e a ansiedade de sua respiração, e para sentir a morte deles. A noite aziaga de 25 de setembro incluiu entre as vítimas do assalto dois cães de caça que os conjurados degolaram. Agora, na última viagem, levava os dois que restaram, além do onceiro vagabundo recolhido no rio. A notícia dada por

Montilla de que só no primeiro dia tinham envenenado mais de cinquenta cães acabou de estragar o estado de ânimo em que o deixara a harpa de amor.

Montilla, lamentando muito, prometeu que não haveria mais cachorros mortos nas ruas. A promessa o acalmou, não porque achasse que ia ser cumprida, mas porque os bons propósitos dos seus generais lhe traziam consolo. O esplendor da noite se incumbiu do resto. Do pátio iluminado subia o vapor dos jasmins, o ar parecia de diamante, e havia no céu mais estrelas do que nunca. "Como na Andaluzia em abril", dissera ele em outra época, lembrando-se de Colombo. Um vento contrário varreu os ruídos e os cheiros, e só ficou o troar das ondas nas muralhas

— General — suplicou Montilla. — Não vá embora.

— O navio está no porto — disse ele.

— Logo chegarão outros — disse Montilla.

— É a mesma coisa — replicou ele. — Todos serão o último.

Não cedeu. Ao fim de muitas súplicas perdidas, não restou a Montilla senão revelar o segredo que tinha jurado guardar sob palavra de honra até a véspera dos fatos: o general Rafael Urdaneta, à frente dos oficiais bolivaristas, preparava um golpe de estado em Santa Fé para os primeiros dias de setembro. Ao contrário do que Montilla esperava, o general não pareceu surpreendido.

— Eu não sabia — disse — mas era de imaginar.

Montilla revelou-lhe então os pormenores da conspiração militar que já estava em todas as guarnições leais do país, em acordo com oficiais da Venezuela. O general conjeturou a fundo. "Não tem sentido", disse. "Se de fato Urdaneta quer endireitar o mundo, que se acerte com

Páez e torne a repetir a história dos últimos 15 anos, desde Caracas até Lima. Daí em diante será apenas uma passeata cívica até a Patagônia." Entretanto, ao se retirar deixou uma porta aberta.

— Sucre sabe disso? — indagou.

— Está contra — disse Montilla.

— Por causa da questão com Urdaneta, claro — disse o general.

— Não — disse Montilla. — Porque está contra tudo que o impeça de ir para Quito.

— De qualquer maneira, é com ele que têm que falar — disse o general. — Comigo, é perder tempo.

Parecia sua última palavra. Tanto que no dia seguinte, muito cedo, ordenou a José Palacios que embarcasse a bagagem enquanto o paquete estava na baía, e mandou pedir ao comandante que ancorasse de tarde em frente à fortaleza de Santo Domingo, de modo que pudesse ser visto da varanda da casa. Foram determinações tão precisas que, por não haver dito quem iria viajar com ele, seus oficiais acharam que não levaria ninguém. Wilson procedeu como estava combinado desde janeiro e embarcou sua bagagem sem consultar ninguém.

Até os menos convencidos de que partiria foram despedir-se quando viram passar pelas ruas as seis carroças carregadas em direção ao embarcadouro da baía. O conde de Raigecourt, agora acompanhado de Camille, foi convidado de honra ao almoço. Ela parecia mais jovem, e seus olhos eram menos cruéis com o cabelo repuxado num coque, a túnica verde e umas chinelas simples da mesma cor. O general dissimulou com uma galanteria o desgosto de vê-la.

— Muito confiante deve estar a dama em sua beleza para que o verde lhe fique bem — disse em castelhano.

O conde traduziu, e Camille soltou uma risada de mulher livre que saturou a casa com seu hálito de alcaçuz. "Não vamos começar outra vez, dom Simón", disse. Alguma coisa tinha mudado em ambos, pois nenhum dos dois se atreveu a reiniciar o torneio retórico da primeira vez, por temor de machucar o outro. Camille o esqueceu, borboleteando contente entre uma multidão instruída adrede para falar francês em acontecimentos como aquele. O general foi conversar com frei Sebastián de Sigüenza, um santo homem que gozava de merecido prestígio por ter tratado Humboldt da varíola contraída em sua passagem pela cidade no ano zero. O próprio frade era o único que não dava importância ao caso. "O senhor dispôs que uns morram de varíola e outros não, e o barão era destes últimos", dizia. O general tinha querido conhecê-lo em sua viagem anterior, quando soube que curava trezentas doenças diferentes com tratamentos à base de sumo de babosa.

Montilla deu ordem para prepararem o desfile militar de despedida, quando José Palacios voltou do porto com o recado de que o vapor ancoraria defronte da casa depois do almoço. Por causa do sol dessa hora, em pleno mês de junho, mandou colocar toldos nas faluas que levariam o general a bordo, saindo da fortaleza de Santo Domingo. Às onze, a casa estava repleta de convidados e não convidados que se derretiam de calor, quando serviam a comprida mesa com toda espécie de curiosidades da cozinha local. Camille não conseguiu entender a causa da comoção que fez estremecer a sala, até que ouviu a voz amortecida bem perto de seu ouvido: *"Après vous, madame."* O general a ajudou a servir-se de um pouco de tudo, explicando o nome, a receita e a origem de cada prato, e depois se serviu de uma porção mais farta, ante o espanto de sua cozinheira, a quem uma hora antes tinha rejeitado umas guloseimas mais deliciosas que as expostas na mesa. Em seguida, abrindo passagem por entre os grupos que procuravam lugar para sentar, conduziu Camille até o remanso de grandes flores equatoriais do balcão interno, e a abordou sem preâmbulos.

— Será muito bom nos vermos em Kingston.

— Nada me seria mais agradável — disse ela, sem qualquer surpresa. — Adoro os Montes Azuis.

— Sozinha?

— Esteja com quem estiver, sempre estarei sozinha — disse ela. E acrescentou, maldosa: — Excelência.

Ele sorriu.

— Tratarei de procurá-la por intermédio de Hyslop.

Foi tudo. Guiou-a de novo através da sala até onde a tinha encontrado, despediu-se dela com uma mesura de contradança, abandonou o prato intacto no parapeito de uma janela e voltou ao seu lugar. Ninguém soube quando tomou a decisão de ficar, nem por que a tomou. Estava sendo atormentado pelos políticos, que falavam de rixas locais, quando se voltou de chofre para Raigecourt e, sem propósito, disse para ser ouvido por todos:

— O senhor tem razão, conde. Que vou eu fazer com tantas mulheres neste estado lamentável em que me encontro?

— É mesmo, general — disse o conde com um suspiro. E se apressou em acrescentar: — Em compensação, na semana que vem chega a *Shannon,* uma fragata inglesa que não somente tem um bom camarote, como um excelente médico.

— Isso é pior que cem mulheres — disse o general.

Em todo caso, a explicação foi apenas um pretexto, porque um dos oficiais estava disposto a lhe ceder o camarote até a Jamaica. José Palacios foi o único a dar razão exata, com sua sentença infalível: "O que o meu senhor pensa, só o meu senhor sabe." Aliás, não teria podido viajar de modo algum, porque o paquete encalhou quando ia buscá-lo em frente a Santo Domingo, e sofreu uma avaria séria.

Ficou, pois, com a única condição de não continuar na casa de Montilla. O general a achava a mais bonita da cidade, mas era úmida demais para os seus ossos, devido à proximidade do mar, sobretudo no inverno, quando acordava com os lençóis ensopados. O que sua saúde reclamava eram ares menos heráldicos que os do recinto amuralhado. Montilla o interpretou como indício de que ficava por muito tempo, e se apressou em atendê-lo.

Nas faldas do morro da Popa havia um subúrbio de recreação que os próprios cartagenenses tinham incendiado em 1815 para que as tropas monarquistas que tornavam a reconquistar a cidade não tivessem onde acampar. O sacrifício de nada serviu, porque os espanhóis tomaram o recinto fortificado depois de 116 dias de sítio, durante os quais os sitiados comeram até as solas dos sapatos, e mais de seis mil morreram de fome. Quinze anos depois, a planura calcinada continuava exposta aos sóis indignos das duas da tarde. Uma das poucas casas reconstruídas foi a do comerciante inglês Judah Kingseller, que andava viajando naqueles dias. Essa casa chamara a atenção do general quando chegou de

Turbaco, pelo teto de folhas de palmeira muito bem-cuidado e as paredes de cores festivas, e por ficar quase escondida no meio de um pomar. O general Montilla achava que era muito pouca casa para a categoria do inquilino, mas este obtemperou que tanto lhe fazia dormir na cama com uma duquesa como embrulhado em sua capa no chão de uma pocilga. Alugou-a, então, por tempo indeterminado, pagando a mais pela cama e o lavatório, os seis tamboretes de couro da sala e o alambique de artesão onde o senhor Kingseller destilava o seu álcool pessoal. O general Montilla mandou levar uma poltrona de veludo de sua residência e fez construir um galpão de pau a pique para os granadeiros da guarda. A casa era fresca por dentro nas horas de mais sol e menos úmida em qualquer tempo do que a do marquês de Valdehoyos, e tinha quatro quartos abertos ao vento por onde passeavam os iguanas. A insônia era menos árida na madrugada, quando se ouviam as explosões instantâneas das frutas-de-conde maduras ao caírem do pé. De tarde, sobretudo nos tempos de grandes chuvas, viam-se passar os cortejos de pobres levando os seus afogados para o velório no convento.

Desde que se mudou para o Pie de la Popa, o general não voltou mais de três vezes ao recinto murado, e apenas para posar para Antonio Meucci, um pintor italiano de passagem por Cartagena. Sentia-se tão fraco que tinha de posar sentado, no terraço interno da mansão do marquês, entre as flores silvestres e a festa dos passarinhos, e não conseguia ficar imóvel por mais de uma hora. Gostou do retrato, embora fosse evidente que o artista o tinha visto com demasiada compaixão.

O pintor granadino José Maria Espinosa o pintara no palácio do governo de Santa Fé, pouco antes do atentado de setembro, e o retrato lhe pareceu tão diferente da imagem que tinha de si mesmo que não pôde resistir ao impulso de desabafar com o general Santana, seu secretário da época.

— Sabe com quem parece esse retrato? — disse. — Com aquele velho Olaya, de La Mesa.

Quando Manuela Sáenz soube, ficou chocada, pois conhecia o tal velho.

— Acho que você está gostando muito pouco de si mesmo — disse ela. — Olaya tinha quase 80 anos a última vez que o vimos, e não se aguentava em pé.

O mais antigo dos seus retratos era uma miniatura anônima pintada em Madri quando tinha 16 anos. Aos trinta e dois fizeram-lhe outro no Haiti, e os dois eram fiéis à sua idade e à sua índole caribe. Tinha uma linha de sangue africana, de parte de um tataravô paterno que fez um filho numa escrava, e isso era tão evidente em seus traços que os aristocratas de Lima o chamavam de El Zambo. Mas à medida que sua glória aumentava, os pintores o idealizavam, lavavam-lhe o sangue, o mitificavam, até que o implantaram na memória oficial com o perfil romano de suas estátuas. Mas o retrato de Espinosa não se parecia com ninguém a não ser com ele, aos 45 anos, já carcomido pela moléstia que se empenhou em esconder, inclusive de si mesmo, até as vésperas da morte.

Numa noite chuvosa, ao despertar de um sono intranquilo na casa do Pie de la Popa, o general viu uma criatura evangélica sentada a um canto do quarto, com a túnica de cânhamo cru de uma congregação laica e o cabelo enfeitado com uma coroa de vaga-lumes. Durante a colônia, os viajantes europeus se surpreendiam ao ver os indígenas iluminando o caminho com um frasco cheio desses bichos. Mais tarde, foram moda republicana das mulheres, que os usavam como grinaldas acesas no cabelo, como diademas de luz na testa, como broches fosforescentes no peito. A moça que entrou aquela noite no quarto os trazia costurados numa fita que lhe iluminava o rosto com um resplendor fantasmagórico. Era lânguida e misteriosa, o cabelo já começando a grisalhar aos 20 anos, e ele logo descobriu as centelhas da virtude que mais apreciava numa mulher: a inteligência por desbravar. Tinha chegado ao acampamento dos granadeiros oferecendo-se por qualquer coisa, e o oficial de turno a achou tão estranha que indagou de José Palacios se não interessaria ao general. Ele a convidou a deitar-se a seu lado, pois não se sentiu com forças para a levar nos braços até a rede. Ela tirou a fita da cabeça, guardou os vaga-lumes dentro de um gomo de cana que trazia consigo, e deitou-se ao lado dele. Ao fim de uma conversa desataviada, o general arriscou perguntar o que pensavam dele em Cartagena.

— Dizem que Sua Excelência está bem, mas que se faz de doente para ficarem com pena — disse ela.

Ele tirou a camisa de dormir e pediu à moça que o examinasse à luz do candeeiro. Então ela conheceu palmo a palmo o corpo mais estragado que se podia imaginar: o ventre esquálido, as pernas e os braços em pele e osso, e todo ele envolvido numa pelanca glabra de palidez mortal, com uma cabeça que parecia de outro, tão curtida estava pela intempérie.

— Só o que me falta é morrer — disse.

A moça insistiu.

— As pessoas dizem que foi sempre assim, mas que agora lhe convém que todo mundo saiba.

Ele não se rendeu à evidência. Continuou dando provas terminantes de sua doença, enquanto ela sucumbia a intervalos num sono fácil e continuava a responder dormindo sem perder o fio do diálogo. Ele nem sequer a tocou durante toda a noite, contentando-se com sentir a reverberação de sua adolescência. De repente, logo ao lado da janela, o capitão Iturbide começou a cantar: *"Se a tempestade continua e o furacão recrudesce, abraça-te a mim, e que o mar nos devore."* Era uma canção de outros tempos, de quando o estômago ainda suportava o terrível poder de evocação das goiabas maduras e a inclemência de uma mulher no escuro. O general e a moça a ouviram juntos, quase com devoção, mas ela adormeceu no meio da canção seguinte, e ele caiu pouco depois num marasmo sem sossego. O silêncio era tão puro depois da música que os cachorros se assanharam quando ela se levantou na ponta dos pés para não acordar o general. Ele a ouviu procurando às apalpadelas o trinco.

— Você vai embora virgem — disse.

Ela respondeu com um riso festivo:

— Ninguém é virgem depois de uma noite com Sua Excelência.

Foi embora, como todas. Pois das tantas mulheres que passaram por sua vida, muitas por breves horas, não houve uma só a quem insinuasse a ideia de ficar. Em suas urgências de amor era capaz de mudar o mundo para ir encontrá-las. Uma vez saciado, bastava-lhe a sensação de tê-las presentes na lembrança, de se entregar a elas de longe em cartas arrebatadas, de lhes mandar presentes avassaladores para se defender do esquecimento, mas sem comprometer nem um mínimo de sua vida num sentimento mais parecido com a vaidade do que com o amor.

Naquela noite, apenas ficou sozinho, levantou-se para ir ao encontro de Iturbide, que conversava com outros oficiais junto à fogueira do pátio, e o fez cantar até o amanhecer, acompanhado à guitarra pelo coronel José de la Cruz Paredes. Todos perceberam o seu mau estado de espírito pelas canções que pedia.

De sua segunda viagem à Europa voltara entusiasmado com os *couplets* em moda, que cantava a plenos pulmões e dançava com uma graça insuperável nos casamentos da gente rica de Caracas. As guerras lhe mudaram o gosto. As canções românticas de inspiração popular que o haviam conduzido pelos mares de dúvidas dos seus primeiros amores foram substituídas pelas valsas suntuosas e as marchas triunfais. Naquela noite em Cartagena voltara a pedir as canções da juventude, algumas tão antigas que teve de ensiná-las a Iturbide, jovem demais para as conhecer. O auditório foi minguando à medida que o general sangrava por dentro, e acabou só com Iturbide junto aos rescaldos da fogueira.

Era uma noite estranha, sem uma única estrela no céu, e soprava um vento de mar carregado do choro dos órfãos e de cheiros podres. Iturbide era homem de grandes silêncios, capaz de amanhecer contemplando as cinzas geladas sem piscar, com a mesma inspiração com que podia cantar sem pausa uma noite inteira. O general, enquanto atiçava o fogo com uma vara, rompeu o encanto:

— Que se diz no México?

— Não tenho ninguém lá — disse Iturbide. — Sou um desterrado.

— Aqui todos somos — disse o general. — Só vivi seis anos na Venezuela desde que isso começou, e o resto passei vagando por meio mundo. Você não imagina o que eu daria agora para estar comendo um cozido em San Mateo. Com o pensamento perdido nos engenhos da infância, caiu num profundo silêncio, a contemplar o fogo agonizante. Quando falou de novo, tinha voltado a pisar em terra firme.

— A coisa é que deixamos de ser espanhóis e depois andamos daqui para lá, em países que mudam tanto de nome e de governo de um dia para o outro que já nem sabemos onde *carajos* estamos. — Tornou a fitar por longo tempo as cinzas e perguntou em outro tom: — E havendo tantos países no mundo, como foi que nos ocorreu vir para cá?

Iturbide respondeu com um extenso rodeio.

— No colégio militar nos ensinavam a fazer a guerra no papel — disse. — Combatíamos com soldadinhos de chumbo em mapas de gesso, aos domingos nos levavam para os campos próximos, entre as vacas e as senhoras que voltavam da missa, e o coronel disparava um canhonaço para nos acostumarmos com o susto da explosão e o cheiro da pólvora. Imagine que o mais famoso dos professores era um inglês aleijado que nos ensinava a cair mortos dos cavalos.

O general o interrompeu:

— E você queria a guerra de verdade.

— A sua, general — disse Iturbide. — Mas vai fazer dois anos que me admitiram, e ainda não consegui saber como é um combate em carne e osso.

O general continuou sem olhá-lo de frente.

— Pois se enganou de destino — disse. — Aqui, em matéria de guerras, só haverá as que fazemos uns contra os outros, e essas são como matar a própria mãe.

José Palacios lhe recordou da sombra que estava quase amanhecendo. Ele então espalhou as cinzas com a vara e, enquanto se levantava agarrado ao braço de Iturbide, disse:

— Eu, em seu lugar, fugiria daqui, voando, antes que a desonra me alcançasse.

José Palacios repetiu até a morte que a casa do Pie de la Popa estava tomada por fados adversos. Mal haviam acabado de se instalar, chegou da Venezuela o tenente da marinha José Tomás Machado com a notícia de que vários cantões militares tinham tomado posição contra o governo separatista, e ganhava força um novo partido favorável ao general. Este o recebeu a sós e escutou com atenção, mas sem muito entusiasmo. "As notícias são boas, mas tardias", disse. "E quanto a mim, que pode um pobre inválido contra o mundo inteiro?" Deu instruções para que hospedassem o emissário com todas as honras, mas não prometeu nenhuma resposta.

— Não espero salvação para a pátria — disse.

Entretanto, apenas despediu o capitão Machado, voltou-se para Carreño e perguntou: "Soube de Sucre?" Sim: tinha saído de Santa Fé em meados de maio, com pressa, para ser pontual no dia do seu santo com a mulher e a filha.

— Ia com tempo — concluiu Carreño —, pois o presidente Mosquera cruzou com ele na estrada de Popayán.

— Como assim? — disse o general, surpreendido. — Foi por terra?

— Foi, meu general.

— Deus dos pobres! — disse.

Teve um pressentimento. Na mesma noite recebeu a notícia de que Sucre havia sido emboscado e assassinado a tiros pelas costas quando atravessava a tenebrosa passagem de Berruecos, no dia 4 de junho. Montilla chegou com a má notícia quando o general acabava de tomar o banho noturno. Mal a ouviu até o fim. Deu um tapa na testa e puxou a toalha onde estava ainda a louça da ceia, enlouquecido por uma de suas cóleras bíblicas:

— Merda! — gritou.

Ainda ressoavam pela casa os ecos do escarcéu quando ele recuperou o domínio de si mesmo. Afundou na cadeira, rugindo: "Foi Obando." E repetiu muitas vezes: "Foi Obando, assassino a soldo dos espanhóis." Referia-se ao general José Maria Obando, chefe de Pasto, na fronteira sul de Nova Granada, que assim privava o general de seu único sucessor possível e assegurava para si a presidência da república esquartejada, para entregá-la a Santander. Um dos conjurados contou em suas memórias que, ao sair da casa onde se combinou o crime, na praça central de Santa Fé, sofreu uma comoção da alma ao ver o marechal Sucre, na neblina gelada do crepúsculo, com seu sobretudo de pano preto e seu chapéu de pobre, passeando sozinho com as mãos nos bolsos pelo adro da catedral.

Na noite em que soube da morte de Sucre, o general teve um vômito de sangue. José Palacios o ocultou, tal como em Honda, onde o surpreendera de cócoras lavando o chão do banheiro com uma esponja. Guardou os dois segredos sem que ele pedisse, achando que não era o caso de acrescentar outras notícias más onde já havia tantas.

Numa noite como essa, em Guayaquil, o general tomara consciência de sua velhice prematura. Ainda usava o cabelo comprido até os ombros e amarrado na nuca com uma fita, para maior comodidade nas batalhas da guerra e do amor, mas então notou que estava quase branco, e o rosto murcho e triste. "Se você me visse, não me reconheceria", escreveu a um amigo. "Tenho 41 anos, mas pareço um velho de 60." Nessa noite cortou o cabelo. Pouco depois, em Potosí, procurando conter o vendaval da juventude a lhe fugir por entre os dedos, raspou o bigode e as suíças.

Depois do assassinato de Sucre renunciou aos artifícios de toucador para disfarçar a velhice. A casa do Pie de la Popa mergulhou no luto. Os oficiais pararam de jogar e passavam as noites em claro, conversando no pátio até muito tarde, em redor da fogueira perpétua para espantar os pernilongos, ou no dormitório comum, nas redes penduradas em alturas diferentes.

O general deu para destilar suas amarguras gota a gota. Escolhia ao acaso dois ou três dos oficiais e os mantinha em vigília mostrando-lhes o pior que guardava no podredouro de seu coração. Contou-lhes mais uma vez a velha história de que seus exércitos tinham estado à beira da dissolução por causa da avareza com que Santander, como presidente em exercício da Colômbia, resistia a lhe mandar tropas e dinheiro para completar a libertação do Peru.

— É sovina e mesquinho por natureza — dizia —, mas suas razões eram ainda mais miúdas: o bestunto não lhe dá para enxergar além das fronteiras coloniais.

Repetiu pela milésima vez a ladainha de que o golpe mortal contra a integração fora convidar os Estados Unidos para o congresso do Panamá, como fez Santander por sua conta e risco, quando se tratava de nada menos que proclamar a unidade da América.

— É como convidar o gato para a festa dos ratos — disse. — E tudo porque os Estados Unidos ameaçavam nos acusar de estar transformando o continente numa liga de estados populares contra a Santa Aliança. Quanta honra!

Repetiu mais uma vez sua repulsa pelo sangue-frio com que Santander chegava ao extremo em seus propósitos. "É um peixe morto", dizia. Repetiu pela milésima vez a acusação sobre os empréstimos que Santander recebera de Londres e a complacência com que tinha patrocinado a corrupção de seus amigos. Cada vez que falava nisso, em particular ou em público, acrescentava uma gota de veneno à atmosfera política que não parecia suportar nem mais uma só. Mas não podia se conter.

— Foi assim que o mundo começou a se acabar — dizia.

Era tão rigoroso no manejo dos dinheiros públicos que não conseguia voltar a esse assunto sem perder as estribeiras. Quando presidente, tinha decretado a pena de morte para todo funcionário público que malversasse ou roubasse mais de 10 pesos. Em troca, era tão desprendido com seus bens pessoais que em poucos anos gastou na guerra de independência grande parte da fortuna herdada de seus antepassados. Seus soldos eram distribuídos entre as viúvas e os inválidos de guerra. Doou aos sobrinhos os engenhos herdados, e às irmãs a casa de Caracas; a maior parte de suas terras foi repartida entre os numerosos escravos que libertou antes mesmo de abolida a escravidão. Rejeitou um milhão de pesos oferecidos pelo congresso de Lima na euforia da libertação. A quinta de Monserrate, que o governo lhe adjudicou para que tivesse um lugar condigno onde viver, foi presenteada a um amigo em dificuldades, poucos dias antes da renúncia. No Apure, levantou-se da rede em que estava dormindo e a deu de presente a um guia para que suasse a febre, continuando ele a dormir no chão, embrulhado num capote de campanha. Os 20 mil pesos duros que queria pagar com seu dinheiro ao educador quacre José Lancaster não eram uma dívida sua, mas do estado. Os cavalos que tanto amava iam sendo deixados aos amigos que encontrava pelo caminho, até Pombo Branco, o mais conhecido e glorioso, que ficou na Bolívia presidindo as cavalariças do marechal de Santa Cruz. Assim é que o assunto dos empréstimos malbaratados o arrastava sem controle aos extremos da perfídia.

— Cassandro saiu limpo, como no 25 de setembro, claro, porque é um mágico para guardar as aparências — dizia a quem quisesse ouvir. — Mas seus amigos levavam de novo para a Inglaterra o mesmo dinheiro que os ingleses tinham emprestado à nação com juros leoninos, e os multiplicavam a seu favor com negócios de usurários.

Mostrou a todos, noites a fio, os desvãos mais turvos de sua alma. Na madrugada do quarto dia, quando a crise parecia eterna, assomou à porta do pátio com a mesma roupa que vestia quando recebera a notícia do crime, chamou à parte o general Briceño Méndez e conversou com ele até o canto dos primeiros galos. O general em sua rede com mosquiteiro, e Briceño Méndez em outra, pendurada ao lado por José Palacios. Talvez nenhum dos dois tivesse consciência de quanto haviam deixado para trás os hábitos sedentários da paz. Tinham retrocedido em poucos dias às noites incertas dos acampamentos. Daquela conversa ficou claro para o general que a inquietação e os desejos expressados por José Maria Carreño em Turbaco não eram apenas dele, mas que a maioria dos oficiais venezuelanos os partilhava. Estes, depois do que tinham sofrido com o comportamento dos granadinos, se sentiam mais venezuelanos do que nunca, mas estavam dispostos a morrer pela integridade. Se o general os tivesse mandado lutar na Venezuela, teriam ido sem vacilar. E Briceño Méndez antes de qualquer outro.

Foram os dias piores. A única visita que o general concordou em receber foi a do general polonês Miecieslaw Napierski, herói da batalha de Friedland e sobrevivente do desastre de Leipzig, que chegara naqueles dias, recomendado pelo general Poniatowski, para ingressar no exército da Colômbia.

— Chega tarde — dissera-lhe o general. — Aqui não sobra nada.

Depois da morte de Sucre, sobrava menos que nada. Assim deu ciência a Napierski, e assim deu ciência este em seu diário de viagem, que um grande poeta granadino havia de resgatar para a história 180 anos depois. Napierski chegara a bordo da *Shannon*. O comandante o acompanhou à casa do general, que lhes falou do seu desejo de viajar para a Europa, mas nenhum dos dois notou nele uma disposição real de embarcar. Como a fragata faria escala em La Guayra, tocando de novo em Cartagena antes de voltar a Kingston, o general deu ao capitão uma carta para seu procurador venezuelano no negócio das minas de Aroa, com a esperança de que na volta lhe mandasse algum dinheiro. Mas a fragata retornou sem resposta, o que o deixou tão abatido que ninguém ousou lhe perguntar se ia partir.

Não houve uma única notícia de consolo. José Palacios, por sua parte, cuidou de não agravar as que chegavam, tratando de retardá-las o mais possível. O que preocupava os oficiais do séquito, e que ocultavam ao general para não o afligir ainda mais, era que os hussardos e granadeiros da guarda estavam espalhando a semente de fogo de uma blenorragia imortal. Começou com duas mulheres que passaram pela guarnição inteira nas noites de Honda, e os soldados continuaram a disseminá-la com seus amores de ocasião por onde quer que andassem. Naquele momento ninguém da tropa estava a salvo, embora não houvesse remédio acadêmico ou artifício de curandeiro que deixassem de experimentar.

Não eram infalíveis os cuidados de José Palacios para poupar amarguras inúteis ao amo. Uma noite, um bilhete sem assinatura passou de mão em mão, e não se sabe como chegou até a rede do general. Ele o leu sem óculos, à distância do braço, e logo o levou até a chama da vela, segurando-o com os dedos até se consumir de todo.

Era de Josefa Sagrario. Ela chegara na segunda-feira, com o marido e os filhos, de passagem para Mompox, animada pela notícia de que o general fora deposto e ia deixar o país. Ele não revelou nunca o que dizia a mensagem, mas naquela noite deu mostras de uma grande ansiedade, e na manhã seguinte mandou a Josefa Sagrario uma proposta de reconciliação. Ela resistiu às súplicas e prosseguiu viagem conforme o previsto, sem um instante de fraqueza. Seu único motivo, segundo disse a José Palacios, era que não tinha nenhum sentido fazer as pazes com um homem a quem já considerava morto.

Naquela semana se soube que estava recrudescendo em Santa Fé a guerra pessoal de Manuela Sáenz pela volta do general. No propósito de lhe tornar a vida impossível, o ministério do interior tinha pedido a entrega dos arquivos que ela custodiava. Manuela recusou, e pôs em marcha uma campanha de provocações que estava enlouquecendo o governo. Armava escândalos, distribuía folhetos glorificando o general, apagava as inscrições a carvão nas paredes públicas, ajudada por duas de suas escravas guerreiras. Era de domínio público que adentrava os quartéis com uniforme de coronel, e tanto participava das festas dos soldados quanto das conspirações dos oficiais. O rumor mais insistente era de que estava promovendo, à sombra de Urdaneta, uma rebelião armada para restabelecer o poder absoluto do general.

Era difícil acreditar que ele tivesse forças para tanto. As febres do entardecer se tornaram cada vez mais pontuais, e a tosse era dilacerante. Uma madrugada, José Palacios o ouviu gritar: "Puta pátria!" Irrompeu no quarto, alarmado ao ouvir a exclamação que o general censurava em seus oficiais, e o encontrou com a bochecha ensanguentada. Tinha se cortado ao fazer a barba, e estava mais indignado com a própria falta de jeito do que com o contratempo. O boticário que o atendeu, chamado de urgência pelo coronel Wilson, o encontrou tão desesperado que tentou tranquilizá-lo com umas gotas de beladona. Ele o deteve em seco:

— Me deixe como estou — disse. — O desespero é a saúde dos perdidos.

Sua irmã Maria Antonia lhe escreveu de Caracas: "Todos se queixam de que você não quis vir dar um jeito nesta desordem", dizia. Os padres das aldeias estavam firmes com ele, as deserções no exército eram incontroláveis, e os montes estavam cheios de gente armada que dizia só querer saber dele. "Isto é uma sarabanda de loucos que não se entendem eles próprios, que fizeram sua revolução", escrevia a irmã. Pois enquanto uns clamavam por ele, as paredes de meio país amanheciam pintadas de injúrias. Sua família, diziam os pasquins, devia ser exterminada até a quinta geração.

Quem deu o golpe de misericórdia foi o congresso da Venezuela, reunido em Valencia, ao coroar suas deliberações com a separação definitiva e a declaração solene de que não haveria acordo com Nova Granada e o Equador enquanto o general estivesse em território colombiano. Tanto quanto o fato em si, doeu-lhe que a nota oficial de Santa Fé fosse transmitida por um antigo conspirador do 25 de setembro, seu inimigo de morte, que o presidente Mosquera fizera regressar do exílio para nomeá-lo ministro do interior. "Confesso que este é o acontecimento que mais me feriu na vida", disse o general. Passou a noite em claro, ditando a vários secretários diferentes versões para uma resposta, mas foi tanta sua raiva que pegou no sono. Ao amanhecer, depois de uma noite inquieta, disse a José Palacios:

— No dia em que eu morrer os sinos vão repicar em Caracas.

Houve mais. Ao ter notícia da morte, o governador de Maracaibo escreveria: "Apresso-me a participar a nova deste grande acontecimento, que sem dúvida há de produzir inúmeros benefícios para a causa da liberdade e a felicidade do país. O gênio do mal, o pomo da discórdia, o opressor da pátria deixou de existir." O anúncio, destinado de início a informar o governo de Caracas, acabou se convertendo numa proclamação nacional.

Em meio ao horror daqueles dias infaustos, José Palacios anunciou para o general, às 5 horas da manhã, a data de seu aniversário: "Vinte e quatro de julho, dia de santa Cristina, virgem e mártir." Ele abriu os olhos, e mais uma vez deve ter tido consciência de ser um eleito da adversidade.

Não tinha o costume de comemorar o aniversário, mas apenas o onomástico. Havia 11 são Simões no santoral católico, e ele preferiria ter sido batizado em honra ao cireneu que ajudou Cristo a carregar a cruz, mas o destino lhe deparou outro Simão, o apóstolo e pregador no Egito e na Etiópia, cuja data é 28 de outubro. Num dia como esse, em Santa Fé, lhe puseram durante a festa uma coroa de louros. Ele tirou-a de bom humor, e a pôs com toda a sua malícia no general Santander, que a assumiu sem se dar por achado. Mas a conta de sua vida não se fazia pelo nome, e sim pelos anos. Os 47 tinham para ele uma significação especial, porque em 24 de julho do ano anterior, em Guayaquil, em meio às más notícias de toda parte e ao delírio de suas febres perniciosas, um pressentimento o fez estremecer. A ele, que nunca admitira a realidade dos pressentimentos. O sinal era nítido: se conseguisse ficar vivo até o aniversário seguinte, não haveria morte capaz de matá-lo. O mistério desse oráculo secreto era a força que o sustentara até aquele dia, contra toda razão.

— Quarenta e sete anos, *carajos* — murmurou. — E eu estou vivo!

Endireitou-se na rede, com as forças restabelecidas e o coração alvoroçado pela certeza maravilhosa de estar a salvo de todo mal. Chamou Briceño Méndez, cabeça dos que queriam partir para a Venezuela a lutar pela integridade da Colômbia, e lhe transmitiu a graça concedida a seus oficiais por motivo do seu aniversário.

— De tenente para cima — disse —, todo aquele que quiser ir combater na Venezuela que prepare os seus trastes.

O general Briceño Méndez foi o primeiro. Outros dois generais, quatro coronéis e oito capitães da guarnição de Cartagena se juntaram à expedição. Mas quando Carreño recordou a promessa anterior do general, este disse:

— Você está reservado para destinos mais altos.

Duas horas antes da partida, decidiu que José Laurencio Silva também fosse embora, pois tinha a impressão de que a ferrugem da rotina estava agravando nele a obsessão pelos olhos. Silva declinou da honra.

— Este ócio também é uma guerra, e das mais duras — disse. — De modo que fico por aqui, se o meu general não ordenar outra coisa.

Em troca, Iturbide, Fernando e Andrés Ibarra não conseguiram ser admitidos. "Se você tiver de ir, será para outro lugar", disse o general a Iturbide. A Andrés alegou um motivo insólito, dizendo que o general Diego Ibarra já estava na luta, e que dois irmãos eram demais para a mesma guerra. Fernando nem sequer se ofereceu, porque estava certo de receber a mesma resposta de sempre: "Um homem vai inteiro para a guerra, mas não pode mandar seus dois olhos e sua mão direita." Resignou-se, com o consolo de que aquela resposta era de certo modo uma distinção militar.

Na mesma noite em que foram aprovados, Montilla trouxe os recursos para a viagem, e participou da cerimônia simples em que o general se despediu de um por um, com um abraço e uma frase. Foram separados e por caminhos diferentes, uns pela Jamaica, outros por Curaçao, outros por Guajira, e todos à paisana, sem armas e sem nada que pudesse delatar sua identidade, como haviam aprendido nas ações clandestinas contra os espanhóis. Ao amanhecer, a casa do Pie de la Popa era um quartel desmantelado, mas o general ficou fortalecido pela esperança de que uma nova guerra fizesse reverdecer os louros de outrora.

O general Rafael Urdaneta tomou o poder a 5 de setembro. Esgotara-se o mandato do congresso constituinte e, não havendo outra autoridade válida para legitimar o golpe, os rebeldes apelaram para o conselho municipal de Santa Fé, que reconheceu Urdaneta como encarregado do poder enquanto o general não o assumia. Assim culminou uma insurreição das tropas e oficiais venezuelanos acantonados em Nova Granada, que derrotaram as forças do governo com o apoio dos pequenos proprietários da savana e do clero rural. Era o primeiro golpe de estado da república da Colômbia, e a primeira das 49 guerras civis que o país iria sofrer no que faltava do século. O presidente Joaquín Mosquera e o vice-presidente Caycedo, solitários em meio ao nada, abandonaram seus cargos. Urdaneta apanhou o poder no chão, e seu primeiro ato de governo foi enviar uma delegação pessoal a Cartagena, para oferecer ao general a presidência da república.

José Palacios não se lembrava de ter visto o amo com uma saúde tão estável como naqueles dias, pois as dores de cabeça e as febres da tarde depuseram as armas apenas chegou a notícia do golpe militar. Mas também nunca o vira em estado de tamanha ansiedade. Preocupado, Montilla tinha conseguido a cumplicidade de frei Sebastián de Sigüenza para dar ao general uma ajuda encoberta. O frade aceitou de bom grado, e trabalhou bem, deixando-se vencer no xadrez durante as tardes áridas em que esperavam os emissários de Urdaneta.

O general aprendera a mover as peças em sua segunda viagem à Europa, e pouco lhe faltou para se tornar um mestre jogando com o general O'Leary nas noites mortas da longa campanha do Peru. Porém não se sentiu capaz de ir mais longe. "O xadrez não é um jogo, é uma paixão", dizia. "Eu prefiro outras, mais arrojadas." Entretanto, incluíra o xadrez nos programas de instrução pública, como um dos jogos úteis e honestos que deviam ser ensinados na escola. A verdade é que nunca persistiu porque seus nervos não tinham sido feitos para um jogo tão sóbrio e a concentração exigida lhe fazia falta para assuntos mais graves.

Frei Sebastián o encontrava balançando-se a empurrões na rede que mandara armar em frente à porta da rua, para vigiar o caminho de poeira abrasadora por onde deviam aparecer os emissários de Urdaneta. "Ah, padre", dizia, ao vê-lo chegar. "O senhor não me assusta." Mal se sentava para mover suas peças: depois de cada lance se punha de pé, enquanto o frade pensava.

— Não me distraia, Excelência — dizia frei Sebastián —, que eu o como vivo.

O general ria:

— Quem almoça com a soberba janta com a vergonha.

O'Leary costumava parar junto à mesa para estudar o tabuleiro e lhe sugerir alguma jogada. Ele rejeitava, indignado. Em compensação, cada vez que ganhava, saía para o pátio, onde os oficiais jogavam cartas, e cantava vitória. Na metade de uma partida, o religioso lhe perguntou se não pensava em escrever suas memórias.

— Nunca — disse ele. — Isso é coisa de gente morta.

O correio, que foi uma de suas obsessões dominantes, transformou-se num martírio. Mais ainda naquelas semanas de confusão em que os estafetas de Santa Fé se demoravam à espera de novas notícias, e os correios de ligação se cansavam de esperar por eles. Ao mesmo tempo, os correios clandestinos se tornaram mais pródigos e apressados. De modo que o general tinha notícia das notícias antes de chegarem, e lhe sobrava tempo para amadurecer suas decisões.

Quando soube que os emissários estavam perto, em 17 de setembro, mandou Carreño e O'Leary esperá-los na estrada de Turbaco. Eram os coronéis Vicente Piñeres e Julián Santa Maria, cuja primeira surpresa foi o bom estado de espírito em que encontraram o doente desenganado de que tanto se falava em Santa Fé. Improvisou-se na casa um ato solene, com a presença de próceres civis e militares, no qual se pronunciaram discursos de ocasião e se brindou à saúde da pátria. Mas no final reteve os emissários, e se disseram, a sós, as verdades. O coronel Santa Maria, que era afeiçoado ao patético, deu a nota culminante: se o general não aceitasse o comando ia haver uma espantosa anarquia no país. Ele se esquivou.

— Primeiro existir para depois modificar — disse. — Só quando se desanuviar o horizonte político é que saberemos se há pátria ou não há pátria.

O coronel Santa Maria não entendeu.

— Quero dizer que o mais urgente é reunificar o país pelas armas — disse o general. — Mas a extremidade do fio não está aqui, está na Venezuela.

A partir de então, seria a sua ideia fixa: começar de novo, do princípio, sabendo que o inimigo estava dentro e não fora da própria casa. As oligarquias de cada país, que em Nova Granada eram representadas pelos santanderistas, e pelo próprio Santander, tinham declarado guerra de morte à ideia da integridade, por ser contrária aos privilégios locais das grandes famílias.

— Essa é a causa real e única desta guerra de dispersão que nos mata — disse o general. — E o mais triste é que pensam estar mudando o mundo, quando o que estão fazendo é perpetuar o pensamento mais atrasado da Espanha.

Prosseguiu de um fôlego só:

— Eu sei que zombam de mim porque numa mesma carta, num mesmo dia, a uma pessoa digo uma coisa, e a outra o contrário; que aprovei o projeto de monarquia, que não o aprovei, ou que em outro lugar estou de acordo com as duas coisas ao mesmo tempo.

Acusavam-no de ser instável no modo de julgar os homens e manejar a história, de combater Fernando VII e se abraçar com Morillo, de fazer a guerra de morte contra a Espanha e ser um grande promotor de seu espírito, de se apoiar no Haiti para ganhar e depois considerá-lo um país estrangeiro para não o convidar ao congresso do Panamá, de ter sido maçom e ler Voltaire na missa mas tornar-se um paladino da igreja, de cortejar os ingleses enquanto pretendia se casar com uma princesa da França, de ser frívolo, hipócrita e até desleal, porque adulava os amigos na presença deles e os difamava pelas costas.

— Pois bem, tudo isso é certo, mas circunstancial — disse — porque tudo eu fiz com o único objetivo de tornar este continente um país independente e único, e nisso não tive nem uma contradição, nem uma só dúvida.

E concluiu a seu jeito:

— O mais é sacanagem!

Em carta que mandou dois dias depois ao general Briceño Méndez, escreveu: "Não quis assumir o poder que as atas me conferem, porque não quero passar por chefe de rebeldes e ser nomeado militarmente pelos vencedores." Contudo, nas duas cartas que ditou nessa mesma noite a Fernando para o general Rafael Urdaneta, teve o cuidado de não ser tão radical.

A primeira foi uma resposta formal, cuja solenidade era por demais evidente desde o cabeçalho: "Excelentíssimo Senhor." Nela justificava o golpe pelo estado de anarquia e abandono em que ficara a república com a dissolução do governo anterior. "O povo nesses casos não se engana", escreveu. Mas não havia nenhuma possibilidade de aceitar a presidência. A única coisa que podia oferecer era sua disposição de voltar a Santa Fé para servir ao novo governo como simples soldado.

A outra era uma carta particular, como já indicava a primeira linha: "Meu querido general." Extensa e explícita, não deixava a menor dúvida sobre as razões de sua incerteza.

Como dom Joaquín Mosquera não havia renunciado a seu título, amanhã poderia fazer-se reconhecer como presidente legal e colocá-lo na posição de usurpador. Assim, reiterava o que dissera na carta anterior: enquanto não dispusesse de um mandato diáfano, emanado de uma fonte legítima, não havia possibilidade alguma de assumir o poder.

As duas cartas foram pelo mesmo correio, junto com o original de uma proclamação na qual pedia ao país que esquecesse suas paixões e apoiasse o novo governo. Mas punha-se a salvo de qualquer compromisso. "Embora pareça oferecer muito, não ofereço nada", diria mais tarde. E reconheceu ter escrito algumas frases cujo único propósito era lisonjear quem esperava por isso.

O mais significativo da segunda carta era o tom de comando, surpreendente numa pessoa desprovida de todo poder. Pedia a promoção do coronel Florencio Jiménez, para que fosse ao ocidente com tropas e armamentos bastantes para resistir à guerra ociosa travada contra o governo central pelos generais José Maria Obando e José Hilário Lopes — "Os que assassinaram Sucre", insistia. Também recomendava outros oficiais para diversos cargos importantes. "Atenda o senhor a essa parte", dizia a Urdaneta, "que eu farei o resto, do Magdalena à Venezuela, incluindo Boyacá." Ele próprio se dispunha a marchar sobre Santa Fé à frente de dois mil homens, contribuindo desse modo para o restabelecimento da ordem pública e a consolidação do novo governo.

Não tornou a receber notícias diretas de Urdaneta durante 42 dias. Mas continuou a lhe escrever assim mesmo, durante o longo mês no qual só fez distribuir ordens militares aos quatro ventos. Os navios chegavam e iam embora, mas não se voltou a falar da viagem à Europa, embora ele a lembrasse de vez em quando como modo de pressão política. A casa do Pie de la Popa se converteu no quartel-general de todo o país, e poucas decisões militares deixaram de ser inspiradas ou tomadas por ele, da rede. Passo a passo, quase sem querer, acabou também comprometido nas decisões que iam além dos assuntos militares. E até se ocupava de miudezas, como conseguir emprego nos correios para seu bom amigo, o senhor Tatis, e reincorporar ao serviço ativo o general José Ucrós, que já não suportava a paz de sua casa.

Nesses dias costumava repetir com renovada ênfase uma antiga frase sua: "Estou velho, doente, cansado, desiludido, fustigado, caluniado e mal pago." Entretanto, ninguém que o visse teria acreditado. Pois ao mesmo tempo que parecia só atuar em manobras de gato escaldado para fortalecer o governo, o que fazia na realidade era planejar peça por peça, com autoridade e comando de general em chefe, a minuciosa máquina militar com que se propunha retomar a Venezuela e começar outra vez, dali, a restaurar a aliança de nações maior do mundo.

Não se podia imaginar ocasião mais propícia. Nova Granada estava segura em mãos de Urdaneta, com o partido liberal derrotado e Santander ancorado em Paris. O Equador estava assegurado por Flores, o mesmo caudilho venezuelano, ambicioso e combativo, que separara Quito e Guayaquil da Colômbia para criar uma república nova mas o general confiava em recuperá-lo para sua causa depois de punir os assassinos de Sucre. A Bolívia estava assegurada com o marechal de Santa Cruz, seu amigo, que acabava de lhe oferecer a embaixada junto à Santa Sé. De modo que o objetivo imediato era arrebatar de uma vez por todas ao general Páez o domínio da Venezuela.

O plano militar do general parecia concebido para iniciar a partir de Cúcuta uma ofensiva em grande escala, enquanto Páez se concentrava na defesa de Maracaibo. Mas no dia primeiro de setembro a província de Riohacha depôs o comandante de armas, rejeitou a autoridade de Cartagena e se proclamou venezuelana. Não somente lhe veio de imediato o apoio de Maracaibo como mandaram em seu socorro o general Pedro Carujo, o cabecilha do 25 de setembro, que escapara à justiça com a ajuda do governo da Venezuela.

Montilla foi levar a notícia logo que a recebeu, mas o general já sabia, e estava exultante. Pois a insurreição de Riohacha lhe dava oportunidade para mobilizar contra Maracaibo, a partir de outra frente, forças novas e melhores.

— E mais — disse —, temos Carujo em nossas mãos.

Nessa mesma noite se trancou com seus oficiais e traçou a estratégia com grande precisão, descrevendo os acidentes do terreno, movendo exércitos inteiros como peças de xadrez, antecipando-se aos propósitos mais secretos do inimigo. Não tinha formação acadêmica sequer comparável à de qualquer dos seus oficiais, na maioria formados nas melhores escolas militares da Espanha, mas era capaz de conceber uma situação completa até os últimos detalhes. Sua memória visual era tão surpreendente que podia prever um obstáculo visto muitos anos antes, e embora longe de ser um mestre nas artes da guerra, ninguém o superava em inspiração.

Ao amanhecer, o plano estava pronto em todos os pormenores. Era minucioso e feroz, e tão visionário que o assalto a Maracaibo estava previsto para fins de novembro ou, no pior dos casos, para começo de dezembro. Terminada a revisão final às 8 da manhã de uma terça-feira chuvosa, Montilla lhe fez ver que se notava no plano a falta de um general granadino.

— Em Nova Granada não há um general que valha alguma coisa — disse ele. — Os que não são ineptos são safados.

Montilla procurou amenizar o assunto:

— E o senhor, general, para onde vai?

— Neste momento tanto me faz Cúcuta como Riohacha — disse ele.

Ia se retirando quando o cenho duro do general Carreño lhe recordou a promessa várias vezes desatendida. A verdade é que ele queria tê-lo ao lado, a qualquer custo, mas já não podia mais alimentar seus desejos. Deu-lhe no ombro a palmadinha de sempre, e disse:

— Promessa cumprida, Carreño, você também vai.

A expedição, de dois mil homens, saiu de Cartagena numa data que parecia escolhida como símbolo: 25 de setembro. Era comandada pelos generais Mariano Montilla, José Félix Blanco e José Maria Carreño, que levavam, em separado, a missão de procurar em Santa Marta uma casa de campo de onde o general pudesse acompanhar de perto a guerra, enquanto restabelecia a saúde. "Dentro de dois dias vou para Santa Marta", escreveu a um amigo, "para fazer exercício, para remediar o tédio em que me encontro e para melhorar de temperamento." Dito e feito: em primeiro de outubro empreendeu viagem. No dia seguinte, ainda a caminho, foi mais franco numa carta ao general Justo Briceño: "Sigo para Santa Marta com a ideia de contribuir com minha influência para a expedição que marcha contra Maracaibo." Nesse mesmo dia tornou a escrever a Urdaneta: "Sigo para Santa Marta com a ideia de visitar aquela região, onde nunca estive, e para ver se dou conta de alguns inimigos que influem demais na opinião." Só então revelou o propósito verdadeiro da viagem: "Verei de perto as operações contra Riohacha, e me aproximarei de Maracaibo e das tropas para ver se posso influir em alguma operação importante." De fato, já não era um aposentado que fugia, vencido, para o desterro: era um general em campanha.

A partida de Cartagena fora precedida por urgências de guerra. Não houve tempo para despedidas oficiais, e a notícia foi confiada a muito poucos amigos. Seguindo suas instruções, Fernando e José Palacios deixaram a metade da bagagem aos cuidados de amigos e de casas de comércio, para não arrastar um lastro inútil a uma guerra incerta. Deixaram com o comerciante local Juan Pavajeau dez baús de papéis particulares, com a incumbência de enviá-los a um endereço de Paris que lhe seria comunicado mais tarde. No recibo constava que o senhor Pavajeau deveria queimá-los caso o proprietário não os pudesse reclamar por motivo de força maior.

Fernando depositou na casa bancária de Busch & Companhia duzentas onças de ouro encontradas à última hora, sem rastro algum de origem, entre os objetos do escritório do tio. Também em depósito, deixou com Juan de Francisco Martin um cofre com 35 medalhas de ouro. Confiou-lhe, ademais, uma bolsa de veludo com 294 medalhas grandes de prata, 67 pequenas e 96 médias, e outra igual com quarenta medalhas comemorativas de prata e ouro, algumas com o perfil do general. Deixou também o faqueiro de ouro que trazia desde Mompox num antigo caixote de vinhos, alguma roupa de cama muito usada, dois baús de livros, uma espada com brilhantes e uma escopeta imprestável. Entre muitas outras coisas miúdas, restolho dos tempos idos, havia vários pares de óculos em desuso, com graus ascendentes desde que o general descobrira sua perda incipiente de visão pela dificuldade em se barbear, aos 39 anos, até que a distância do braço não lhe deu mais para ler.

José Palacios, por sua parte, deixou aos cuidados de dom Juan de Dios Amador uma caixa que por vários anos tinha viajado com eles de um lado para outro, e de cujo conteúdo nada se sabia com certeza. Era algo muito próprio do general, que de repente não podia resistir a uma voracidade possessiva pelos objetos mais inimagináveis, ou pelos homens sem maiores méritos, e ao fim de certo tempo tinha de levá-los de cambulhada, sem saber como se livrar deles. Trouxera aquela caixa de Lima a Santa Fé, em 1826, e continuava com ela depois do atentado de 25 de setembro, quando voltou ao sul para sua última guerra. "Não podemos deixá-la, pelo menos enquanto não soubermos se é nossa", dizia. Quando voltou a Santa Fé pela última vez, disposto a apresentar sua renúncia definitiva perante o congresso constituinte, a caixa estava entre o pouco que sobrara de sua antiga bagagem imperial. Afinal decidiram abri-la em Cartagena, no curso de um inventário geral de seus bens, e descobriram dentro uma mixórdia de objetos pessoais que fazia tempo se davam por perdidos. Havia 415 onças de ouro cunhado na Colômbia, um retrato do general George Washington com uma mecha de seu cabelo, uma caixa de ouro para rapé presenteada pelo rei da Inglaterra, um estojo de ouro com chaves de brilhantes dentro do qual havia um relicário, e a grande estrela da Bolívia com brilhantes incrustados. José Palacios deixou tudo isso na casa de De Francisco Martin, descrito e anotado, e pediu recibo em regra. A bagagem ficou reduzida a um tamanho mais racional, embora ainda restassem três dos quatro baús com sua roupa de uso, outro com dez toalhas de mesa de algodão e linho muito usadas, e uma caixa com talheres de ouro e prata de vários estilos misturados, que o general não quis deixar nem vender, para o caso de serem mais tarde necessários em algum banquete que oferecesse a hóspedes ilustres. Muitas vezes lhe fora aconselhado leiloar aqueles objetos para aumentar seus escassos recursos, mas ele se negava sempre, sob o argumento de que eram bens do estado.

Com a bagagem aliviada e o séquito diminuído, fizeram a primeira jornada até Turbaco. Prosseguiram no dia seguinte com bom tempo, mas antes do meio-dia tiveram que se abrigar debaixo de um mogno, onde passaram a noite expostos à chuva e aos ventos malignos dos pantanais. O general se queixou de dores no baço e no fígado, e José Palacios lhe preparou uma poção do manual francês, mas as dores se tornaram mais intensas e a febre aumentou. Ao amanhecer, estava numa tal prostração que o levaram desfalecido à vila de Soledad onde um velho amigo, dom Pedro Juan Visbal, o hospedou em casa. Ali permaneceu mais de um mês, com toda espécie de dores, recrudescidas com as chuvas opressivas de outubro.

Soledad era um nome bem-posto: tinha quatro ruas com casas de pobres, quentes e desoladas, a umas duas léguas da antiga Barranca de San Nicolás, que daí a poucos anos se transformaria na cidade mais próspera e hospitaleira da região. O general não poderia encontrar sítio mais aprazível, nem casa mais propícia a seu estado, com as seis sacadas andaluzas que a inundavam de luz, e um pátio bom para meditar debaixo da sumaúma centenária. Da janela do quarto dominava a pracinha deserta, a igreja em ruínas e as casas com telhados de folhas de palmeira pintados com cores natalinas.

A paz doméstica não lhe serviu de nada. Na primeira noite teve uma ligeira vertigem, mas se negou a admitir que fosse um novo indício de sua prostração. De acordo com o manual francês, descreveu suas mazelas como uma atrabile agravada por um resfriado geral, e um antigo reumatismo que a intempérie fizera voltar. Esse diagnóstico múltiplo lhe aumentou a prevenção contra os remédios simultâneos para várias doenças, pois, dizia, os que curavam umas faziam mal a outras. Mas também reconhecia que não há remédio bom para quem não o toma, e se queixava com frequência de não ter um bom médico, enquanto resistia a se deixar tratar pelos muitos que lhe mandavam.

O coronel Wilson, em carta ao pai escrita naqueles dias, comunicava que o general podia morrer a qualquer momento, mas que sua repulsa aos médicos não era fruto do menosprezo, e sim da lucidez. Na realidade, dizia Wilson, a doença era o único inimigo que o general temia, e se negava a enfrentá-lo para não se desviar da empresa maior de sua vida. "Tratar de uma doença é como estar empregado num navio", lhe dissera o general. Quatro anos antes, em Lima, O'Leary havia sugerido que se submetesse a um tratamento médico completo enquanto preparava a constituição da Bolívia, e sua resposta foi terminante:

— Não se ganham duas corridas ao mesmo tempo.

Parecia convencido de que o movimento contínuo e o valer-se a si mesmo esconjuravam a doença. Fernanda Barriga tinha o costume de lhe pôr um babador e dar a comida com uma colher, como às crianças, e ele a aceitava e mastigava em silêncio, chegando a tornar a abrir a boca ao terminar. Mas naqueles dias afastava o prato e a colher, e comia com a mão, sem babador, para que todos entendessem que não precisava de ninguém. José Palacios ficava de coração partido quando o encontrava tentando fazer as coisas domésticas que sempre tinham feito para ele os criados, ou os ordenanças e ajudantes de campo. Ficou inconsolável quando o viu derramar na roupa um frasco inteiro de tinta ao tentar encher um tinteiro. Foi insólito, porque todos se admiravam de não lhe tremerem as mãos embora estivesse muito mal, e de ter o pulso tão firme que continuava cortando e polindo as unhas uma vez por semana, e barbeando-se todos os dias.

Em seu paraíso de Lima vivera uma noite feliz com uma moça que tinha uma penugem macia a cobrir até o último milímetro sua pele de beduína. Ao amanhecer, enquanto fazia a barba, contemplou-a nua na cama, navegando num sonho tranquilo de mulher satisfeita, e não pôde resistir à tentação de torná-la sua para sempre com um auto sacramental. Cobriu-a dos pés à cabeça com espuma de sabonete e, num gozo de amor, a raspou toda com a navalha de barbear, ora com a mão direita, ora com a esquerda, palmo a palmo, até as sobrancelhas emendadas, e a deixou duas vezes nua em seu corpo magnífico de recém-nascida. Ela lhe perguntou com a alma em pedaços se a amava de verdade, e ele respondeu com a mesma frase ritual que ao longo da vida tinha deixado cair sem piedade em tantos corações:

— Mais que a ninguém nunca neste mundo.

Na vila de Soledad, também enquanto fazia a barba, se submeteu à mesma imolação. Começou por cortar uma mecha branca e frouxa dos poucos cabelos que lhe restavam, parecendo obedecer a um impulso infantil. Em seguida cortou outra, de modo mais consciente, e em seguida outras, sem nenhuma ordem, como se cortasse capim, enquanto declamava pelas gretas da voz suas estrofes prediletas de *La araucana*. José Palacios entrou no quarto para ver com quem ele estava falando, e o encontrou passando a navalha no crânio coberto de espuma. Ficou pelado.

O exorcismo não conseguiu redimi-lo. Durante o dia usava o gorro de seda, e de noite punha o barrete vermelho, de ponta, mas ambos de pouco lhe valiam contra os sopros gelados do desânimo. Levantava para caminhar no escuro pela enorme casa lunar, só que já não podia andar nu, e se embrulhava numa manta para não tiritar de frio nas noites de calor. Com o passar dos dias não lhe bastou a manta: resolveu pôr o barrete vermelho por cima do gorro de seda.

As intrigas separatistas dos militares e os abusos dos políticos o exasperavam tanto que uma tarde decidiu com um soco na mesa que já não suportava mais nem uns nem outros. "Digam-lhes que estou tísico, para que nunca mais voltem", gritou. Foi uma determinação tão drástica que proibiu os uniformes e os rituais militares em casa. Mas não pôde sobreviver sem eles, de modo que as audiências de consolação e os conciliábulos estéreis continuaram como dantes, contra suas próprias ordens. Tão mal se sentia que aceitou a visita de um médico, com a condição de não o examinar nem fazer perguntas sobre suas dores nem querer dar-lhe alguma coisa a beber.

— Só para conversar — disse.

O escolhido não podia se parecer mais com os seus desejos. Chamava-se Hércules Gastelbondo, e era um velho ungido pela felicidade, imenso e plácido, com o crânio irradiante devido à calvície total, e uma paciência de afogado que por si só aliviava os males alheios. Sua incredulidade e sua intrepidez científica eram famosas em todo o litoral. Receitava creme de chocolate e queijo derretido para os transtornos da bile, aconselhava fazer amor durante as modorras da digestão como bom paliativo para uma longa vida, e fumava sem parar uns charutos de carroceiro que enrolava em papel pardo, e os receitava a seus doentes contra toda espécie de mal-entendidos do corpo. Os próprios pacientes diziam que nunca os curava de todo, mas os divertia com sua prosa florida. Ele dava uma risada plebeia:

— Os outros médicos perdem tantos doentes como eu — dizia. — Mas comigo eles morrem mais contentes.

Chegou na carruagem do senhor Bartolomé Molinares, que ia e vinha várias vezes por dia, levando e trazendo todo tipo de visitantes espontâneos, até que o general lhes proibiu virem sem ser convidados. Chegou com uma roupa de linho branco amarrotada, abrindo caminho debaixo da chuva, com os bolsos entupidos de coisas de comer e com um guarda-chuva tão desconjuntado que mais parecia feito para convocar as águas que para impedi-las. A primeira coisa que fez depois dos cumprimentos formais foi pedir desculpas pela peste do charuto, que já estava pela metade. O general, que não suportava o cheiro do tabaco, não só então, mas desde sempre, o dispensara de antemão.

— Estou acostumado — disse. — Manuela fuma uns ainda mais fedorentos do que os seus, até na cama, e joga a fumaça muito mais de perto que o senhor.

O doutor Gastelbondo agarrou depressa uma ocasião que lhe queimava a alma.

— Ah, sim — disse. — E como vai ela?

— Quem?

— Dona Manuela.

O general respondeu seco:

— Bem.

E mudou de assunto de modo tão ostensivo que o médico soltou uma gargalhada para disfarçar sua impertinência. O general sabia, sem dúvida, que nenhuma de suas travessuras galantes estava a salvo dos cochichos de seu séquito. Nunca fez alarde de suas conquistas, mas tinham sido tantas e tão ruidosas que os seus segredos de alcova eram de domínio público. Uma carta comum levava três meses de Lima a Caracas, mas os mexericos sobre suas aventuras pareciam voar com o pensamento. O escândalo o perseguia como outra sombra, e suas amantes ficavam assinaladas para sempre com uma cruz de cinza, mas ele cumpria o dever inútil de manter os segredos de amor protegidos por um foro sagrado. Ninguém jamais lhe arrancou uma indiscrição sobre uma mulher que tivesse sido sua, salvo José Palacios, que era cúmplice de tudo. Nem sequer para satisfazer uma curiosidade tão inocente como a do doutor Gastelbondo, e referente a Manuela Sáenz, cuja intimidade era tão pública que já tinha muito pouco a proteger.

A não ser por esse incidente instantâneo, o doutor Gastelbondo foi para o general uma presença providencial. Reanimou-o com suas loucuras sábias, partilhava com ele os bichinhos de açúcar cristalizado, os casadinhos de doce de leite, os rebuçados de tapioca que trazia nos bolsos, e que ele aceitava por gentileza e comia por distração. Um dia se queixou de que essas guloseimas de salão só serviam para entreter a fome, mas não para recuperar o peso, que era o que queria. "Não se preocupe, Excelência", replicou o médico. "Tudo o que entra pela boca engorda, e tudo o que sai dela avilta." O general achou o argumento tão divertido que aceitou tomar com o médico um cálice de vinho generoso e uma xícara de sagu.

Entretanto, o humor que o médico melhorava com tanto carinho era estragado pelas más notícias. Alguém contou que o dono da casa onde vivera em Cartagena tinha queimado, por medo do contágio, a cama onde ele dormia, junto com o colchão e os lençóis, e tudo quanto lhe passara pelas mãos durante a estada. Ele ordenou a dom Juan de Dios Amador que do dinheiro que lhe havia deixado pagasse as coisas destruídas como se fossem novas, além do aluguel da casa. Mas nem assim conseguiu aplacar sua amargura.

Pior ainda se sentiu alguns dias depois, quando soube que dom Joaquín Mosquera tinha passado por lá, em trânsito para os Estados Unidos, e não se dignara fazer-lhe uma visita. Perguntando a uns e outros, sem dissimular a ansiedade, soube que de fato Mosquera tinha permanecido na costa mais de uma semana enquanto esperava o navio, que visitara muitos amigos comuns e também alguns inimigos seus, e a todos manifestara ressentimento pelo que qualificava de ingratidão do general. No momento de embarcar, já na chalupa que o levava a bordo, resumira sua ideia fixa para os que foram à despedida.

— Lembrem-se bem — disse. — Esse sujeito não gosta de ninguém.

José Palacios sabia o quanto o general era sensível a essa censura. Nada lhe doía tanto como alguém pôr em dúvida os seus afetos, e era capaz de apartar oceanos e derrubar montanhas, com seu terrível poder de sedução, até demonstrar que não era assim. Na plenitude da glória, Delfina Guardiola, a bela de Angostura, bateu-lhe com as portas de sua casa no nariz, enfurecida pela inconstância dele. "O senhor é um homem eminente, general, mais que qualquer outro", disse. "Mas o amor lhe fica grande." Ele entrou pela janela da cozinha e ficou com ela três dias. Não somente esteve a pique de perder uma batalha como também a pele, até conseguir que Delfina lhe confiasse seu coração.

Mosquera já estava fora de alcance, mas ele desabafou seu rancor com quem pôde. Perguntou que direito tinha a falar de amor um homem que permitira que comunicassem a ele, em nota oficial, a resolução na qual a Venezuela o repudiava e desterrava. "E deve dar graças de eu não ter respondido, porque ficou a salvo de uma condenação histórica", gritou. Recordou tudo quanto fizera por Mosquera, quanto o ajudara a ser o que era, quanto tivera que suportar as imbecilidades de seu narcisismo rural. Por último escreveu a um amigo comum uma carta extensa e desesperada, para ter certeza de que as vozes de sua angústia alcançariam Mosquera em qualquer parte do mundo. As notícias que não chegavam o envolviam como uma névoa invisível. Urdaneta continuava sem responder suas cartas. Briceño Méndez, seu homem na Venezuela, lhe mandara uma, acompanhada de frutas da Jamaica, de que tanto gostava, mas o mensageiro tinha se afogado. Justo Briceño, seu homem na fronteira oriental, o levava ao desespero pela lentidão. O silêncio de Urdaneta fizera descer uma sombra sobre o país. A morte de Fernández Madrid, seu correspondente em Londres, fizera descer uma sombra sobre o mundo.

O que não sabia é que, enquanto ficava sem notícias de Urdaneta, este mantinha uma correspondência ativa com oficiais de seu séquito, induzindo-os a arrancarem dele uma resposta inequívoca. A O'Leary escreveu: "Preciso saber de uma vez por todas se o general aceita ou não aceita a presidência, ou se toda a vida havemos de correr atrás de um fantasma que não se pode alcançar." Não somente O'Leary, como outros da roda, tentavam conversas ocasionais para dar alguma resposta a Urdaneta, mas as evasivas do general eram incontornáveis.

Quando por fim chegaram notícias precisas de Riohacha, eram mais graves que os maus presságios. O general Manuel Valdés, como estava previsto, tomou a cidade sem resistência, no dia 20 de outubro, mas Carujo aniquilou na semana seguinte duas companhias de exploração. Valdés apresentou a Montilla uma renúncia que se pretendia honrosa, e que ao general pareceu indigna. "Esse canalha está morto de medo", disse. Faltavam só 15 dias para tentar tomar Maracaibo, de acordo com o plano inicial, mas o simples domínio de Riohacha já era um sonho impossível.

— *Carajos!* — gritou o general. — A fina flor dos meus generais não conseguiu desbaratar uma revolta de quartel.

Todavia, a notícia que mais o afetou foi de que as populações fugiam à passagem das tropas do governo, porque as identificavam com ele, a quem apontavam como assassino do almirante Padilla, um ídolo em Riohacha, sua terra natal. Ademais, o desastre parecia combinado com os do resto do país. A anarquia e o caos se estabeleciam por toda parte, e o governo de Urdaneta era incapaz de submetê-los.

O doutor Gastelbondo se surpreendeu mais uma vez com o poder vivificador da cólera, no dia em que encontrou o general lançando impropérios bíblicos diante de um emissário especial que acabava de lhe dar as últimas notícias de Santa Fé. "Esta merda de governo, em vez de atrair os povos e os homens de importância, os mantém paralisados", berrava. "Tornará a cair e não se levantará pela terceira vez, porque os homens que o compõem e as massas que o sustentam estão aniquilados."

Foram inúteis os esforços do médico para acalmá-lo, pois quando parou de fustigar o governo repassou aos gritos a lista negra de seus estados-maiores. Do coronel Joaquín Barriga, herói de três batalhas das grandes, disse que era pior do que tudo o que se pudesse imaginar: "até assassino". Do general Pedro Margueytío, suspeito de participar da conspiração para matar Sucre, disse que era um pobre coitado no comando de tropas. O general González, o homem de maior confiança que tinha no Cauca, foi reduzido a pó num golpe brutal: "Seus males são a fragilidade e a flatulência." Desabou ofegante na cadeira de balanço para dar a seu coração a pausa de que precisava há vinte anos. Então viu o doutor Gastelbondo paralisado pelo espanto na moldura da porta, e ergueu a voz:

— Afinal de contas, que se pode esperar de um homem que perdeu duas casas no jogo de dados?

O doutor Gastelbondo ficou perplexo.

— De quem estamos falando? — perguntou.

— De Urdaneta — disse o general. — Perdeu-as em Maracaibo para um comandante da marinha, mas nos documentos fez constar que as tinha vendido.

Aspirou o ar que lhe fugia.

— Claro que todos são uns santos ao lado do intrujão Santander — prosseguiu. — Seus amigos roubaram o dinheiro dos empréstimos ingleses comprando papéis do estado pela décima parte do valor real, e o próprio estado os aceitava depois a cem por cento. — Explicou que em todo caso ele não fora contra os empréstimos por causa do risco da corrupção, mas por ter previsto a tempo que ameaçavam a independência conquistada à custa de tanto sangue.

— Odeio as dívidas mais que aos espanhóis — disse. — Por isso adverti Santander de que todo o bem que fizéssemos pela nação de nada adiantaria se aceitássemos a dívida, porque continuaríamos pagando amortizações pelos séculos dos séculos. Agora estamos vendo claro: a dívida acabará nos derrotando.

Nos primeiros tempos do governo da república, não somente estivera de acordo com a decisão de Urdaneta de respeitar a vida dos vencidos como a havia exaltado, por ver nela uma nova ética da guerra: "Tomara que nossos inimigos não nos façam o que fizemos com os espanhóis." Ou seja, a guerra de morte. Mas em suas noites tenebrosas da vila de Soledad lembrou a Urdaneta, numa carta terrível, que em todas as guerras civis vencia sempre o mais feroz.

— Acredite, meu doutor — disse ao médico. — Nossa autoridade e nossas vidas não podem ser conservadas senão à custa do sangue dos nossos adversários.

A cólera passou de chofre, sem deixar vestígio, de maneira tão intempestiva como havia começado, e o general empreendeu a absolvição histórica dos oficiais que acabava de insultar. "No fim de contas, quem se enganou fui eu", disse. "Eles só queriam fazer a independência, que era algo imediato e concreto, e como o fizeram bem!" Estendeu ao médico a mão de pele e osso, para que o ajudasse a se levantar, e concluiu com um suspiro: "E eu, em compensação, me perdi num sonho, procurando o que não existe."

Nesses dias decidiu a situação de Iturbide. Em fins de outubro, o oficial recebera uma carta da mãe, ainda em Georgetown, na qual lhe contava que o progresso das forças liberais no México afastava cada vez mais da família qualquer esperança de repatriação. Essa incerteza, somada à que trazia do berço, tornou-se para ele insuportável. Por sorte, uma tarde em que passeava pelo corredor da casa apoiado em seu braço, o general fez uma evocação inesperada.

— Do México só tenho uma lembrança desagradável — disse. — Em Veracruz, os mastins do capitão do porto esquartejaram os dois cães que eu levava para a Espanha.

De qualquer modo, disse, aquela foi a sua primeira experiência do mundo, e o marcou para sempre. Veracruz estava prevista apenas como uma breve escala de sua primeira viagem à Europa, em fevereiro de 1799, mas se prolongou por quase dois meses por causa de um bloqueio inglês a Havana, que era a escala seguinte. A demora lhe deu tempo de ir de coche até a Cidade do México, galgando quase 3 mil metros por entre vulcões nevados e desertos alucinantes que não tinham nada em comum com as auroras pastorais do vale de Aragua, onde vivera até então. "Pensei que a lua devia ser assim", disse. Na Cidade do México ficou surpreendido com a pureza do ar e deslumbrado com a profusão e a limpeza dos mercados públicos, onde se vendiam para comer bichos vermelhos da pita, pangolins, minhocas de rio, ovos de mosquito, gafanhotos, larvas de formigas lava-pés, gatos-monteses, baratas d'água com mel, vespas do milho, iguanas cultivados, cobras cascavéis, pássaros de toda espécie, cachorros anões e uma variedade de feijões que pulavam sem cessar com vida própria. "Comem tudo o que anda", disse. Admirou as águas diáfanas dos numerosos canais, as barcas pintadas de cores domingueiras, o esplendor e a abundância das flores. Mas ficou deprimido com os dias curtos de fevereiro, os índios taciturnos, o chuvisco eterno, tudo o que mais tarde lhe apertaria o coração em Santa Fé, em Lima, em La Paz, em toda a extensão e altura dos Andes, e de que então padecia pela primeira vez. O bispo, a quem foi recomendado, o levou a uma audiência com o vice-rei, que lhe pareceu mais episcopal que o bispo. Mal prestou atenção ao moreninho magricela, vestido como um janota, que se declarou admirador da revolução francesa. "Podia ter-me custado a vida", disse o general, rindo. "É possível que eu tenha pensado que com um vice-rei devia falar de política, e aquilo era a única coisa que sabia aos 16 anos." Antes de prosseguir viagem, escreveu uma carta ao seu tio dom Pedro Palacios y Sojo, a primeira que se conservou. "Minha letra era tão ruim que eu mesmo não a entendia", contou, às gargalhadas. "Mas expliquei ao tio que me saía assim devido ao cansaço da viagem." Numa folha e meia acumulava quarenta erros de ortografia, dois deles numa única palavra: *"yjo"*.

Iturbide não pôde fazer nenhum comentário, pois sua memória não dava para mais. Tudo o que lhe restava do México era uma lembrança de desgraças que agravavam nele uma melancolia congênita, coisa que o general tinha suas razões para entender.

— Não fique com Urdaneta — disse. — Nem tampouco vá com sua família para os Estados Unidos, que são onipotentes e terríveis e que, com aquela história de liberdade, acabarão por cumular a todos nós de misérias.

A frase trouxe mais uma dúvida a um charco de incerteza. Iturbide exclamou:

— Não me assuste, general!

— Não se assuste você — disse o general num tom tranquilo. — Vá para o México, ainda que o matem ou que morra. E vá enquanto é moço, porque depois será tarde demais, e você não se sentirá nem daqui nem de lá. Se sentirá forasteiro em toda parte, e isso é pior que estar morto. — Olhou-o firme nos olhos, levou a mão aberta ao peito e concluiu: — Eu que o diga.

Assim, Iturbide partiu no começo de dezembro com duas cartas para Urdaneta, uma das quais dizia que ele, Wilson e Fernando eram as pessoas de maior confiança que tinha em casa. O moço esteve em Santa Fé sem destino fixo até abril do ano seguinte, quando Urdaneta foi deposto por uma conspiração santanderista. Com persistência exemplar, sua mãe conseguiu que o nomeassem secretário da legação mexicana em Washington. Viveu o resto da vida no esquecimento do serviço público, e não se soube mais nada da família até 32 anos depois, quando Maximiliano de Habsburgo, imposto pelas armas francesas como imperador do México, adotou dois jovens Iturbide da terceira geração e os nomeou sucessores em seu trono quimérico.

Na segunda carta que o general mandou a Urdaneta por Iturbide, rogava-lhe destruir toda a sua correspondência anterior e futura, para que não ficassem vestígios de suas horas sombrias. Urdaneta não o atendeu. Tinha feito pedido semelhante ao general Santander, cinco anos antes: "Não mande publicar minhas cartas, nem eu vivo nem morto, porque foram escritas com muita liberdade e no meio de muita desordem." Santander também não o atendeu. Suas cartas, ao contrário das do general, eram perfeitas na forma e no fundo, e logo se via que tinham sido escritas com a consciência de que seu destinatário final era a história.

Desde a carta de Veracruz até a última que ditou seis dias antes de morrer, o general escreveu pelo menos dez mil, umas do próprio punho, outras ditadas a seus secretários, outras redigidas por estes de acordo com instruções suas. Conservaram-se pouco mais de três mil cartas e uns oito mil documentos assinados por ele. Às vezes enlouquecia os secretários. Ou ao contrário. Em certa ocasião lhe pareceu mal-escrita a carta que acabava de ditar, e em vez de fazer outra acrescentou uma linha sobre o redator: "Como você vê, Martell está hoje mais imbecil que nunca." Na véspera de deixar Angostura para a libertação do continente, em 1817, pôs em dia seus assuntos de governo com 14 documentos que ditou numa única jornada de trabalho. Talvez daí tenha surgido a lenda nunca desmentida de que ditava a vários secretários, ao mesmo tempo, várias cartas diferentes.

Outubro se reduziu ao rumor da chuva. O general não tornou a sair do quarto, e o doutor Gastelbondo precisou recorrer a suas astúcias mais sábias para ter permissão de visitá-lo e lhe dar de comer. José Palacios tinha a impressão de que naquelas sestas pensativas em que permanecia deitado na rede sem se balançar, espiando a chuva na praça deserta, passava em revista na memória até os instantes mais ínfimos de sua vida passada.

— Deus dos pobres — suspirou uma tarde. — Que será de Manuela!

— Só sabemos que está bem, porque não sabemos nada — disse José Palacios.

Pois o silêncio caíra sobre ela desde que Urdaneta tinha assumido o poder. O general não lhe escrevera mais, mas dava instruções a Fernando para que a mantivesse a par da viagem. A última carta dela havia chegado em fins de agosto, e trazia tantas notícias confidenciais sobre os preparativos do golpe militar, entre a redação fragorosa e os dados arrevesados de propósito para despistar o inimigo, que não foi fácil desentranhar seus mistérios.

Esquecendo os bons conselhos do general, Manuela assumira a fundo e até com júbilo excessivo seu papel de primeira bolivariana da nação, e travava sozinha uma guerra de papel contra o governo. O presidente Mosquera não se atreveu a agir contra ela, mas não impediu que seus ministros o fizessem. Manuela respondia às agressões da imprensa oficial com diatribes impressas que distribuía a cavalo na Calle Real, escoltada por suas escravas. De lança em riste, através das ruelas empedradas dos subúrbios, perseguia os que distribuíam as *papeluchas* contra o general, e cobria com inscrições mais insultantes ainda os insultos que amanheciam pintados nas paredes.

A guerra oficial acabou visando-a em pessoa. Mas não se acovardou. Seus informantes dentro do governo lhe avisaram, num dia de festas pátrias, que na praça principal estava sendo armado um castelo de fogos de artifício com uma caricatura do general vestido de rei de fancaria. Manuela e suas escravas levaram de roldão a guarda e destroçaram a obra com uma carga de cavalaria. O próprio alcaide mandou prendê-la, tirando-a da cama, por um pelotão de soldados, mas ela os recebeu com um par de pistolas engatilhadas, e só a mediação de amigos de ambas as partes impediu um transtorno maior.

A tomada do poder pelo general Urdaneta conseguiu, porém, aplacá-la. Tinha nele um amigo de verdade, e Urdaneta tinha nela o mais entusiasta de seus cúmplices. Quando estava sozinha em Santa Fé, enquanto o general guerreava no sul contra os invasores peruanos, Urdaneta era o amigo de confiança que cuidava de sua segurança e atendia a suas necessidades. Quando o general se saiu com sua infeliz declaração no Congresso Admirável, foi Manuela quem o fez escrever a Urdaneta: "Eu lhe ofereço toda a minha antiga amizade e uma reconciliação absoluta, de coração." Urdaneta aceitou a oferta generosa, e Manuela lhe pagou o favor depois do golpe militar. Desapareceu da vida pública, com tanto rigor que em princípios de outubro corria o rumor de que viajara para os Estados Unidos, e ninguém pôs isso em dúvida. De sorte que José Palacios tinha razão. Manuela estava bem, porque nada se sabia dela.

Num desses escrutínios do passado, perdido na chuva, triste de esperar não sabia o quê nem a quem, nem para quê, o general foi ao fundo do poço: chorou dormindo. Ao ouvir o queixume, muito baixo, José Palacios pensou que fosse do cachorro vira-lata recolhido no rio. Mas era do seu senhor. Ficou desconcertado, porque nos seus longos anos de intimidade só o vira chorar uma vez, e não de aflição, mas de raiva. Chamou o capitão Ibarra, que velava no corredor, e também este escutou o rumor do pranto.

— Isso vai ser bom para ele — disse Ibarra.

— Bom para nós todos — disse José Palacios.

O general dormiu até mais tarde que de costume. Não o acordaram nem os pássaros do pomar vizinho nem os sinos da igreja, e José Palacios se inclinou várias vezes sobre a rede para ver se ele respirava. Quando abriu os olhos, eram mais de oito horas, e o calor começara.

— Sábado, 16 de outubro — disse José Palacios. — Dia da pureza.

O general se levantou da rede e olhou pela janela a praça solitária e poeirenta, a igreja de muros descascados, e uma briga de urubus pelos restos de um cachorro morto. A crueza do primeiro sol anunciava um dia sufocante.

— Vamos embora daqui, voando — disse o general. — Não quero ouvir os tiros do fuzilamento.

José Palacios estremeceu. Tinha vivido esse instante em outro lugar e outro tempo, e o general estava idêntico, descalço nos tijolos crus do piso, com calções compridos e o gorro de dormir na cabeça raspada. Era um antigo sonho que se repetia na realidade.

— Não ouviremos — disse José Palacios, e acrescentou com uma precisão deliberada: — O general Piar já foi fuzilado em Angostura, e não hoje às cinco da tarde, mas num dia como hoje há 13 anos.

O general Manuel Piar, um mulato duro de Curaçao, de 35 anos e com tantas glórias como quem mais as tivesse nas milícias patriotas, havia posto à prova a autoridade do general, quando o exército libertador precisava mais que nunca de suas forças unidas para conter os ímpetos de Morillo. Piar convocava negros, mulatos e cafuzos, e todos os desvalidos do país, contra a aristocracia branca de Caracas encarnada pelo general. Sua popularidade e sua aura messiânica só eram comparáveis às de José Antonio Páez, ou às de Boves, o monarquista, e estava aliciando alguns oficiais brancos do exército libertador. O general esgotara com ele suas artes de persuasão. Preso por sua ordem, Piar foi levado a Angostura, a capital provisória, onde o general se encastelara com os oficiais mais próximos, inclusive alguns dos que o acompanhariam na viagem final pelo rio Magdalena. Um conselho de guerra nomeado por ele e composto por militares amigos de Piar procedeu ao julgamento sumário. José Maria Carreño atuou como vogai. O defensor de ofício não precisou mentir para exaltar Piar como um dos varões esclarecidos da luta contra o poder espanhol. Foi declarado culpado de deserção, insurreição e traição, e condenado à pena de morte com perda dos seus títulos militares. Conhecendo--se seus méritos, não parecia possível que a sentença viesse a ser confirmada pelo general, ainda menos num momento em que Morillo tinha recuperado várias províncias e o moral dos patriotas chegara tão baixo que se temia uma debandada. O general recebeu pressões de todo tipo, ouviu com afabilidade o parecer dos amigos mais próximos, entre os quais Briceño Méndez, mas sua determinação foi inapelável. Revogou a pena de degradação e confirmou a de fuzilamento, agravada com a ordem de que este se fizesse em espetáculo público. Foi a noite interminável em que o pior podia acontecer. No dia 16 de outubro, às cinco da tarde, executou-se a sentença sob o sol inclemente da praça central de Angostura, a cidade que o mesmo Piar havia arrebatado aos espanhóis seis meses antes. O comandante do pelotão mandara recolher os restos de um cachorro morto que os urubus estavam comendo e fechara os acessos para impedir que os animais soltos pudessem perturbar a dignidade da execução. Foi negada a Piar a última honra de dar a ordem de fogo ao pelotão, e vendaram-lhe os olhos à força, mas foi impossível impedir que se despedisse do mundo com um beijo no crucifixo e um adeus à bandeira.

O general se negara a presenciar a execução. A única pessoa que estava com ele em casa era José Palacios, que o viu lutando para conter as lágrimas ao escutar a descarga. Em proclamação dirigida às tropas, o general disse: "Ontem foi um dia de dor para o meu coração." Pelo resto da vida repetiria tratar-se de uma exigência política que salvou o país, persuadiu os rebeldes e evitou a guerra civil. De qualquer forma, foi o ato de poder mais feroz de sua vida, mas também o mais oportuno, mediante o qual consolidou de imediato sua autoridade, unificou o comando e desobstruiu o caminho de sua glória.

Treze anos depois, na vila de Soledad, nem sequer pareceu perceber que tinha sido vítima de um desvario do tempo. Continuou contemplando a paisagem até que uma velha em andrajos a atravessou com um burro carregado de cocos para vender a água, espantando com sua sombra os urubus. Então voltou à rede, com um suspiro de alívio, e sem que ninguém perguntasse deu a resposta que José Palacios quisera conhecer desde a noite trágica de Angostura.

— Eu faria tudo de novo — disse.

O perigo maior era andar, não pelo risco de queda, mas porque se via demais o trabalho que lhe custava. Contudo, para subir e descer as escadas da casa era compreensível que alguém o ajudasse, mesmo que ele fosse capaz de se sustentar sozinho. Mas quando de fato precisou de um braço para apoio, não permitiu o auxílio.

— Obrigado — dizia — mas ainda posso.

Um dia não pôde. Ia descer sozinho a escada quando o mundo desabou. "Caí sobre meus próprios pés, sem saber como e meio morto", contou a um amigo. Pior: não morreu por milagre, porque a tonteira o fulminou à beira da escada e só o pouco peso do corpo o impediu de continuar rolando.

O doutor Gastelbondo o levou com urgência à antiga Barranca de San Nicolás na carruagem de dom Bartolomé Molinares, que o hospedara em sua casa na viagem anterior, e tinha preparado o mesmo quarto amplo e bem arejado sobre a Calle Ancha. No caminho começou a supurar do olho esquerdo uma matéria espessa que não lhe dava sossego. Viajou alheio a tudo, e às vezes parecia estar rezando, mas na realidade murmurava estrofes inteiras de seus poemas prediletos. O médico limpava-lhe o olho com o lenço, surpreendido de que não o fizesse ele mesmo, tão cioso de sua boa aparência pessoal. Só caiu em si à entrada da cidade, quando umas vacas em disparada quase atropelaram a carruagem, e acabaram revirando a berlina do padre. Este deu uma cambalhota no ar e logo se levantou de um salto, branco de areia até os cabelos, e com a testa e as mãos ensanguentadas. Quando se refez do susto, os granadeiros tiveram que lhe abrir caminho por entre os transeuntes ociosos e os meninos nus que só queriam se divertir com o acidente, sem a menor ideia de quem era o passageiro que parecia um morto sentado na penumbra do carro.

O médico apresentou o sacerdote como um dos poucos que tinham sido partidários do general nos tempos em que os bispos trovejavam contra ele do púlpito, excomungando-o como maçom concupiscente. O general pareceu não se dar conta do que acontecia, e só tomou consciência do mundo quando viu sangue na batina do pároco e este lhe pediu que intercedesse com sua autoridade para as vacas não andarem soltas numa cidade onde já não era possível caminhar sem perigo com tantos carros na via pública.

— Não se amargure, reverendo — disse ele, sem olhá-lo. — Todo o país está igual.

O sol das onze estava imóvel nas areias das ruas, largas e desoladas, e a cidade inteira reverberava de calor. O general se alegrou por não ficar ali mais que o tempo necessário para se refazer do tombo e para sair navegando num dia de mar agitado, porque o manual francês dizia que o enjoo era bom para remover os humores da bile e limpar o estômago. Refez-se depressa da queda, mas em compensação não foi tão fácil pôr de acordo o navio e o mau tempo.

Furioso com a desobediência do corpo, o general não teve forças para nenhuma atividade política ou social, e se recebia alguma visita era de velhos amigos pessoais que vinham à cidade para se despedir dele. A casa era ampla e fresca, até onde novembro permitia, e seus donos a converteram para ele num hospital de família. Dom Bartolomé Molinares era um dos muitos arruinados pelas guerras, e a única coisa que elas lhe tinham deixado era o lugar de agente de correio, que desempenhava sem ordenado há dez anos. Era um homem tão bondoso que o general o chamava de papai desde a viagem anterior. Sua mulher, vistosa e com uma vocação matriarcal indomável, enchia o tempo fazendo rendas de bilro, que vendia a bom preço nos navios da Europa. Mas desde a chegada do general dedicou-lhe todas as suas horas, a ponto de entrar em conflito com Fernanda Barriga, porque punha azeite de oliveira nas lentilhas, convencida de que fazia bem ao peito, e ele comia à força, por gratidão.

O que mais incomodou o general nesses dias foi a supuração do lacrimal, que o manteve de um humor sombrio, até que cedeu aos colírios de água de camomila. Então aderiu aos jogos de baralho, consolo efêmero contra o tormento dos mosquitos e as tristezas do entardecer. Numa de suas raras crises de arrependimento, discutindo meio de brincadeira, meio a sério, com os donos da casa, surpreendeu-os com a sentença de que mais valia um bom acordo do que mil processos ganhos.

— Também na política? — perguntou o senhor Molinares.

— Sobretudo na política — disse o general. — Não nos termos composto com Santander foi que nos perdeu a todos.

— Enquanto há amigos, há esperança — disse Molinares.

— Ao contrário — disse o general. — Não foi a perfídia de meus inimigos, mas o zelo dos meus amigos que acabou com minha glória. Foram eles que me embarcaram no desastre da Convenção de Ocaña, que me envolveram no negócio da monarquia, que me obrigaram primeiro a buscar a reeleição com as mesmas razões com que depois me fizeram renunciar, e agora me mantêm preso neste país onde já não me resta nada a perder.

A chuva se eternizara, e a umidade começava a abrir gretas na memória. O calor era tão intenso, mesmo de noite, que o general tinha de mudar diversas vezes a camisa ensopada. "Me sinto como cozinhado em banho-maria", queixava-se. Uma tarde ficou mais de três horas sentado na sacada, vendo passar na rua os escombros dos bairros pobres, os utensílios domésticos, os cadáveres de animais arrastados pela torrente de um aguaceiro sísmico que pretendia arrancar as casas pela raiz.

O comandante Juan Glen, prefeito da cidade, apareceu no meio da tempestade com a notícia de que tinham prendido uma empregada do senhor Visbal, porque estava vendendo como relíquias sagradas os cabelos que o general tinha cortado em Soledad. Mais uma vez ficou deprimido com o desconsolo de ver tudo o que era seu convertido em mercadoria de ocasião.

— Já me tratam como se tivesse morrido — disse.

A senhora Molinares tinha aproximado a cadeira de balanço da mesa de jogo para não perder uma palavra.

— Tratam o senhor como aquilo que é: um santo — disse.

— Bem — disse ele —, se é assim, que soltem essa pobre inocente.

Não voltou mais a ler. Se tinha de escrever cartas, limitava-se a instruir Fernando, e não revia nem mesmo as poucas que devia rubricar. Passava a manhã contemplando da sacada o deserto de areia das ruas, vendo passar o burro da água, a negra petulante e feliz que vendia mocharras esturricadas pelo sol, as crianças da escola às onze em ponto, o padre de batina toda remendada que o abençoava do adro da igreja, derretendo-se de calor. À uma da tarde, enquanto os outros faziam a sesta, andava pela borda dos canais apodrecidos, espantando com a mera sombra os bandos de urubus do mercado, cumprimentando os poucos que o reconheciam meio morto e à paisana, e chegava até o quartel dos granadeiros, um galpão de pau a pique em frente ao porto fluvial. Preocupava-o o moral da tropa, carcomida pelo tédio, o que lhe parecia demasiado evidente na desordem dos alojamentos, cujo fedor chegara a ser insuportável. Mas um sargento que parecia aparvalhado pelo bochorno da hora o abateu com a verdade.

— O que mata a gente não é o moral, Excelência — disse. — É a gonorreia.

Só então soube. Os médicos locais, tendo esgotado sua ciência com as lavagens de permanganato e paliativos de açúcar de leite, entregaram o problema aos comandos militares, e estes não chegaram a acordo sobre o que fazer. Toda a cidade estava a par do risco que a ameaçava, e o glorioso exército da república era visto como o emissário da peste.

O general, menos alarmado do que se temia, resolveu de golpe a situação com uma quarentena absoluta.

Quando a falta de notícias boas ou más começava a ser desesperadora, um próprio a cavalo lhe trouxe de Santa Marta um recado obscuro do general Montilla. "O homem já é nosso e as providências estão bem-encaminhadas." O general achou tão extraordinária a mensagem, e tão irregular a forma, que a considerou assunto de estado-maior, de importância máxima. Talvez tivesse relação com a campanha de Riohacha, à qual atribuía uma prioridade histórica que ninguém queria entender.

Era normal nessa época que se arrevesassem os recados e que as comunicações militares fossem embrulhadas de propósito por razões de segurança, desde que a desídia dos governos acabou com as mensagens cifradas, tão úteis durante as primeiras conspirações contra a Espanha. A ideia de que os militares o enganavam era uma preocupação antiga, compartilhada por Montilla, o que complicou ainda mais o enigma do recado e agravou a ansiedade do general. Então mandou José Palacios a Santa Marta, a pretexto de conseguir frutas e legumes frescos e umas poucas garrafas de xerez seco e cerveja clara, que não se encontravam no mercado local. Mas o propósito verdadeiro era decifrar o mistério. Foi muito simples: Montilla queria dizer que o marido de Miranda Lyndsay tinha sido transferido da cadeia de Honda para a de Cartagena, e o indulto era questão de dias. O general se sentiu tão fraudado com a facilidade do enigma que nem sequer se alegrou com o bem que tinha feito à sua salvadora da Jamaica.

O bispo de Santa Marta lhe comunicou no princípio de novembro, em bilhete do próprio punho: com sua mediação apostólica, acabara de apaziguar os ânimos na vizinha localidade de La Ciénaga, onde na semana anterior se tentara uma sublevação civil em apoio a Riohacha. O general agradeceu, também do próprio punho, e pediu a Montilla que providenciasse portador, mas não gostou da maneira como o bispo se apressara em lhe cobrar a dívida.

Suas relações com monsenhor Estévez nunca tinham sido das mais fluidas. Com o seu manso cajado de bom-pastor, o bispo era um político apaixonado, mas de poucas luzes, oposto à república no fundo do coração, como oposto à integração do continente e a tudo que se relacionasse com o pensamento político do general. No Congresso Admirável, do qual fora vice-presidente, tinha entendido bem sua missão real de obstar o poder de Sucre, cumprindo-a com mais malícia que eficiência, tanto na eleição dos dignitários como na missão que realizaram juntos para tentar uma solução amigável do conflito com a Venezuela. O casal Molinares, que sabia daquelas divergências, não se surpreendeu, na merenda das quatro, quando o general os recebeu com uma de suas parábolas proféticas:

— Que será de nossos filhos num país onde as revoluções acabam por empenho de um bispo?

A senhora Molinares replicou com uma censura afetuosa mas firme:

— Mesmo que Sua Excelência tenha razão, não quero saber — disse. — Somos católicos como os do tempo antigo.

Ele se recuperou na hora:

— Sem dúvida muito mais que o senhor bispo, já que ele não levou a paz a La Ciénaga por amor de Deus, mas para manter unidos os paroquianos na guerra contra Cartagena.

— Aqui também somos contra a tirania de Cartagena — disse o senhor Molinares.

— Sei disso — replicou ele. — Cada colombiano é um país inimigo.

De Soledad, o general tinha pedido a Montilla que lhe mandasse um barco leve ao vizinho porto de Sabanilla, para realizar seu projeto de expulsar a bile com o enjoo. Montilla demorou em atendê-lo porque dom Joaquín de Mier, um espanhol republicano que era sócio do comodoro Elbers, lhe prometera um dos navios a vapor que ocasionalmente faziam a linha do rio Magdalena. Como isso não foi possível, Montilla mandou em meados de novembro um navio mercante inglês que chegou sem aviso prévio a Santa Marta. Logo que soube, o general deu a entender que aproveitaria a ocasião para deixar o país. "Estou resolvido a ir para qualquer lugar, para não morrer aqui", disse. Depois estremeceu ao pressentimento de que Camille o esperava, perscrutando o horizonte num balcão florido em frente ao mar, e suspirou:

— Na Jamaica me querem bem.

Instruiu José Palacios para começar a arrumar a bagagem, e nessa noite tentou até muito tarde encontrar uns papéis que queria por força levar. Ficou tão cansado que dormiu durante três horas. Ao amanhecer, já com os olhos abertos, só tomou consciência de onde estava quando José Palacios cantou o dia e o santo.

— Sonhei que estava em Santa Marta — disse ele. — Era uma cidade muito limpa, de casas brancas e iguais, mas a montanha não deixava ver o mar.

— Então não era Santa Marta — disse José Palacios. — Era Caracas.

Pois o sonho do general lhe tinha revelado que não iam para a Jamaica. Fernando estava no porto desde cedo, tratando dos pormenores da viagem, e na volta encontrou o tio ditando a Wilson uma carta na qual pedia a Urdaneta um passaporte novo para abandonar o país, porque o do governo deposto perdera a validade. Foi essa a única explicação que deu para cancelar a viagem.

Entretanto, todos coincidiram em que a verdadeira razão foram as notícias recebidas naquela manhã sobre a operação de Riohacha, as quais só faziam piorar as anteriores. A pátria caía em pedaços de um oceano a outro, o fantasma da guerra civil se enfuriava sobre suas ruínas, e nada contrariava tanto o general como tirar o corpo diante da adversidade. "Não há sacrifício que não estejamos dispostos a suportar para salvar Riohacha", disse. O doutor Gastelbondo, mais preocupado com as preocupações do enfermo do que com suas doenças irremediáveis, era o único que sabia lhe dizer a verdade sem magoá-lo.

— O mundo a se acabar e o senhor pendente de Riohacha — disse. — Nunca sonhamos com tamanha honra.

A réplica foi imediata:

— De Riohacha depende o destino do mundo.

Acreditava deveras no que dizia, e não conseguia dissimular a ansiedade por já estarem dentro do prazo previsto para tomar Maracaibo. No entanto, estavam mais longe que nunca da vitória, e à medida que dezembro se aproximava, com suas tardes de topázio, já não só temia que se perdesse Riohacha, e talvez todo o litoral, como que a Venezuela armasse uma expedição para arrasar até os últimos vestígios de suas expectativas.

O tempo começara a mudar desde a semana anterior, e onde antes caíam chuvas de pesadelo abriu-se um céu diáfano com noites estreladas. O general permaneceu alheio às maravilhas do mundo, ora absorto na rede, ora jogando sem se preocupar com sua sorte. Pouco depois, enquanto jogavam na sala, um vento de rosas marinhas lhes arrebatou as cartas das mãos e fez saltar os ferrolhos das janelas. A senhora Molinares, exaltada com o anúncio prematuro da estação providencial, exclamou: "É dezembro!" Wilson e José Laurencio Silva se apressaram em fechar as janelas antes que a ventania levasse a casa. O general foi o único que permaneceu absorvido em sua ideia fixa.

— Dezembro já, e nós na mesma — disse. — Com razão se diz que mais vale ter maus sargentos que generais inúteis.

Continuou jogando, e na metade da partida pôs as cartas de lado e disse a José Laurencio Silva que preparasse tudo para a viagem. O coronel Wilson, que na véspera tinha desembarcado sua bagagem pela segunda vez, ficou perplexo:

— O navio partiu.

O general sabia.

— Esse não era o bom — disse. — Temos de ir a Riohacha, para ver se conseguimos que nossos generais ilustres afinal se decidam a vencer. — Antes de abandonar a mesa sentiu-se obrigado a se justificar com os donos da casa.

— Já não é nem sequer uma necessidade da guerra — disse-lhes —, mas uma questão de honra.

Assim foi que às oito da manhã do dia primeiro de dezembro embarcou no bergantim *Manuel,* que o senhor Joaquín de Mier colocou à sua disposição para o que quisesse: dar uma volta para expulsar a bile, descansar no seu engenho de San Pedro Alejandrino para se refazer de seus muitos males e de seus sofrimentos sem conta, ou seguir direto para Riohacha e tentar de novo a redenção das Américas. O general Mariano Montilla, que chegou no bergantim com o general José Maria Carreño, conseguiu que o *Manuel* fosse escoltado pela fragata *Grampus*, dos Estados Unidos, que além de estar bem-artilhada tinha a bordo um bom cirurgião, o doutor Night. Mas quando Montilla viu o estado lastimável em que se encontrava o general, não quis se guiar pelo critério único do doutor Night, e consultou também o seu médico local.

— Não acredito que aguente nem a travessia — disse o doutor Gastelbondo. — Mas vá lá que viaje: qualquer coisa é melhor que viver assim.

Os canais da Ciénaga Grande eram lentos e quentes, e emanavam vapores mortíferos, razão pela qual preferiram o mar aberto, aproveitando os primeiros alísios do norte, que naquele ano foram antecipados e benignos. O bergantim de velas quadradas, bem-conservado e com um camarote preparado para ele, era limpo e cômodo, e tinha um jeito alegre de navegar.

O general embarcou animado, e quis ficar no convés para ver o estuário do rio Grande de la Magdalena, cujo limo dava à água uma cor de cinza até muitas léguas mar adentro. Vestira uma calça velha de belbutina, o gorro andino e uma jaqueta da marinha inglesa, presente do comandante da fragata, e seu aspecto melhorava ao pleno sol com o vento bandoleiro. Em sua homenagem, os tripulantes caçaram um tubarão gigante, em cujo ventre foi encontrada, entre várias quinquilharias, uma espora de cavaleiro. Ele fruía tudo isso com uma alegria de turista, até que foi vencido pela fadiga e se afundou em sua alma. Fez sinal a José Palacios que se aproximasse, e lhe confiou ao ouvido:

— A esta hora, papai Molinares deve estar queimando o colchão e enterrando as colheres.

Por volta de meio-dia passaram em frente à Ciénaga Grande, uma vasta extensão de águas turvas onde todos os pássaros do céu disputavam um cardume de mocharras douradas. Na ardente planície de salitre entre a laguna e o mar, onde a luz era mais transparente e o ar mais puro, estavam as aldeias dos pescadores, com suas redes estendidas a secar nos pátios, e mais além a misteriosa povoação de La Ciénaga, cujos fantasmas diurnos tinham feito os discípulos de Humboldt duvidarem de sua ciência. Do outro lado da Ciénaga Grande se erguia a coroa de gelos eternos da Sierra Nevada.

O bergantim gostoso, quase voando à flor d'água no silêncio das velas, era tão ligeiro e estável que não causara ao general o desejado desarranjo do organismo para expulsar a bile. Mais adiante, porém, passaram por um contraforte da serra que avançava até o mar, quando então as águas se tornaram ásperas e o vento se encrespou. O general notou aquelas alterações com crescente esperança, pois o mundo começou a girar com os pássaros carniceiros que voavam em círculos sobre sua cabeça. Um suor gelado lhe empapou a camisa e seus olhos se

encheram de lágrimas. Montilla e Wilson tiveram que
ampará-lo, pois era tão leve que um golpe de mar podia
arrastá-lo pela amurada. Ao entardecer, quando entraram
no remanso da baía de Santa Marta, já não lhe restava
nada a expulsar no corpo estragado, e jazia exausto no
beliche do capitão, moribundo, mas com a embriaguez
dos sonhos cumpridos. O general Montilla se assustou
tanto com seu estado que antes de proceder ao desembarque o fez examinar de novo pelo doutor Night, e este
determinou que o levassem a terra numa cadeirinha.

Além do desinteresse próprio dos santamartenses por
tudo que tivesse viso oficial, outros motivos explicavam
haver tão pouca gente esperando no ancoradouro. Santa
Marta tinha sido uma das cidades mais difíceis de seduzir
para a causa republicana. Mesmo depois de selada a independência com a batalha de Boyacá, o vice-rei Sámano se
refugiou lá para esperar reforços da Espanha. O próprio
general tinha tentado libertá-la várias vezes, e só Montilla
o conseguiu quando já estava implantada a república. Ao
rancor dos monarquistas se somava a animosidade geral
contra Cartagena, favorita do poder central, e o general
fomentava tudo isso sem saber, com sua paixão pelos cartagenenses. O motivo mais forte, entretanto, mesmo entre
muitos partidários seus, foi a execução sumária do almirante José Prudencio Padilla, que para cúmulo do azar era
tão mulato quanto o general Piar. A virulência aumentara
com a tomada do poder por Urdaneta, presidente do conselho de guerra que tinha ditado a sentença de morte. De
modo que os sinos da catedral não repicaram como estava
previsto, o que ninguém soube explicar, e os canhonaços

deixaram de ser disparados na fortaleza do Morro porque a pólvora amanheceu molhada no arsenal. Os soldados haviam trabalhado até pouco antes para que o general não visse a inscrição a carvão na parede lateral da igreja: "Viva José Prudencio!" As notificações oficiais de sua chegada mal deram para mobilizar uns poucos que o esperavam no porto. A ausência mais notável foi a do bispo Estévez, o primeiro e mais insigne dos notificados principais.

Don Joaquín de Mier havia de lembrar até o fim de seus muitos anos a criatura de pavor que desceu de cadeirinha no letargo da noite que caía, embrulhado numa manta de lã, com um gorro por cima do outro afundados até as sobrancelhas, e apenas com um sopro de vida. Entretanto, o que mais lembrou foi sua mão ardente, sua respiração penosa, a presteza sobrenatural com que deixou a cadeirinha para cumprimentar todos, um por um, com títulos e nomes completos, sustentando-se de pé a duras penas, com a ajuda de seus oficiais. Logo se deixou subir carregado à berlina e desabou no banco, a cabeça sem forças apoiada no espaldar, mas os olhos ávidos pendentes da vida que passava para ele através da janela por uma só vez e até nunca mais.

A fila de carros teve de atravessar a avenida até a casa da alfândega antiga, que lhe estava reservada. Iam soar oito horas, e era quarta-feira, mas havia uma atmosfera de sábado no passeio da baía sob as primeiras brisas de dezembro. As ruas eram amplas e sujas, e as casas de alvenaria, com balcões corridos, mais bem-conservadas que as do resto do país. Famílias inteiras tinham arrastado móveis para se sentar nas calçadas, e algumas chegavam a receber visitas no meio da rua. As nuvens de vaga-lumes entre as árvores iluminavam a avenida à beira-mar com um resplendor fosforescente mais intenso que o dos lampiões.

A casa da alfândega velha era a mais antiga construção do país, erguida 299 anos antes, e estava recém-restaurada. Prepararam para o general um quarto do sobrado, com vista para a baía, mas ele preferiu ficar a maior parte do tempo na sala principal, onde ficavam as únicas argolas para pendurar a rede. Ali estava também a vasta mesa de mogno lavrado, sobre a qual, dezesseis dias depois, seria exposto em câmara-ardente o seu corpo embalsamado, com a sobrecasaca azul de sua patente, sem os oito botões de ouro puro que alguém iria arrancar na confusão da morte.

Só ele parecia não acreditar que estivesse tão perto desse destino. Mas o doutor Alexandre Prosper Révérend, o médico francês que o general Montilla chamou com urgência às nove da noite, não precisou lhe tomar o pulso para saber que começara a morrer havia anos. Pela magreza do pescoço, a contração do peito e a lividez do rosto, achou que a causa principal eram os pulmões afetados, o que suas observações dos dias subsequentes iriam confirmar. No interrogatório preliminar que lhe fez a sós, metade em espanhol, metade em francês, comprovou que o paciente possuía uma astúcia magistral para dissimular os sintomas e esconder a dor, e que seu pouco alento se esvaía no esforço para não tossir nem expectorar durante a consulta. O diagnóstico de primeira vista foi confirmado pelo exame clínico. Mas desde seu boletim médico daquela noite, o primeiro dos 33 que iria publicar nos 15 dias seguintes, atribuiu tanta importância às calamidades do corpo como ao padecimento moral.

O doutor Révérend tinha 34 anos e era seguro de si, culto e bem-vestido. Chegara seis anos antes, decepcionado com a restauração dos Bourbons ao trono da França, e falava e escrevia um castelhano correto e fluente, mas o general aproveitou a primeira oportunidade para lhe dar uma demonstração do seu bom francês. O doutor percebeu logo.

— Sua Excelência tem sotaque de Paris — disse.

— Da rue Vivienne — disse ele, animando-se. — Como sabe?

— Me gabo de adivinhar até a esquina de Paris onde se criou uma pessoa, apenas pelo sotaque — disse o médico. — Embora tenha nascido e vivido até bastante grande numa aldeiazinha da Normandia.

— Bons queijos, mas mau vinho — disse o general.

— Talvez seja esse o segredo de nossa boa saúde — disse o médico.

Ganhou a confiança do doente apalpando sem dor o lado pueril de seu coração. Ganhou-a ainda mais quando, em vez de receitar novos remédios, lhe deu ele próprio uma colherada do xarope que o doutor Gastelbondo preparara para aliviar a tosse, e uma pastilha calmante que o general tomou sem resistência, pelo desejo que tinha de dormir. Continuaram conversando sobre uma coisa e outra até que o sonífero fez efeito, e o médico saiu pé ante pé do quarto. O general Montilla o acompanhou até em casa com outros oficiais, e alarmou-se quando o doutor anunciou que iria dormir vestido para o caso de precisarem chamá-lo a qualquer momento.

Révérend e Night não chegaram a acordo durante as várias reuniões que tiveram durante a semana. Révérend estava convencido de que o general sofria de uma lesão pulmonar cuja origem era um catarro mal tratado. Pela cor da pele e pelas febres vespertinas, o doutor Night estava convencido de que se tratava de um impaludismo crônico. Entretanto, coincidiam na gravidade do estado. Pediram a presença de outros médicos para dirimir a divergência, mas os três de Santa Marta, e outros da província, se negaram a vir, sem explicações. De sorte que os doutores Révérend e Night concordaram num tratamento de compromisso à base de bálsamos peitorais para o catarro e papeletas de quinino para a malária.

O doente piorou ainda mais no fim de semana, por causa de um copo de leite de jumenta que tomou por sua conta e risco, escondido dos médicos. Sua mãe o tomava morno, com mel de abelhas, e assim lhe dava quando muito criança, para aplacar a tosse. Mas aquele sabor balsâmico, associado de modo tão íntimo a suas recordações mais antigas, lhe revolveu a bile e desarranjou o organismo. Foi tal sua prostração que o doutor Night antecipou a partida para lhe mandar um especialista da Jamaica. Mandou dois, com toda espécie de recursos e uma rapidez incrível para a época, porém tarde demais.

O estado de ânimo do general, entretanto, não correspondia a seu abatimento, pois se comportava como se os males que estavam dando cabo dele não fossem mais que doenças banais. Passava a noite acordado na rede, contemplando as voltas do farol na fortaleza do Morro, suportando as dores para não se delatar com gemidos, sem desviar a vista do esplendor da baía que considerava a mais bela do mundo.

— Me doem os olhos de tanto olhá-la — dizia.

Durante o dia, esforçava-se por demonstrar sua atividade de outros tempos, e chamava Ibarra, Wilson, Fernando, quem estivesse mais perto, para dar instruções sobre cartas que não tinha mais paciência de ditar. Só José Palacios manteve o coração bastante lúcido para perceber que aquelas urgências já traziam o estigma do fim. Pois eram disposições para o destino de seus próximos e mesmo de alguns que não estavam em Santa Marta. Esqueceu a briga com seu antigo secretário, o general José Santana, e arranjou-lhe um posto no serviço exterior para que desfrutasse de sua vida nova de recém-casado. Pôs o general José Maria Carreño, a cujo bom coração costumava fazer merecidos elogios, no caminho que o faria chegar, daí a alguns anos, a presidente em exercício da Venezuela. Pediu a Urdaneta comprovantes de serviço para Andrés Ibarra e José Laurencio Silva, a fim de que pudessem ao menos dispor de um soldo regular no futuro. Silva chegou a ser general em chefe e secretário de guerra e marinha de seu país, e morreu aos 82 anos, com a vista nublada pelas cataratas que tanto havia temido, e vivendo de uma pensão por invalidez que obteve depois de árduos trâmites para provar méritos de guerra com suas numerosas cicatrizes.

O general tratou também de convencer Pedro Briceño Méndez a voltar a Nova Granada a fim de ocupar o ministério da guerra, mas a pressa da história não lhe deu tempo. Fez um legado testamentário a seu sobrinho Fernando para lhe facilitar uma boa carreira na administração pública. Ao general Diego Ibarra, que fora seu primeiro ajudante de campo e uma das poucas pessoas às quais tuteava, e que o tuteavam mesmo em público, aconselhou transferir-se para algum lugar onde fosse mais útil que na Venezuela. Mesmo para o general Justo Briceño, com quem continuava agastado naqueles dias, pediria no leito de morte o último favor de sua vida.

Talvez seus oficiais nunca imaginassem a que ponto aquela distribuição unificava seus destinos. Pois todos eles iam compartilhar para o bem ou para o mal o resto de suas vidas, até a ironia histórica de se encontrarem juntos outra vez na Venezuela, cinco anos depois, lutando ao lado do comandante Pedro Carujo numa aventura militar em favor da ideia bolivariana da integração.

Já não eram apenas manobras políticas, mas disposições testamentárias em benefício de seus órfãos. Wilson acabou de confirmá-lo por uma surpreendente declaração ditada pelo general numa carta a Urdaneta: "A situação de Rioha-cha está perdida." Nessa mesma tarde, o general recebeu uma carta do bispo Estévez, o imprevisível, que lhe rogava interceder com seus bons ofícios junto ao governo central para que Santa Marta e Riohacha fossem declaradas de-partamentos, pondo-se termo, assim, à discórdia histórica com Cartagena. O general fez um sinal de desânimo a José Laurencio Silva quando este acabou de ler a carta. "Todas as ideias que ocorrem aos colombianos são para dividir", disse. Mais tarde, enquanto despachava com Fernando a correspondência atrasada, foi ainda mais amargo.

— Deixe sem resposta — disse. — Que esperem até que eu tenha por cima sete palmos de terra e então façam o que lhes der na telha.

Sua ansiedade constante por mudar de clima o punha à beira da demência. Se o tempo era úmido, queria mais seco; se era frio, queria temperado; se era de montanha, queria de mar. Isso lhe alimentava o desassossego perpétuo de que abrissem a janela para entrar ar, que tornassem a fechá-la, que pusessem a poltrona de costas para a luz, outra vez para cá, e só parecia encontrar alívio balançando-se na rede com as exíguas forças que lhe restavam.

Os dias de Santa Marta se tornaram tão lúgubres que quando o general recobrou um pouco de sossego e reiterou a disposição de ir para a casa de campo do senhor Mier, o doutor Révérend foi o primeiro a animá-lo, ciente de que aqueles eram os sintomas finais de uma prostração sem retorno. Na véspera da viagem escreveu a um amigo: "Morrerei o mais tardar dentro de uns dois meses." Foi uma revelação para todos, porque muito poucas vezes em sua vida, e ainda menos em seus últimos anos, fizera menção à morte.

La Florida de San Pedro Alejandrino, a uma légua de Santa Marta, nos contrafortes da Sierra Nevada, era uma fazenda de cana-de-açúcar com um engenho para fazer rapadura. Na berlina do senhor de Mier, lá se foi o general pelo caminho empoeirado que dez dias depois seu corpo, sem ele, iria percorrer em sentido contrário, embrulhado na velha manta dos páramos, em cima de um carro de boi. Muito antes de ver a casa, sentiu a brisa saturada de melaço quente, e sucumbiu às insídias da solidão.

— É o cheiro de San Mateo — disse.

O engenho de San Mateo, a 24 léguas de Caracas, era o centro de suas saudades. Lá ficou órfão de pai aos 3 anos, órfão de mãe aos 9, e viúvo aos 20. Casara-se na Espanha com uma bela moça da aristocracia *criolla*, parenta sua, e sua única esperança de então era ser feliz com ela enquanto aumentava sua imensa fortuna como senhor de vidas e fazendas no engenho de San Mateo. Nunca se soube ao certo se a morte da esposa oito meses depois do casamento foi causada por uma febre maligna ou por um acidente doméstico. Para ele significou nascer para a história, pois tinha sido um fidalgote colonial deslumbrado pelos prazeres mundanos e sem o mínimo interesse pela política, e a partir de então se transformou sem transição no homem que foi para sempre. Nunca mais falou da esposa morta, nunca mais a recordou, nunca mais tentou substituí-la. Quase todas as noites de sua vida sonhou com a casa de San Mateo, e muito sonhava com o pai e a mãe e com cada um dos irmãos, mas nunca com ela, pois a sepultara no fundo de um esquecimento estanque como recurso brutal para continuar vivendo sem ela. A única coisa que conseguiu por um instante remexer sua memória foi o cheiro de melaço de San Pedro Alejandrino, a impassibilidade dos escravos que não lhe dirigiram sequer um olhar de comiseração, as árvores imensas em redor da casa recém-pintada de branco para recebê-lo, o outro engenho de sua vida onde um destino inelutável o levava a morrer.

— O nome dela era Maria Teresa Rodríguez del Toro y Alayza — disse de súbito.

O senhor de Mier estava distraído.

— Quem é? — indagou.

— A que foi minha esposa — disse ele, e reagiu de imediato: — Mas esqueça, por favor: foi um acidente de minha infância.

E mais não disse.

O quarto que lhe destinaram foi responsável por outro extravio da memória, pelo que o examinou com uma atenção meticulosa, como se cada objeto lhe parecesse uma revelação. Além da cama de dossel havia uma cômoda de mogno, uma mesa de cabeceira também de mogno com um tampo de mármore, e uma poltrona estofada de veludo vermelho. Na parede junto à janela havia um relógio octogonal de algarismos romanos, parado à uma hora e sete minutos.

— Já estivemos aqui antes — disse.

Mais tarde, quando José Palacios deu corda no relógio e o pôs na hora certa, o general deitou na rede, fazendo força para dormir ainda que fosse um minuto. Só então viu pela janela a Sierra Nevada, nítida e azul, como um quadro pendurado, e sua memória se perdeu em outros quartos de outras tantas vidas.

— Nunca me senti tão perto de minha casa — disse.

Dormiu bem na primeira noite em San Pedro Alejandrino, e no dia seguinte parecia restabelecido de suas dores, a ponto de dar uma caminhada pelos trapiches, admirar a boa raça dos bois, provar o melado e surpreender a todos com sua sabedoria sobre o funcionamento do engenho. O general Montilla, assombrado com a mudança, pediu a Révérend que lhe dissesse a verdade, e o doutor explicou que a melhora imaginária do general era frequente nos moribundos. O fim era questão de dias, de horas talvez. Aturdido com a má notícia, Montilla deu um soco na parede nua, e machucou a mão. Nunca mais, pelo resto da vida, tornaria a ser o mesmo. Tinha mentido muitas vezes ao general, sempre de boa-fé e por razões de política miúda. A partir daquele dia passou a mentir por caridade, e instruiu nesse sentido os que tinham acesso a ele.

Nessa semana chegaram de Santa Marta oito oficiais de alta patente expulsos da Venezuela por atividades contra o governo. Entre eles se encontravam alguns dos grandes da gesta libertadora: Nicolás Silva, Trinidad Portocarrero, Julián Infante. Montilla lhes pediu que não somente ocultassem ao general moribundo as más notícias, como que melhorassem as boas, para alívio do mais grave de seus muitos males. Eles foram mais longe, e lhe fizeram um relato tão animador da situação de seu país que conseguiram acender em seus olhos o fulgor de outros dias. O general retomou o tema de Riohacha, cancelado havia uma semana, e voltou a falar da Venezuela como uma possibilidade iminente.

— Nunca tivemos oportunidade melhor para começar de novo pelo caminho reto — disse ele. E concluiu com uma convicção irrefutável: — No dia em que eu voltar a pisar o vale do Aragua, todo o povo venezuelano se levantará em meu favor.

Numa tarde traçou um novo plano militar na presença dos oficiais visitantes, que lhe prestaram a ajuda de seu entusiasmo compassivo. Entretanto, tiveram que continuar toda a noite ouvindo-o anunciar em tom profético como iam reconstituir desde as origens, e dessa vez para sempre, o vasto império de suas esperanças. Montilla foi o único que se atreveu a contrariar o estupor dos que acreditavam estar ouvindo os disparates de um louco.

— Cuidado — disse-lhes — que a mesma coisa acreditaram em Casacoima.

Pois ninguém esquecera o dia 4 de julho de 1817, quando o general teve de passar a noite afundado na lagoa de Casacoima, junto com um reduzido grupo de oficiais, entre os quais Briceño Méndez, para escapar das tropas espanholas que estiveram a pique de os surpreender num descampado. Meio nu, tiritando de febre, começou de repente a anunciar aos gritos, passo por passo, tudo o que ia fazer no futuro: a tomada imediata de Angostura, a travessia dos Andes até libertar Nova Granada e depois a Venezuela, para fundar a Colômbia, e por último a conquista dos imensos territórios do sul, até o Peru. "Então escalaremos o Chimborazo e plantaremos nos picos nevados a tricolor da América grande, unida e livre pelos séculos dos séculos", concluiu. Também os que então o escutavam pensaram que tinha perdido o juízo, e no entanto foi uma profecia cumprida ao pé da letra, passo por passo, em menos de cinco anos.

Por infelicidade, a visão de San Pedro Alejandrino era mesmo fruto do desvario. Os tormentos protelados na primeira semana se precipitaram juntos numa rajada de aniquilamento total. O general havia mirrado tanto que tiveram de lhe dar uma volta a mais nos punhos da camisa e cortar uma polegada nas calças de belbutina. Não conseguia dormir mais de três horas no começo da noite, e passava o resto sufocado pela tosse, ou alucinado pelo delírio, ou desesperado pelo soluço recorrente que principiara em Santa Marta e foi ficando cada vez mais tenaz. Durante a tarde, enquanto os outros cochilavam, entretinha a dor contemplando pela janela os cumes nevados da serra.

Tinha atravessado quatro vezes o Atlântico e percorrido a cavalo os territórios libertados mais do que qualquer outro em qualquer tempo, e nunca fizera um testamento, falha insólita para a época. "Não tenho nada que deixar para ninguém", dizia. O general Pedro Alcântara Herrán o sugerira em Santa Fé, quando se preparava a viagem, com o argumento de que era uma precaução normal de todo passageiro, e ele respondera, mais a sério que de brincadeira, que a morte não estava em seus planos imediatos. Contudo, em San Pedro Alejandrino, foi ele quem tomou a iniciativa de ditar os rascunhos de sua última vontade e sua última proclamação. Jamais se soube se foi um ato consciente ou um passo em falso de seu coração atribulado.

Como Fernando estava doente, começou por ditar a José Laurencio Silva uma série de notas um tanto descosidas que expressavam tanto os seus desejos como os seus desenganos: a América era ingovernável, quem serve a uma revolução ara no mar, este país caíra sem remédio em mãos da multidão desenfreada para depois passar a tiranetes quase imperceptíveis de todas as cores e raças, e muitos outros pensamentos lúgubres que já circulavam dispersos em cartas a diferentes amigos.

Continuou ditando durante várias horas, como num transe de iluminado, só se interrompendo nos acessos de tosse. José Laurencio Silva não foi capaz de seguir aquele ritmo, nem Andrés Ibarra aguentou por muito tempo o esforço de escrever com a mão esquerda. Quando todos os secretários e ajudantes de campo se cansaram, restou a postos o tenente de cavalaria Nicolás Mariano de Paz, que copiou a matéria ditada com rigor e boa caligrafia até onde deu o papel. Pediu mais, mas demoraram tanto a trazê-lo que prosseguiu escrevendo na parede até quase enchê-la. O general ficou tão agradecido que o presenteou com as duas pistolas para duelos de amor do general Lorenzo Cárcamo.

Deixou escrito como últimas vontades que seus restos fossem levados para a Venezuela, que os dois livros da biblioteca de Napoleão fossem doados à Universidade de Caracas, que se dessem 8 mil pesos a José Palacios em reconhecimento a seus dedicados serviços, que se queimassem os papéis deixados em Cartagena aos cuidados do senhor Pavajeau, que se devolvesse a seu lugar de origem a medalha que fora concedida pelo congresso da Bolívia, que se restituísse à viúva do marechal Sucre a espada de ouro com incrustações de pedras preciosas que o marechal lhe dera de presente, e que o resto de seus bens, inclusive as minas de Aroa, fosse dividido entre suas duas irmãs e os filhos de seu falecido irmão. Era só o que havia, porque dos mesmos bens havia que pagar várias dívidas pendentes, grandes e pequenas, e entre elas os 20 mil duros do pesadelo recorrente do professor Lancaster.

No meio das cláusulas de praxe, teve o cuidado de incluir uma excepcional para agradecer a sir Robert Wilson o bom comportamento e a fidelidade de seu filho. Não era de estranhar essa distinção, mas sim o fato de não a haver estendido ao general O'Leary, que só não seria testemunha de sua morte porque não chegou a tempo de Cartagena, onde permanecia por ordem dele à disposição do presidente Urdaneta.

Ambos os nomes ficariam vinculados para sempre ao do general. Wilson seria mais tarde encarregado de negócios da Grã-Bretanha em Lima, e a seguir em Caracas, e continuaria participando em primeiro plano nos assuntos políticos e militares dos dois países. O'Leary se radicaria em Kingston, e mais tarde em Santa Fé, onde foi cônsul de seu país por longo tempo, e onde morreu com a idade de 51 anos, tendo recolhido em 34 volumes um testemunho portentoso de sua vida junto ao general das Américas. Teve um crepúsculo calado e frutífero, que reduziu a uma frase: "Morto O Libertador e destruída sua grande obra, retirei-me para a Jamaica, onde me dediquei a pôr em ordem seus papéis e escrever minhas memórias."

A partir do dia em que o general fez seu testamento, o médico esgotou com ele os paliativos de sua ciência: sinapismos nos pés, massagens na espinha dorsal, emplastros anódinos por todo o corpo. Reduziu a prisão de ventre crônica com lavagens de efeito imediato, mas arrasador. Temendo uma apoplexia, submeteu-o a um tratamento de vesicatórios para eliminar o catarro acumulado na cabeça. O tratamento consistia numa cataplasma de cantárida, um inseto cáustico que ao ser moído e aplicado sobre a pele produzia vesículas capazes de absorver os medicamentos. O doutor Révérend aplicou ao general moribundo cinco vesicatórios na nuca e um na panturrilha. Um século e meio depois, numerosos médicos continuavam achando que a causa principal da morte tinham sido essas cataplasmas abrasivas, que provocaram um distúrbio urinário com micções involuntárias, e logo dolorosas, e por último ensanguentadas, até deixarem a bexiga seca e colada à pélvis, como o doutor Révérend comprovou na autópsia.

O olfato do general se tornara tão sensível que obrigava o médico e o boticário Augusto Tomasín a se manterem a distância, por causa do cheiro de remédio que desprendiam. Então, mais que nunca, mandava borrifar o quarto com água-de-colônia, e continuou tomando seus banhos ilusórios, barbeando-se com as próprias mãos, escovando os dentes com um encarniçamento feroz, num esforço sobrenatural para se defender das imundícies da morte.

Na segunda semana de dezembro passou por Santa Marta o coronel Luis Peru de Lacroix, um jovem veterano dos exércitos de Napoleão que havia sido ajudante de campo do general até pouco tempo antes, e a primeira coisa que fez depois de visitá-lo foi escrever a carta da verdade a Manuela Sáenz. Apenas a recebeu, Manuela viajou para Santa Marta, mas em Guaduas lhe anunciaram que estava com uma vida inteira de atraso. A notícia a apagou do mundo. Mergulhou em suas próprias sombras, sem cuidar de outra coisa além das duas arcas com papéis do general, que conseguiu esconder num lugar seguro em Santa Fé até que Daniel O'Leary os resgatou vários anos depois, por instruções dela. O general Santander, num de seus primeiros atos de governo, a desterrou. Manuela se submeteu à sua sorte com uma dignidade inflamada, primeiro na Jamaica, depois num vaguear triste que terminaria em Paita, um sórdido porto do Pacífico, onde iam descansar os barcos baleeiros de todos os oceanos. Ali disfarçou o esquecimento com os trabalhos de tricô, os tabacos de arrieiro e os bichinhos de doce que fazia para vender aos marinheiros enquanto lhe permitiu a artrite das mãos. O doutor Thorne, seu marido, foi assassinado a facadas num lugar ermo de Lima, sendo roubado do pouco que levava consigo. Deixou em testamento para Manuela uma soma igual à que ela trouxera de dote, mas que nunca foi entregue. Três visitas memoráveis a consolaram de seu abandono: a do professor Simón Rodríguez, com quem compartilhou as cinzas da glória; a de Giuseppe Garibaldi, o patriota italiano que voltava de lutar contra a ditadura de Rosas na Argentina; e a do romancista Herman Melville, que andava pelas águas do mundo se documentando para *Moby Dick*. Já mais velha, inválida numa rede por causa de uma fratura da bacia, lia a sorte nas cartas e dava conselhos de amor aos namorados. Morreu numa epidemia de peste, aos 59 anos, e sua casinhola foi queimada pela polícia sanitária com os preciosos papéis do general, entre os quais suas cartas íntimas. As únicas relíquias pessoais que restavam dele, segundo disse a Peru de Lacroix, eram uma mecha de cabelos e uma luva.

O estado em que Peru de Lacroix encontrou La Florida de San Pedro Alejandrino era já a desordem da morte. A casa estava ao deus-dará. Os oficiais dormiam a qualquer hora que o sono os vencesse, e estavam tão irritadiços que o cauteloso José Laurencio Silva chegou a desembainhar a espada para dar satisfação às súplicas de silêncio do doutor Révérend. Tantos eram os pedidos de comida, às horas mais inesperadas, que a Fernanda Barriga faltavam ímpetos e bom humor para atender a todos. Os mais desanimados jogavam cartas de dia e de noite, sem cuidar que as coisas que diziam aos gritos eram ouvidas pelo moribundo no quarto vizinho. Uma tarde, enquanto o general jazia no langor da febre, alguém no terraço deblaterava em altas vozes contra o abuso de cobrarem 12 pesos e 23 centavos por meia dúzia de tábuas, 225 pregos, seiscentas tachinhas comuns, cinquenta das douradas, dez varas de percal branco, dez varas de fita de cânhamo e seis varas de fita preta.

Era uma litania de berros que silenciou as outras vozes e acabou por dominar o espaço da fazenda. O doutor Révérend, no quarto, mudava o curativo da mão fraturada do general Montilla, e ambos compreenderam que também o doente, na lucidez do meio-sono, estava pendente das contas. Montilla assomou à janela e gritou:

— Calem-se, *carajos*!

O general interveio sem abrir os olhos:

— Deixe o pessoal em paz — disse. — Afinal, já não há contas que eu não possa ouvir.

Só José Palacios sabia que o general não precisava ouvir mais nada para perceber que as contas gritadas eram de 253 pesos, 7 reais e 3 quartilhos de uma coleta pública para pagar as despesas do seu enterro, feita pela municipalidade entre alguns particulares e os fundos de matadouros e cadeia, e que as listas eram dos materiais para fabricar o caixão e construir o túmulo. José Palacios, por ordem de Montilla, se incumbiu desde então de impedir a entrada de qualquer pessoa no quarto, fossem quais fossem o grau, título ou dignidade, e ele mesmo se impôs um regime tão drástico na custódia do enfermo que em muito pouco se distinguia da própria morte.

— Se tivessem me dado um poder assim desde o princípio, este homem teria vivido 100 anos — disse.

Fernanda Barriga quis entrar.

— Esse pobre órfão gostou tanto das mulheres na vida — disse — que não pode morrer sem uma no quarto, mesmo que seja velha e feia, e tão imprestável como eu.

Não deixaram. Então ela se sentou junto à janela, tratando de santificar com responsos os delírios pagãos do moribundo. Ficou à mercê da caridade pública, afundada num luto eterno, até a idade de cento e um anos.

Foi ela quem cobriu de flores o caminho e dirigiu os cânticos quando o padre da vizinha aldeia de Mamatoco apareceu com o viático no começo da noite de quarta-feira. Chegou precedido de uma fila dupla de índias descalças com batas de fazenda crua e coroas de lírios-dos-incas que iluminavam o caminho com candeeiros de azeite e cantavam orações fúnebres em sua língua. Fizeram o percurso que Fernanda ia atapetando com pétalas na frente deles, e foi um instante tão comovedor que ninguém ousou contê-los. O general se soergueu na cama quando os viu entrarem no quarto, cobriu os olhos com o braço para não se ofuscar e mandou-os sair com um grito:

— Levem essas luzes, que isto mais parece uma procissão de almas penadas.

Na tentativa de evitar que o mau humor da casa acabasse de matar o sentenciado, Fernando levou uma bandinha de Mamatoco, que tocou um dia inteiro debaixo dos tamarineiros do pátio. O general reagiu bem à virtude sedativa da música. Fez repetir várias vezes *La trinitaria,* sua contradança predileta, que se tornara popular porque ele mesmo, em outros tempos, distribuía cópias da partitura por onde quer que andasse.

Os escravos pararam os trapiches e contemplaram longo tempo o general por entre as trepadeiras da janela. Ele estava embrulhado num lençol branco, mais macerado e cinzento do que depois da morte, e marcava o compasso com a cabeça eriçada pelos tufos do cabelo que começava a renascer. No fim de cada música aplaudia com a decência convencional que aprendera na ópera de Paris.

Ao meio-dia, alentado pela música, tomou uma xícara de caldo e comeu massas de sagu e frango cozido. Depois pediu um espelho de mão para se mirar na rede, e disse: "Com estes olhos não morro." A esperança quase perdida de que o doutor Révérend fizesse um milagre voltou a renascer em todos. Mas quando parecia melhor, o doente confundiu o general Sardá com um oficial espanhol dos trinta e oito que Santander mandara fuzilar num dia, sem julgamento, depois da batalha de Boyacá. Mais tarde sofreu uma recaída súbita, da qual não tornou a se recuperar, e gritou com o pouco que lhe restava de voz que levassem os músicos para longe da casa, onde não perturbassem a paz de sua agonia. Quando recobrou a calma, mandou Wilson redigir uma carta ao general Justo Briceño, pedindo-lhe como homenagem quase póstuma que fizesse as pazes com o general Urdaneta para salvar o país dos horrores da anarquia. A única coisa textual que ditou foi o cabeçalho: "Nos meus últimos momentos de vida lhe escrevo esta carta."

De noite conversou até muito tarde com Fernando, e pela primeira vez lhe deu conselhos sobre o futuro. A ideia de escreverem juntos as memórias já ficava no projeto, mas o sobrinho tinha vivido bastante a seu lado para tentar escrevê-las como um simples exercício do coração, de modo que seus filhos tivessem uma ideia daqueles anos de glórias e infortúnios. "O'Leary escreverá alguma coisa, se perseverar em seus propósitos", disse o general. "Mas será diferente." Fernando tinha então 26 anos, e iria viver até os 88 sem escrever nada além de umas quantas páginas descosidas, porque o destino lhe proporcionou a imensa sorte de perder a memória.

José Palacios havia estado no quarto enquanto o general ditava o testamento. Nem ele nem ninguém pronunciou uma só palavra naquele ato que se revestiu de uma dignidade sacramental. Mas à noite, durante o processo do banho emoliente, suplicou ao general que mudasse sua vontade.

— Sempre fomos pobres e nada nos faltou — disse.

— O contrário é que é verdade — disse o general. — Sempre fomos ricos e nada nos sobrou.

Ambos os extremos eram verdadeiros. José Palacios entrara muito jovem para o serviço dele, por determinação da mãe do general, que era sua dona, e não chegou a ser emancipado de maneira formal. Ficou flutuando num limbo civil, no qual nunca lhe foi destinado um soldo, nem se definiu um estado, pois suas necessidades eram parte das necessidades privadas do general. Identificou-se com ele até no modo de vestir e de comer, e exagerou na sobriedade. O general não estava disposto a deixá-lo desamparado, sem uma patente militar nem uma pensão por invalidez, e numa idade que já não dava para começar a viver. Não havia, pois, alternativa: a cláusula dos 8 mil pesos não só era irrevogável como irrenunciável.

— É o justo — concluiu o general.

José Palacios replicou no ato:

— O justo é morrermos juntos.

Assim foi de fato, porque administrou seu dinheiro tão mal quanto o general administrava o dele. Ao morrer o general, ficou em Cartagena de Índias vivendo da caridade pública, provou o álcool para afogar as lembranças e sucumbiu a suas mágoas. Morreu na idade de 76 anos, rojando-se na lama pelos tormentos *do delirium tremens*, num antro de mendigos licenciados do exército libertador.

O general passou tão mal no dia 10 de dezembro que mandaram chamar às carreiras o bispo Estévez, para o caso de ele querer se confessar. O bispo veio logo, e foi tamanha a importância dada à entrevista que se paramentou todo. Mas a conversa transcorreu a portas fechadas, e sem testemunhas, por disposição do general, durando apenas 14 minutos. Nunca se soube uma palavra do que falaram. O bispo saiu depressa e perturbado, subiu à sua carruagem sem se despedir, e não oficiou os funerais apesar dos muitos apelos que lhe fizeram, nem assistiu ao sepultamento. O general ficou tão mal que não pôde se levantar sozinho da rede, e o médico teve que erguê-lo nos braços, como a um recém-nascido, sentando-o na cama, apoiado nos travesseiros, para que a tosse não o sufocasse. Quando, afinal, recobrou o ânimo, mandou que todos saíssem para poder falar a sós com o médico.

— Não imaginei que este negócio fosse tão grave a ponto de pensarem nos santos óleos — disse. — Logo eu, que tenho a felicidade de não acreditar na vida do outro mundo.

— Não se trata disso — disse Révérend. — O que está demonstrado é que o acerto dos assuntos da consciência cria no doente um estado de ânimo que facilita muito a tarefa do médico.

O general não prestou atenção à habilidade da resposta, porque estremeceu à revelação deslumbrante de que a corrida louca entre seus males e seus sonhos chegava naquele instante à meta final. O resto eram as trevas.

— *Carajos!* — suspirou. — Como vou sair deste labirinto?

Examinou o aposento com a clarividência de quem chega ao fim, e pela primeira vez viu a verdade: a última cama emprestada, o toucador lastimável cujo turvo espelho de paciência não o tornaria a refletir, o jarro d'água de porcelana descascada, a toalha e o sabonete para outras mãos, a pressa sem coração do relógio octogonal desenfreado para o encontro inelutável de 17 de dezembro, à uma hora e sete minutos de sua tarde final. Então cruzou os braços contra o peito e começou a ouvir as vozes radiosas dos escravos cantando a salve-rainha das seis nos trapiches, e avistou no céu pela janela o diamante de Vênus que ia embora para sempre, as neves eternas, a trepadeira nova cujas campânulas amarelas não veria florescer no sábado seguinte na casa fechada pelo luto, os últimos fulgores da vida que nunca mais, pelos séculos dos séculos, tornaria a se repetir.

Agradecimentos

Durante muitos anos ouvi de Álvaro Mutis o projeto de escrever a viagem final de Simón Bolívar pelo rio Magdalena. Quando publicou *El último rostro*, que era um fragmento antecipado do livro, o relato me pareceu tão maduro, e o estilo e o tom tão apurados, que me preparei para o ler completo daí a pouco tempo. Entretanto, dois anos depois tive a impressão de que ele o havia lançado ao esquecimento, como nos acontece a tantos escritores, mesmo com nossos sonhos mais amados, e só então ousei pedir que me permitisse escrevê-lo. Foi um bote certeiro, depois de uma tocaia de dez anos. Assim, meu primeiro agradecimento é para ele.

Mais que as glórias do personagem, me interessava então o rio Magdalena, que comecei a conhecer em criança, viajando da costa caribe, onde tive a sorte de nascer, até a cidade de Bogotá, distante e turva, onde me senti mais forasteiro do que em qualquer outra, desde a primeira vez. Em meus anos de estudante, eu o percorri 11 vezes nos dois sentidos, naqueles navios a vapor que saíam dos estaleiros do Mississippi condenados à nostalgia, e com uma vocação mítica a que nenhum escritor poderia resistir.

Por outro lado, os fundamentos históricos me preocupavam pouco, pois a última viagem pelo rio é o tempo menos documentado da vida de Bolívar. Só escreveu então três ou quatro cartas — um homem que deve ter ditado mais de dez mil — e nenhum de seus acompanhantes deixou memória escrita daqueles 14 dias desventurados. No entanto, desde o primeiro capítulo tive de fazer alguma consulta ocasional sobre seu modo de vida, e essa consulta me remeteu a outra, depois a outra mais e a outra mais, até mais não poder. Durante dois longos anos fui me afundando nas areias movediças de uma documentação torrencial, contraditória e muitas vezes incerta, desde os 34 volumes de Daniel Florencio O'Leary até os recortes de jornais menos imaginados. Minha absoluta falta de experiência em matéria de investigação histórica tornou ainda mais árduos os meus dias.

Este livro não teria sido possível sem a ajuda dos que trilharam antes de mim esses territórios, durante século e meio, e me tornaram mais fácil a temeridade literária de contar uma vida com uma documentação tirânica, sem renunciar aos foros desaforados do romance. Mas minha gratidão vai de maneira muito especial a um grupo de amigos, velhos e novos, que tomaram como assunto próprio e de grande importância não só minhas dúvidas mais graves — por exemplo, o pensamento político real de Bolívar em meio a suas contradições flagrantes — como também as mais triviais — por exemplo, o número que calçava. Entretanto, nada apreciarei mais do que a indulgência dos que não se encontrem nesta relação de agradecimentos por um esquecimento abominável.

O historiador colombiano Eugênio Gutiérrez Celys, em resposta a um questionário de muitas páginas, preparou para mim um arquivo de fichas que não só me trouxe dados surpreendentes — muitos deles perdidos na imprensa colombiana do século XIX — como me deu as primeiras luzes para um método de pesquisa e ordenamento da informação. Além disso, seu livro *Bolívar dia a dia,* escrito a quatro mãos com o historiador Fábio Puyo, foi uma carta de navegação que, ao longo da escrita, permitiu mover-me com desembaraço por todos os tempos do personagem. O mesmo Fábio Puyo teve a virtude de acalmar minhas angústias com documentos analgésicos que me lia por telefone de Paris, ou me mandava em caráter urgente por telex ou telefax, como se fossem remédios de vida ou morte. O historiador colombiano Gustavo Vargas, professor da Universidade Nacional Autônoma do México, se manteve ao alcance do meu telefone para me esclarecer dúvidas maiores e menores, sobretudo as relacionadas com as ideias políticas da época. O historiador bolivariano Vinicio Romero Martínez me ajudou de Caracas com achados que me pareciam impossíveis sobre os costumes particulares de Bolívar — em especial seu linguajar grosso — e sobre o caráter e o destino de seu séquito, além de uma revisão implacável de dados históricos na versão final. A ele devo a advertência providencial de que Bolívar não podia chupar mangas com deleite infantil, pela simples razão de que faltavam vários anos para a manga chegar às Américas.

Jorge Eduardo Ritter, embaixador do Panamá na Colômbia e mais tarde chanceler de seu país, fez vários voos urgentes só para me trazer alguns dos seus livros inencontráveis. Dom Francisco de Abrisqueta, de Bogotá, foi um guia obstinado na intrincada e vasta bibliografia bolivariana. O ex-presidente Belisario Betancur me esclareceu dúvidas esparsas durante todo um ano de consultas telefônicas, e estabeleceu para mim que os versos citados de memória por Bolívar eram do poeta equatoriano José Joaquín Olmedo. Com Francisco Pividal mantive em Havana as vagarosas conversas preliminares que me permitiram formar uma ideia clara sobre o livro que pretendia escrever. Roberto Cadavid (Argos), o linguista mais popular e prestativo da Colômbia, me fez o favor de pesquisar o sentido e a idade de alguns localismos. A pedido meu, o geógrafo Gladstone Oliva e o astrônomo Jorge Pérez Doval, da Academia de Ciências de Cuba, fizeram o inventário das noites de lua cheia nos primeiros trinta anos do século passado.

Meu velho amigo Aníbal Noguera Mendoza — de sua embaixada da Colômbia em Porto Príncipe — me enviou cópia de papéis pessoais seus, com a generosa permissão de me servir deles com toda liberdade, apesar de serem notas e rascunhos de um estudo que está escrevendo sobre o mesmo assunto. Além disso, na primeira versão dos originais descobriu meia dúzia de falácias mortais e anacronismos suicidas que teriam semeado dúvidas sobre o rigor deste romance.

Por último, Antonio Bolívar Goyanes — parente oblíquo do protagonista e talvez o último tipógrafo à boa moda antiga que resta no México — teve a bondade de rever comigo os originais, numa caçada milimétrica de contrassensos, repetições, inconsequências, erros e erratas, e num escrutínio encarniçado da linguagem e da ortografia, até esgotar sete versões. Assim aconteceu surpreendermos com a mão na massa um militar que ganhava batalhas antes de nascer, uma viúva que foi para a Europa com seu amado esposo, e um almoço íntimo de Bolívar e Sucre em Bogotá, quando um deles se encontrava em Caracas e outro em Quito. Contudo, não estou muito certo de que deva agradecer estas duas ajudas finais, pois me parece que tais disparates teriam acrescentado umas gotas de humor involuntário — e talvez desejável — ao horror deste livro.

G.G.M.
Cidade do México, janeiro de 1989.

Cronologia sucinta de Simón Bolívar

(Elaborada por Vinicio Romero Martínez)

1783   24 de julho: nascimento de Simón Bolívar.

1786   19 de janeiro: morte de Juan Vicente Bolívar, pai de Simón.

1792   6 de julho: morte de dona Maria de la Concepción Palacios y Blanco, mãe de Bolívar.

1795   23 de julho: Bolívar abandona a casa do seu tio Carlos Palacios y Blanco. Inicia-se um longo processo, e ele é trasladado para a casa de seu professor Simón Rodríguez. Em outubro volta à casa do tio Carlos.

1797   Conspiração de Manuel Gual e Joseph Maria de Espana, na Venezuela. Bolívar entra para a milícia como cadete, nos Vales de Aragua.

1797-1798   Andrés Bello lhe dá aulas de gramática e geografia. Também por essa época estuda física e matemática, em sua própria casa, na academia fundada pelo padre Francisco de Andújar.

1799   19 de janeiro: viaja para a Espanha, fazendo escalas no México e em Cuba. Em Veracruz escreve sua primeira carta.

1800   Em Madri, entra em contato com o sábio marquês de Ustáriz, seu verdadeiro forjador intelectual.

1801	Entre março e dezembro, estuda francês em Bilbao.
1802	12 de fevereiro: em Amiens, França, admira Napoleão Bonaparte. Apaixona-se por Paris.

1801 Entre março e dezembro, estuda francês em Bilbao.

1802 12 de fevereiro: em Amiens, França, admira Napoleão Bonaparte. Apaixona-se por Paris.

26 de maio: casa-se com Maria Teresa Rodríguez del Toro, em Madri, Espanha.

12 de julho: chega à Venezuela com sua mulher. Dedica-se a cuidar de suas fazendas.

1803 22 de janeiro: Maria Teresa morre em Caracas.

23 de outubro: novamente na Espanha.

1804 2 de dezembro: assiste em Paris à coroação de Napoleão.

1805 15 de agosto: juramento no Monte Sacro, em Roma, Itália.

27 de dezembro: inicia-se na maçonaria de rito escocês, em Paris. Em janeiro de 1806 é promovido ao grau de mestre.

1807 1º de janeiro: desembarca em Charleston, Estados Unidos. Percorre várias cidades desse país, e em junho volta a Caracas.

1810 18 de abril: confinado em sua fazenda de Aragua; por esse motivo não participa nos acontecimentos de 19 de abril, dia inicial da revolução venezuelana.

9 de junho: parte em missão diplomática para Londres. Aí conhece Francisco de Miranda.

5 de dezembro: regressa de Londres. Cinco dias depois, também Miranda chega a Caracas e se hospeda na casa de Bolívar.

1811 2 de março: reúne-se o primeiro Congresso da Venezuela.

4 de julho: discurso de Bolívar na Sociedade Patriótica.

5 de julho: proclamação da Independência da Venezuela.

23 de julho: Bolívar combate sob as ordens de Miranda, em Valencia. É sua primeira experiência de guerra.

1812 26 de março: terremoto em Caracas.

6 de julho: perde-se em mãos do coronel Simón Bolívar o forte de Puerto Cabello, devido a uma traição.

30 de julho: junto com outros oficiais, prende Miranda para levá-lo a um julgamento militar, acreditando-o traidor por ter assinado a capitulação. Manuel Maria Casas tira-lhes o ilustre preso das mãos e o entrega aos espanhóis.

1º de setembro: chega a Curaçao, em seu primeiro exílio. 15 de dezembro: lança em Nova Granada o Manifesto de Cartagena.

24 de dezembro: com a ocupação de Tenerife, Bolívar dá início à campanha do rio Magdalena, que varrerá os monarquistas de toda a região.

1813   28 de fevereiro: combate de Cúcuta.

1º de março: ocupa Santo Antonio del Táchira.

12 de março: é feito brigadeiro de Nova Granada.

14 de maio: começa em Cúcuta a Campanha Admirável.

23 de maio: aclamado como Libertador em Mérida.

15 de junho: em Trujillo, proclamação da Guerra de Morte.

6 de agosto: entrada triunfal em Caracas. Fim da Campanha Admirável.

14 de outubro: o Conselho de Caracas, em assembleia pública, aclama Bolívar como capitão-general e Libertador.

5 de dezembro: batalha de Araure.

1814   8 de fevereiro: ordena a execução de presos em La Guayra.

12 de fevereiro: batalha de La Victoria.

28 de fevereiro: batalha de San Mateo.

28 de maio: primeira batalha de Carabobo.

7 de julho: cerca de vinte mil caraquenhos, com o Libertador à frente, empreendem a migração para o Oriente.

4 de setembro: Ribas e Piar, que proscreveram Bolívar e Mario, ordenam a prisão dos dois em Carúpano.

7 de setembro: Bolívar lança seu Manifesto de Carúpano e, sem tomar conhecimento da ordem de prisão, embarca no dia seguinte com destino a Cartagena.

27 de novembro: o governo de Nova Granada o promove a general em chefe, com o encargo de reconquistar o estado de Cundinamarca. Empreende a campanha, até conseguir a capitulação de Bogotá.

12 de dezembro: estabelece o governo em Bogotá.

1815   10 de maio: em sua tentativa de libertar a Venezuela, entrando por Cartagena, enfrenta séria oposição das autoridades dessa cidade. Decide então embarcar para um exílio voluntário na Jamaica.

6 de setembro: publica a célebre Carta da Jamaica.

24 de dezembro: desembarca em Los Cayos, Haiti, onde se encontra com seu amigo Luis Brión, marinheiro natural de Curaçao. Em Haiti faz amizade com o presidente Pétion, que lhe dará uma inestimável colaboração.

1816 31 de março: parte do Haiti a chamada expedição de Los Cayos, da qual participa Luis Brión.

2 de junho: em Carúpano, decreta a abolição da escravatura.

1817 9 de fevereiro: Bolívar e Bermúdez se reconciliam e se abraçam na ponte sobre o rio Neveri (Barcelona).

11 de abril: batalha de San Félix, travada por Piar. Angostura é libertada, alcança-se o domínio sobre o rio Orinoco e a estabilização definitiva da terceira República.

8 de maio: reúne-se em Cariaco um congresso convocado pelo padre José Cortês Madariaga. Termina em fracasso, embora dois de seus decretos continuem em vigor: as sete estrelas da bandeira nacional e o nome de estado de Nova Esparta para a ilha de Margarita.

12 de maio: Piar é promovido a general em chefe.

19 de junho: Bolívar escreve a Piar em tom conciliatório: "General, prefiro um combate com os espanhóis a estas brigas entre os patriotas."

4 de julho: na laguna de Casacoima, com água pelo pescoço, escondido para escapar a uma emboscada realista, começa uma lucubração ante seus oficiais atônitos, predizendo o que iria fazer desde a conquista de Angostura até a libertação do Peru.

16 de outubro: fuzilamento do general Piar, em Angostura. Luis Brión preside o conselho de guerra.

1818 30 de janeiro: às margens do rio Apure, entrevista-se pela primeira vez com Páez, caudilho da região dos Llanos.

12 de fevereiro: derrota o general espanhol Pablo Morillo em Calabozo.

27 de junho: funda em Angostura o jornal *Correo del Orinoco*.

1819	15 de fevereiro: instala o congresso de Angostura. Pronuncia o famoso discurso desse nome. É eleito presidente da Venezuela. Em seguida empreende a campanha de libertação de Nova Granada. 7 de agosto: batalha de Boyacá. 17 de dezembro: Bolívar cria a república da Colômbia, dividida em três departamentos: Venezuela, Cundinamarca e Quito. O Congresso o elege presidente da Colômbia.
1820	11 de janeiro: está em San Juan de Payara, Apure. 5 de março em Bogotá. 19 de abril: comemora em San Cristóbal os dez anos do início da revolução. 27 de novembro: encontra-se com o general Pablo Morillo em Santa Ana, Trujillo. No dia anterior, ratificara o armistício e o tratado de regularização da guerra.
1821	5 de janeiro: está em Bogotá, planejando a campanha do Sul, da qual incumbirá Sucre. 14 de fevereiro: felicita Rafael Urdaneta pela proclamação da independência de Maracaibo, embora manifeste o temor de que a Espanha a considere um ato de má-fé, em prejuízo do armistício. 17 de abril: uma proclamação anuncia a ruptura do armistício e o começo de uma "guerra santa": "Lutar-se-á para desarmar o adversário, não para destruí-lo." 28 de abril: reiniciam-se as hostilidades. 27 de junho: Bolívar derrota em Carabobo o general La Torre. Embora não tenha sido a última batalha, Carabobo assegurou a independência da Venezuela.
1822	7 de abril: batalha de Bomboná. 24 de maio: batalha de Pichincha. 16 de junho: conhece Manuela Sáenz, em Quito, quando entra triunfalmente na cidade ao lado de Sucre. 11 de julho: chega a Guayaquil e dois dias depois a declara incorporada à república da Colômbia. 26/27 de julho: entrevista de Bolívar e San Martin em Guayaquil.

13 de outubro: escreve *Mi delírio sobre el Chimborazo*, em Loja, perto de Cuenca, Equador.

1823 1º de março: Riva Agüero, presidente do Peru, pede ao Libertador quatro mil soldados e o auxílio da Colômbia para conseguir a independência. O primeiro contingente de três mil homens é enviado por Bolívar em 17 de março, e em 12 de abril outros três mil.

14 de maio: o Congresso do Peru publica um decreto chamando o Libertador para acabar com a guerra civil.

1º de setembro: Bolívar chega a Lima, Peru. O Congresso o autoriza a submeter Riva Agüero, que promoveu uma sublevação em favor dos espanhóis.

1824 1º de janeiro: chega doente a Pativilca.

12 de janeiro: decreta a pena capital contra os que roubam o tesouro público a partir de 10 pesos.

19 de janeiro: bela carta a seu mestre Simón Rodríguez: "O senhor formou meu coração para a liberdade, para a justiça, para o que é grande e belo."

10 de fevereiro: o Congresso do Peru o nomeia ditador para salvar a República em ruínas.

6 de agosto: batalha de Junín.

5 de dezembro: Lima libertada.

7 de dezembro: Bolívar convoca o Congresso do Panamá.

9 de dezembro: vitória de Sucre em Ayacucho. Fim do domínio espanhol na América.

1825 A Inglaterra reconhece a independência das novas nações da América.

12 de fevereiro: o Congresso do Peru, agradecido, decreta honras ao Libertador: uma medalha, uma estátua equestre, um milhão de pesos para ele e outro milhão para o exército libertador. Bolívar abre mão do dinheiro que o Congresso lhe oferece, mas aceita o que é dado ao seu exército.

18 de fevereiro, o Congresso do Peru rejeita a renúncia de Bolívar à presidência com poderes ilimitados.

6 de agosto: uma assembleia reunida em Chuquisaca, Alto Peru, aprova a criação da república da Bolívia.

26 de outubro: Bolívar no Cerro de Potosí.

25 de dezembro: decreta em Chuquisaca o plantio de um milhão de árvores, "onde houver mais necessidade delas".

1826 25 de maio: de Lima, participa a Sucre que o Peru reconheceu a república da Bolívia, e lhe envia o projeto de constituição boliviana.

22 de junho: instala-se o Congresso do Panamá.

16 de dezembro: chega a Maracaibo, onde oferece aos venezuelanos convocar a grande convenção.

31 de dezembro: chega a Puerto Cabello para o encontro com Páez.

1827 1º de janeiro: decreta a anistia para os responsáveis pela conspiração denominada Cosiata. Confirma Páez no cargo de primeiro mandatário da Venezuela. De Puerto Cabello escreve a Páez: "Eu não posso dividir a república; mas, para o bem da Venezuela, o desejo, e assim se fará na assembleia geral se a Venezuela o quiser."

4 de janeiro: em Naguanagua, perto de Valencia, encontra-se com Páez e lhe oferece apoio. Antes, havia lhe afirmado que tinha "direito a resistir à injustiça com a justiça, e ao abuso da força com a desobediência" ao Congresso de Bogotá. Isso desagrada a Santander, que fica cada vez mais descontente com o Libertador.

12 de janeiro: chega com Páez a Caracas, em meio aos aplausos do povo.

5 de fevereiro: de Caracas, envia ao Congresso de Bogotá uma nova renúncia à presidência, com uma dramática exposição de motivos que conclui: "Com tais sentimentos, renuncio uma, mil e milhões de vezes à presidência da república..."

16 de março: rompe definitivamente com Santander. "Não me escreva mais, porque não quero responder-lhe nem dar-lhe o título de amigo."

6 de junho: o Congresso da Colômbia rejeita a renúncia de Bolívar e exige que vá a Bogotá prestar juramento.

5 de julho: sai de Caracas para Bogotá. Não voltaria à sua cidade natal.

10 de setembro: chega a Bogotá e presta juramento como presidente da república, enfrentando uma feroz oposição política.

11 de setembro: carta a Tomás de Heres: "Ontem entrei nesta capital e já assumi a presidência. Isto era necessário: evitam-se muitos males em troca de infinitas dificuldades."

1828 10 de abril: está em Bucaramanga enquanto se realiza a Convenção de Ocaña. Nesta se dividem nitidamente os partidos bolivarista e santanderista. Bolívar protesta perante a Convenção contra "as ações de graças dirigidas ao general Padilla, por seus atentados cometidos em Cartagena".

9 de junho: sai de Bucaramanga com a ideia de ir para a Venezuela, onde pretendia residir na quinta Anauco, do marquês del Toro.

11 de junho: dissolve-se a Convenção de Ocaña.

24 de junho: alterados os planos, volta a Bogotá, onde é aclamado.

15 de julho: num manifesto divulgado em Valencia, Páez chama Bolívar de "o gênio singular do século XIX... que durante 18 anos fez sacrifício após sacrifício por vossa felicidade, até mesmo a maior que se poderia exigir a seu coração: aceitar o comando supremo a que mil vezes renunciou, mas que no atual estado da república é obrigado a exercer".

27 de agosto: decreto orgânico da ditadura, imposta por motivo das rivalidades da Convenção de Ocaña. Bolívar elimina a vice-presidência, com o que Santander fica fora do governo. O Libertador lhe oferece a embaixada da Colômbia nos Estados Unidos. Santander aceita, mas protela a viagem. É possível que o alijamento de Santander tenha influído no atentado contra Bolívar.

21 de setembro: Páez reconhece Bolívar como chefe supremo e presta juramento perante o arcebispo Ramón Ignacio Méndez, diante de uma multidão reunida na Plaza Mayor de Caracas: "...prometo sob juramento obedecer, resguardar e executar os decretos que considere como leis da república. O céu, testemunha de meu juramento, premiará a fidelidade com que cumpra a minha promessa".

25 de setembro: tentam assassinar Bolívar em Bogotá. Manuela Sáenz o salva. Santander entre os implicados. Urdaneta, juiz da causa, o condena à morte. Bolívar comuta a pena capital pela de desterro.

1829 1º de janeiro: está em Purificación. Sua presença no Equador é necessária devido aos conflitos no Peru, que ocupou militarmente Guayaquil.

21 de julho: a Colômbia recupera Guayaquil. O povo recebe triunfalmente o Libertador.

13 de setembro: escreve a O'Leary: "Todos sabemos que a união da Nova Granada e Venezuela se mantém unicamente por minha autoridade, que deve faltar agora ou breve, quando o queira a Providência, ou os homens..."

13 de setembro: carta de Páez: "Mandei publicar uma circular convidando todos os cidadãos e corporações para que expressem formal e solenemente suas opiniões. Agora pode o senhor, legalmente, instar para que o público diga o que quer. Chegou a hora de a Venezuela se pronunciar sem atender a nenhuma outra consideração que não seja o bem geral. Se se adotarem medidas radicais para dizer o que verdadeiramente vocês desejam, as reformas serão perfeitas e o espírito público se realizará..."

20 de outubro: retorna a Quito.

29 de outubro: parte para Bogotá.

5 de dezembro: de Popayán, escreve a Juan José Flores: "Provavelmente o general Sucre será meu sucessor, e também é provável que o sustentemos entre todos; de minha parte ofereço fazê-lo com alma e coração."

15 de dezembro: comunica a Páez que não aceitará novamente a presidência da república, e que se o Congresso eleger Páez presidente da Colômbia, jura sob palavra de honra que servirá com o maior prazer a suas ordens.

18 de dezembro: desaprova categoricamente o projeto de monarquia para a Colômbia.

1830 15 de janeiro: está de novo em Bogotá.

20 de janeiro: instala-se o Congresso da Colômbia. Mensagem de Bolívar. Apresenta sua renúncia à presidência.

27 de janeiro: solicita licença do Congresso da Colômbia para ir à Venezuela. O Congresso a nega.

1º de março: entrega o poder a Domingo Caycedo, presidente do conselho de governo, e retira-se para Fucha.

27 de abril: em mensagem ao Congresso Admirável, reitera sua decisão de não continuar na presidência.

4 de maio: Joaquín Mosquera é eleito presidente da Colômbia.

8 de maio: Bolívar sai de Bogotá para seu destino final.

4 de junho: Sucre é assassinado em Berruecos. Bolívar recebe a notícia a 1º de julho no sopé do Cerro de la Popa, e se comove profundamente.

5 de setembro: Urdaneta assume o governo da Colômbia, ante a evidente falta de autoridade pública. Em Bogotá, Cartagena e outras cidades de Nova Granada realizam-se manifestações e pronunciamentos em favor do Libertador, pedindo-lhe que volte ao poder. Enquanto isso, Urdaneta o espera.

18 de setembro: ao ter conhecimento dos sucessos que puseram Urdaneta à frente do governo, oferece-se como cidadão e como soldado para defender a integridade da república, e anuncia que marchará sobre Bogotá à frente de dois mil homens a fim de defender o governo vigente; rejeita em parte a solicitação que lhe é dirigida de assumir o poder, alegando que isso o faria parecer um usurpador, mas deixa aberta a possibilidade de que nas próximas eleições "...a legitimidade me cobrirá com sua sombra, ou haverá um novo presidente..."; por último, pede a seus compatriotas que se unam em torno do governo de Urdaneta.

2 de outubro: está em Turbaco.

15 de outubro: em Soledad.

8 de novembro: em Barranquilla.

1º de dezembro: chega em estado de prostração a Santa Marta.

6 de dezembro: vai para a quinta de San Pedro Alejandrino, de propriedade do espanhol dom Joaquín de Mier.

10 de dezembro: dita o testamento e a última proclamação. Ante a insistência do médico para que se confesse e receba os sacramentos, diz: "...Que é isso?... Estarei tão mal para que falem de testamento e de me confessar?... Como sairei eu desse labirinto?"

17 de dezembro: morre na quinta de San Pedro Alejandrino, cercado de muito poucos amigos.

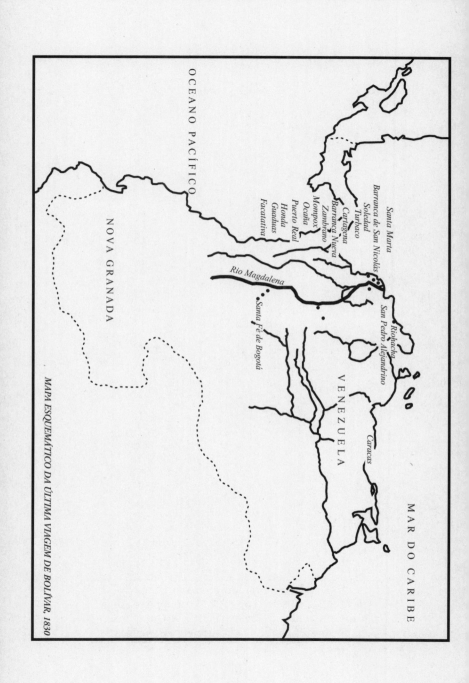

Este livro foi composto na tipografia
Minion Pro, em corpo 11,5/16, e impresso em
papel off-white no Sistema Digital Instant Duplex
da Divisão Gráfica da Distribuidora Record.